JN063149

チート転生者は、双子の弟でした！

風見くのえ

Kunoe Kazami

Regina

RB

レジーナ文庫

登場人物紹介
テオフィル
オードラン王国の第二王子。
外面がとてもいいのだけれど、
実は腹黒い性格。
千陽のことを気に入っている。
アンリ
エルヴェシウス伯爵家の嫡男で
テオフィルの近衛騎士。
前世では千陽の双子の
弟・千景《ちかげ》だったが、
五歳で他界して異世界転生した。
大のお姉ちゃん子。
千陽《ちはる》
両親を亡くしたばかりのOL。
親類にビルの屋上から
突き落とされた直後、
アンリに異世界召喚された。
元の世界に帰れないとわかり、
アンリと一緒に暮らすことに
なって……

赤髪の男
燃えるような赤い髪に
琥《こ》珀色《はくいろ》の瞳を持つ美形。
エヴラール
オードラン王国の第一王子で
テオフィルの兄。
超真面目で、融通がきかない。
クリスティーナ
デュコアン公爵家の令嬢。
クールな美女だと思いきや
別の顔を持っていて……
サガモア
ルヴェルガー侯爵家の三男。
魔法剣士としての腕を買われ、
千陽の護衛につくことに。

目次

チート転生者は、双子の弟でした！

第一章　再会

『お前さえいなければ、あの土地は、俺たち家族のものだ。……両親が死んで、お前も死にたいんだろう？　殺してやるよ。死んじまえ！』

ヒドイ言葉が聞こえた。それは、ついさっきまで優しく千陽《ちはる》を労《いたわ》ってくれていた声だ。

そして千陽は、大きな手で乱暴に突き飛ばされる。

そこは、十階建てのビルの立ち入り禁止になっている屋上で、転落防止のフェンスはない。千陽の体は、簡単に宙に投げ出された。

「キャァァァッ！」と悲鳴をあげながら、千陽は地面に向かって急降下する。

そして、硬いアスファルトに激突……するはずだった。

――それなのに、なんで、こんなことになっているのだろう？

千陽は口をポカンと開ける。気がつけば彼女は、ビルの屋上でもビル脇の道路でもない、見覚えのない場所に座り込んでいたのだ。

（ここ、どこ？）

高い天井。白い壁。家具もなく、窓もない大きな部屋。

その部屋は照明器具がないのに何故か明るくて、ひんやりとしている。ブルリと体が震えたその時、カツンと小さな音が背後から聞こえた。千陽は反射的にそちらを振り向く。

「――お姉ちゃん！」

「え？」

視線を向けた先には、金髪の青年と黒髪の青年が並んでいる。どちらもイケメンだ。

金の王子と黒の騎士――そんなイメージの美形二人を前にして、開いた口が塞がらない。

金髪の王子は白を基調とした煌々《きらきら》しい中世の貴族のような服を身に纏《まと》って、澄んだ湖みたいな青い目をしている。色白の肌に優しげな美貌《びぼう》。左目の下に泣きぼくろがある、艶《あで》やかな美青年だ。青い目には涙を浮かべていた。

一方、黒髪の騎士は、カッチリした黒い服に身を包んでる。瞳はアメジストを思わせる紫色だ。物語に出てきそうな凛々《りり》しい姿で、ストイックな雰囲気を醸《かも》し出している。

騎士の目は、驚きに大きく見開かれていた。

（この人たちは、誰？　さっきの声は、この二人のどちらかが発したのよね？）

『お姉ちゃん』と聞こえた気がする。よく見ると、二人とも千陽より少し若そうだ。

千陽——赤羽《あかは》千陽は、二十三歳の会社員。つい先日、両親を事故で亡くして、天涯《てんがい》孤独《こどく》の身の上になった。子供の頃は双子の弟がいたのだが、十八年前に事故で他界している。他に兄弟姉妹はいない。だから、彼女を『お姉ちゃん』と呼ぶ人など誰もいないはずだ。

そんなことを考えていると、王子の青い目からついに涙がこぼれ落ちた。

それを見た途端、千陽の胸は何故かギュッと締めつけられる。

(だめよ、泣いちゃだめ)

千陽は心の中でそう呟《つぶや》く。

次の瞬間、ポロポロと涙を流す王子が、ものすごい勢いで駆けてきた。

(え?)

「お姉ちゃん! お姉ちゃん! 会いたかった!!」

避《よ》ける暇もなく、ギュウッと抱きしめられる。どうやら、千陽を『お姉ちゃん』と呼んだのは、金髪王子の方らしい。

(どうして? なんで、お姉ちゃん?)

千陽は、軽くパニックを起こした。気がつけば知らない場所にいた上に、初対面の男性から『お姉ちゃん』と呼ばれ、あまつさえ抱きしめられているのだ。パニックを起こすのも当然だろう。

優しげな外見の王子も、やっぱり男性。彼の力は強く、千陽の息は止まりそうになる。

視界が徐々に暗くなり……まずいと思った。

「ぐっ、ぅぅっ！　……ひ、人違いです!!」

絞《し》め殺される前にと、千陽は精一杯声を振り絞《しぼ》ってそう怒鳴る。

突然両親を亡くし、何もする気になれないほど落ち込んでいた。けれど、千陽はまだ死にたくない。

（そうよ！　私は、死にたくなんてなかったのよ！）

自分に『死にたいんだろう』と言った男の顔を脳裏に浮かべ、千陽は心の中で叫ぶ。

「やめろ、アンリ！　王家の秘儀まで使って召喚した相手を、お前は殺す気なのか!?」

千陽を助けてくれたのは、黒髪の騎士だった。気絶しそうになっている千陽を、強引に救い出してくれる。しかし、何を考えているのか、そのまま彼女を横抱きでかかえあげた。

――いわゆるお姫さま抱っこである。この展開もまた、ありえない。

「テオ！」

「ともかく、いったん彼女を上の客室に運ぶ。ここでは落ち着いて話もできない。……

アンリ、お前は少し頭を冷やせ！」

焦って千陽を取り返そうとする王子を怒鳴りつけながら、騎士は歩き出した。

「きゃあっ！」

体が揺れて、千陽は咄嗟《とっさ》に騎士の首にしがみつく。

「いい子だ。そのまま掴まっていろよ」

フッと笑った騎士は、千陽を抱いたまま、後方にあるドアに向かった。騎士が近づくと、ドアはひとりでに開く。下ろしてほしいと言おうと思ったのに、ドアに注意を引かれて頭から吹き飛んでしまう。

(自動ドア？　ここは、あのビルの中なの？)

部屋を出ると、ものすごく広い廊下があった。そのことからも、千陽は確信する。

(やっぱり、ビルの中なんだわ。こんなに広い廊下は、普通の家じゃありえないもの)

ビルの屋上から突き落とされたというのに、何故ケガ一つしていないのか。それに、いつの間に建物の中に移動したのかもわからない。ただ、幸い体はどこも痛くなかった。

やがて、千陽は少し落ち着いてきた。

(ひょっとすると、ビルの外に倒れていたところを彼らに助けてもらったのかもしれないわ。どうして救急車を呼ばなかったのかは、不思議だけれど。……私がここにいる理由を聞いて、迷惑をかけたことを謝ろう。それから警察に行って……あ、念のために病院に行くのが先かしら？）

先ほど騎士が『王家の秘儀』などとわけのわからないことを言った気がするが……聞き間違いだろう。そうでなければ、再びパニックになりそうだ。

必死に自分に言い聞かせる千陽をよそに、騎士はスタスタと進んでいく。

「テオ！　いくらあなたでも、お姉ちゃんを抱くなんて……殺しますよ！」

騎士に追いすがりながら、金髪の王子が怒鳴った。さっき彼は確か『アンリ』と呼ばれていた。

「うるさい！　お前より俺の方が力があるだけだ！　悔しかったら、俺より強くなってみろ！」

『テオ』と呼ばれた騎士は、ピシャリと言い返す。

二人とも長身なのだが、騎士は王子より五センチほど背が高い。体つきもしっかりしていて、引きしまった体だ。いわゆる細マッチョというやつだろう。千陽をかかえて歩いていても、少しもふらつかない。

反して、王子はほっそりとしており、柔和《にゅうわ》な外見をしている。彼の体格では、千陽を抱き上げることはできても、そのまま歩くことは難しそうだ。

それは自分でもわかっているのだろう。王子は悔しげに下を向いた。

「ほんの少し私より力が強いからって……魔法の腕は私の方が上です。……お姉ちゃんに触れた手を切り落としてやりましょうか？　……いえ、やはり、殺すのが一番ですね。そうです、殺してしまいましょう」

穏やかな外見に似合わず、王子は物騒なことをブツブツと呟《つぶや》く。しかも、『魔法』と言ったか。

（ううん。違うわ。聞き間違いよ）

千陽は心の中で否定する。騎士は面倒くさそうに舌打ちした。

「お前らしくもない。短絡的な考えをダダ漏れにするのをやめろ。お前の大事な〝お姉ちゃん〟が、怯《おび》えているぞ」

騎士の言葉に驚いた王子は、慌てて千陽の顔をのぞきこんでくる。そしてビクリと震えた彼女を、安心させるように微笑んだ。

「驚かないで、お姉ちゃん。……もちろん冗談だよ。〝僕〟がそんなことするはずないでしょう？」

もちろん、冗談だろう。人を殺すなんて、冗談じゃなかったら怖すぎる。

ほんの少し前に殺されかけた千陽は、そう強く思う。

千陽の怯《おび》えが伝わったのか、王子はことさら明るく話し出した。

「本当に久しぶりだね、お姉ちゃん。お姉ちゃんが、僕の手の届くところにいるなんて、まるで夢を見ているみたいだ。とっても嬉しいよ。……僕以外の男に抱き上げられているのは、ちょっと……いや、はらわたが煮えくり返りそうなくらい、腹立たしいけれど。……でも、大丈夫。僕は我慢できるからね。早く休めるところに行って、僕とゆっくり話そうね」

話の内容は不穏だったが、優しい声と笑顔に、千陽はホッとする。彼らに敵意はなさそうだ。

(落ち着いて話せば、わかってくれるかしら？)

千陽は彼の間違いを一刻も早く正さなければならない。彼らは人違いをしているのだから。

「……あの。私は、あなたの〝お姉ちゃん〟ではありません」

千陽は黒髪黒目で、ザ・日本人といった外見をしている。対する王子は、外国のロマンス映画で主役を張れそうな西洋人っぽいイケメンだ。どう考えても、姉弟《きょうだい》には見えない。

それなのに、王子はコテンと可愛らしく首を傾けた。

「〝お姉ちゃん〟だよ。いやだなぁ。ひょっとして僕がわからないの？」

わかるも何も、これが初対面だ。こんな美形、もし会ったことがあれば絶対に忘れない。

「この状況で、わかるはずがないだろう。だいたいアンリ、お前は自己紹介もしていないじゃないか」

騎士が心底呆れた声で言う。彼の声がすぐ近くで聞こえて、千陽の胸はちょっとドキドキする。

「あ！　そうか。そうだよね。僕からお姉ちゃんは見えていたけれど、お姉ちゃんからはこっちが見えなかったんだ。姿形も変わっているし、わからないのも当然か。お姉ちゃんに会ったら、きちんと説明しようって思っていたのに……ゴメン。あんまり嬉しすぎて、忘れていた」

ペロリと舌を出す王子。

その仕草を見た千陽は、幼い頃、自分の一番近くにいた存在をフッと思い出す。

もうずいぶん昔に失ってしまった、千陽の片割れだ。

その子にそっくりな笑顔で、王子は笑った。

「今の僕はアンリって名前で、この世界で生まれ育った十八歳。だけど僕には前世の記憶があるんだ。――前世の名前は赤羽千景《ちかげ》。……チカって呼ばれていた」

赤羽千景――チカというのは、五歳の時に事故で亡くなった、千陽の双子の弟の名前だ。

「……うそっ！」

「ホントだよ、お姉ちゃん。……僕、異世界に転生したんだ！　ここは地球じゃなくて、異世界の王国オードランの王城だよ」

「…………えぇ？」

異世界だの転生だのと言われ、千陽は顔をしかめる。いくら動転しているからといって、そんな話を信じられるわけがない。

「うーん。信じられないかな。そうだ、お姉ちゃんが僕の言葉を理解できるのは、僕が翻訳魔法をかけたからだよ。あぁ、実際に魔法を見たら信じるよね」

王子はそう言うと、手のひらを上に向けて、そこからボゥッと炎を出す。

熱風が千陽の前髪を少しだけ焦《こ》がし――彼女は、気絶しそうになった。

それからしばらくして、千陽は高級そうなソファーに居心地悪く座っていた。

異世界召喚についても、王子のようなアンリの前世が千陽の弟だということも、信じたわけではない。ただ、目の前で燃え上がった炎の熱を感じたことで、これが現実だと理解した。

そして今いるのは、先ほどのガランとした部屋とは対照的に、品よく家具が設置された立派な一室だ。ソファーをはじめ、テーブル、棚、壁にかかる絵画のどれも、一目で高級品とわかるものばかり。築三十年の小さな家に住んでいた千陽には、いたたまれないような部屋だった。

「なんで、俺がこんな召使いみたいな真似をしなくちゃならないんだか……」

ブツブツ言いながら騎士——ではなく、テオがお茶を淹《い》れてくれる。

気遣いは嬉しいのだが、目の前に置かれたカップもソーサーも、精緻《せいち》で美しい模様の入った高値間違いなしの陶磁器《とうじき》だ。触れるのが怖くて、お茶を飲む気になんてとてもなれなかった。

引きつった表情を浮かべる千陽を気にすることなく、テオは自分のカップを持ち、彼女の前のソファーにドカッと腰を下ろす。

彼女の横には、当然という顔をしたアンリが座っている。しかも、距離が極端に近い。

アンリはテオの言葉に呆れたように答える。

「仕方ないでしょう。私はお姉ちゃんのたった一人の肉親です。異世界に召喚されたばかりで不安なお姉ちゃんのそばから離れるわけにはいきません」

「……これでも、俺はお前の〝主《あるじ》〟なんだがな」

「役に立たない主《あるじ》なんかより、お姉ちゃんの方が百倍大切です」

堂々とアンリは言い放った。——そう、テオはアンリの主《あるじ》。なんと、騎士だと思っていたテオは異世界の王子で、王子だと思っていたアンリこそ彼の騎士だった。

テオの正式な名前は、テオフィル・ノエ・オードラン。オードラン王国の第二王子だそうだ。

アンリの名は、アンリ・ヴュー・エルヴェシウス。由緒《ゆいしょ》正しい伯爵家の嫡男《ちゃくなん》だという。

この部屋でソファーに下ろされると同時にそんなことを明かされ、千陽は心底ビビっていた。

その上アンリは、自分は前世で千陽と死に別れた、双子の弟・千景なのだと話す。とても、信じられる話ではなかった。

しかも千陽はアンリによって異世界に召喚されたらしい。

「騎士とはいっても、エルヴェシウス伯爵家が騎士位を持っているだけで、本来の僕の仕事は文官だよ。まあ、成り行きでテオの近衛《このえ》騎士をしていたり、少し軍部で働いていたりもするけれど。……僕は、基本お姉ちゃん以外のために命をかけるつもりはないからね」

ニコニコと話すアンリ。キレイな顔が近づいてきて、思わず千陽は顔を背《そむ》けてしまった。

しかしアンリはクスクスと上機嫌に笑う。

「お姉ちゃん。耳まで真っ赤だね。……可愛い」

「そ、そんなことを指摘しないで！」

こんな美形に近づかれて平常心でいられる女性はいない。千陽が抗議すると、アンリは嬉しそうに「ごめん」と謝った。

「お姉ちゃんが、僕に話しかけてくれて嬉しい」

先ほどからアンリは、千陽が何を話してもこんな調子だ。

「お前……。そこは、嘘でも俺に忠誠を誓っているって言っておけよ」

ため息をつきながら、テオが先ほどのアンリのセリフに文句をつけてきた。

「お姉ちゃんに嘘をつきたくないんです」

なんとも正直なアンリだ。テオは黙って肩をすくめただけで、それ以上咎《とが》めることはない。

「僕はお姉ちゃんに嘘はつかない。だから、さっきの話も本当なんだ。僕は本物の千景だよ」

（……そんなことを言われても、信じられるわけないでしょう。いったい、この人は、私にどうしてほしいの？）

途方に暮れる千陽に対して、アンリはスラスラと説明をはじめた。

日本とこの世界の時の流れは同調していて、彼は十八歳。前世の記憶を取り戻したのは、七歳の時だったという。その後、魔法の才があった彼は、必死に努力して、異世界にいる千陽の様子を見る魔法を作ったらしい。

「……でも、どんなに努力しても、お姉ちゃんに僕の声を届けることや、連絡を取ることはできなかった。できたのは、遠くからお姉ちゃんを見ることだけ。……お姉ちゃんが幸せになってくれるなら、見守るだけでいいって思っていたんだ。……けど、あの事故が起こって――」

千陽の肩は、ビクリと震えた。両親を一度に亡くした事故のことだろう。

それは、銀婚式のお祝いとして千陽が両親に贈った有名レストランでのディナーの帰りに起きた。笑顔で帰ってくるはずだった二人は、無言の帰宅をしたのだ。

「――お姉ちゃん、泣いてた。一人で。自分を責めて。……そんな必要、全然ないのに」

その千陽の姿を見て、アンリは何がなんでも彼女を自分の世界に召喚しようと思ったのだという。様々な文献を読み漁《あさ》り、調べに調べつくして、失われていた王家の秘儀を見つけたそうだ。

「どうやら俺の祖先が、遥か昔の暗黒時代に、異世界から勇者とやらを召喚したそうでな」

遠い目をして、テオがそう教えてくれた。

その時召喚した勇者は、日本人。勇者の務《つと》めを果たしても帰ることのできなかった彼は、王家の姫と結婚したそうだ。おかげで王家の人間には、時々黒髪や黒い目の人物が生まれるという。だからテオも黒髪なのだろう。

「異世界召喚なんて、体《てい》のいい言葉を使っているけれど、要は拉致《らち》と同じことさ。自分の祖先が犯罪者だと国民にばらされたくなかったら、僕に協力しろって、テオを脅したんだ」

アンリはサラッと、とんでもない発言をした。王子を脅すなんて大問題だろう。

「しかも、結局することは異世界召喚だし」

テオは不満そうに呟《つぶや》く。

「私の異世界召喚は、拉致《らち》じゃありません！　傷つき泣いているお姉ちゃんを保護し、慰《なぐさ》めるためです。自己都合の勇者召喚と一緒にしないでください！」

アンリは憤然とする。千陽は心の中でツッコミを入れた。

（……どっちにしろ、相手の意思を確認していないわよね。似たり寄ったりだと思うけど？）

「お姉ちゃんを傷つける輩《やから》ばかりいる地球になんて、お姉ちゃんを置いておけません！

しかも、召喚するタイミングを計っていたら、あんなことが起こって！」

そう叫び、突如立ち上がるアンリ。青い目をギラギラさせ、宙を睨《にら》む。

「あんなこと？」

「お姉ちゃんが、殺されそうになったことだよ！」

千陽の問いに対して、アンリは怒髪天《どはつてん》をつく勢いで怒鳴った。

（……ああ。やっぱり、あれは本当のことだったのね）

千陽は悲しい気持ちで思い出す。

彼女は、信頼していた従兄《いとこ》に殺されそうになったのだ。

天涯孤独《てんがいこどく》になった千陽に、従兄《いとこ》はいろいろと世話をやいてくれた。しかし数日前、それは千陽の財産目当てでしたことだと、従兄《いとこ》とその彼女が話しているところに出くわした。

千陽の実家は都会にあり、その土地はそれなりの値がつく。傷心の千陽に優しくして、彼女が心を許したところで、家や土地の権利書を巻き上げるつもりだったらしい。

それ以来、千陽は従兄《いとこ》とその家族を避けた。すると彼は、二人きりで話したいと言ってきたのだ。

従兄《いとこ》が勤める会社のビルの屋上に呼び出され、千陽は彼ときっぱり縁を切るつもりでそこに出向いた。そして、従兄《いとこ》に屋上から突き落とされた。
ドン！　と押された手の感触をまざまざと思い出し、千陽はブルリと体を震わせる。
急に喉《のど》が詰まり、息ができなくなった。恐怖と悲しみが今さらながら千陽を襲う。
青い顔で震え出した千陽に気がついて、アンリは慌てて彼女の体に腕を回す。そして
ギュッと抱きしめ、囁《ささや》いてくる。
「大丈夫だよ。お姉ちゃんはここにいる。あいつに突き飛ばされた瞬間、僕がこちらの
世界にお姉ちゃんを召喚したんだ。……あいつ、今頃、さぞかし焦っているだろうな」
アンリは、ひどく冷たい表情で笑った。
「突き落としたはずのお姉ちゃんが、突然消えたんだ。何が起こったかわからず混乱し
ているに決まっている。お姉ちゃんが死んだかどうかもわからずに、疑心暗鬼《ぎしんあんき》になるか
もな。それにあの時、あいつがお姉ちゃんを突き飛ばしたところを、あいつの彼女が見
ていたんだ。死体が出ないから、あいつが罪に問われることはないだろうけれど、相当
悪い評判が立つだろうな。……あんな奴、お姉ちゃんを殺そうとした罪を背負って、一
生、生きていけばいい」
嘲《あざけ》るようにそう言ったアンリは、天使みたいな容姿なのに悪魔に見える。
「キレイな顔して言うことがえげつないよな」

「テオにだけは言われたくありませんね」

「それはこっちのセリフだ」

互いに言い合うアンリとテオ。

千陽はポカンとして、そんな彼らを見つめた。いつの間にか、体の震えは止まっている。

彼らの言葉は千陽が体験した状況と相違ない。不思議なことだらけだけれど、信じるほかなさそうだ。

（……私、助けてもらったの？）

望んだわけでも、ましてや頼んだわけでもなかったが、異世界に召喚されなかったら、千陽は死んでいた。十階建てのビルの屋上から突き落とされたのだ、無事でいられるわけがない。

「……どうして？」

千陽は、ポツリとそう呟《つぶや》いた。

異世界召喚は王家の秘儀で、それを使うために、アンリは王家を脅したのだと言った。

普通、いくら双子の姉のためとはいえ、そこまで無茶をするだろうか？

ましてや彼は一度死に、異世界で新たな人生を送っている。今のアンリの体は、千陽とは赤の他人で、容姿だって似ても似つかない。

彼女の疑問を聞いたアンリは、優しい笑みを浮かべた。

「前世では五歳までしか生きられなかったけど……僕は、覚えているよ。体の弱かった僕を、お姉ちゃんがいつも守ってくれたこと。お姉ちゃんだって、子供で遊びたい盛りのはずなのに、いつも僕と一緒にいてくれた。他の子が元気よく駆け回るのを見て、遊びたいと駄々《だだ》をこねた僕を慰《なぐさ》めながら、『お姉ちゃんがずっと一緒にいるからね』って抱きしめてくれたんだ」

（――ああ、そうだったわ）

弟の千景は、千陽と違いとても病弱な子供だった。わずかなことですぐに咳き込み、高熱を出し、病院への入退院を繰り返す。おかげで両親は千景につきっきりで、千陽は少し放任気味に育った。

それにまったく不満がなかったとは言わない。しかし千景の苦しむ様子や、小さな手を千陽に向けて必死で伸ばしてくる姿を見るにつれて、そんな気持ちはなくなっていった。

何より千景は千陽が大好きだった。双子なんだから名前を呼び捨てしてもかまわないのに、『お姉ちゃん、お姉ちゃん』と呼んで、『なあに？』と千陽が返事をするだけで嬉しそうに笑う。

心から自分を慕ってくれる相手を、自分も好きになるのは、ごく自然な流れだろう。

千陽は自分たちが仲のいい双子だったことを、懐《なつ》かしく思い出す。思わず、笑みがこぼれた。

彼女の笑顔を見たアンリも、満面の笑みを浮かべる。

「今度は、僕がお姉ちゃんを守る番だ。お姉ちゃんを悲しませないためなら、僕はどんなことだってする！　異世界召喚なんて、全然たいしたことじゃないよ。……だから、お姉ちゃん、僕と一緒にこの世界で暮らそう！」

本当にとんでもない〝弟〟だった。そのとんでもない行動が……とても嬉しい。

「……ありがとう、チカ」

気づけば千陽は、そう呟《つぶや》いていた。

急に異世界召喚され、一緒にこの世界で暮らそうと言われて、戸惑いがないわけでは決してない。

でも、嬉しいことも本当なのだ。

両親を喪《うしな》った千陽は、日本でひとりぼっちだった。仕事はしていたし、仲のいい友人もそれなりにいたけれど、親友や恋人と呼べるような存在はいない。

（少なくとも、チカみたいに、私を想ってくれる人はいないわ）

ひどく小さな声だったのだが、アンリの耳は、しっかり千陽の声を拾う。

「チカって呼んでくれた！　僕を千景だって、認めてくれたんだね!?　ありがとう、お姉ちゃん！」

喜び勇《いさ》んだアンリは、千陽を一層強く抱きしめる。

「きゃあっ！　ち、近い！　近いわ、チカ！」

「だって、嬉しいんだ！　お姉ちゃんに認めてもらえた！　こんなに嬉しいことはないよ！」

「……近いのチカか、名前のチカか、よくわからんな」

のんびりお茶を飲みながら、テオがどうでもいい感想を漏らす。

（そんなことより！　チカを止めて！）

その思いを込めて見つめると、テオは諦めろとばかりに、首を横に振った。

「お姉ちゃん！　お姉ちゃんは、僕が生涯をかけて幸せにするからね！　一緒に幸せになろう！」

（それじゃ、まるっきり、結婚式の誓いの言葉でしょう!?）

異世界転生を果たした千陽の双子の弟は、どうやらずいぶんと激情家のようだった。

第二章　新しい家族

その後、千陽が落ち着くのを待って、彼女たちは馬車で移動することになった。

行き先は、アンリの家であるエルヴェシウス伯爵家。

テオは部屋から馬車まで、千陽をお姫さま抱っこで運んでくれるという。二度も王子さまに運ばれるわけにはいかないと、千陽は必死に断った。しかしテオは首を横に振るばかり。

「千陽、すまないが、我慢してくれないか？　城内には、正式なルートで入城しなかった者を排除する魔法が、あちこちに仕掛けられている。君が一人で歩いては、危険なんだ」

それが本当ならば仕方ないが、いつの間にか名前を呼び捨てにされていることが気になる。

（やたら親しげに聞こえるから、やめてほしいんだけど）

少なくとも、数時間前に出会ったばかりの女性に対する呼び方ではないだろう。

しかも彼は、自分のことをテオと呼んでくれと言うのだ。テオは二十歳。自分の方が年下だから、愛称でかまわないと主張する。

「王子さまを愛称で呼ぶなんて、できません！」

「千陽は真面目だな」

（そういう問題じゃないでしょう！）

なんとか交渉して『テオさま』と呼ぶことで妥協してもらったが、それだってハードルが高い。

それはさておき、確かにテオの言う通り、召喚魔法は正式な入城ルートではない。だからといって王子に抱っこされて運ばれることを受け入れられるかといえば、それは違うはず。

断ろうとした千陽の耳元に、テオは顔を近づけてきた。

「俺が君を運ばなければ、アンリは魔法を使ってでも君を抱き上げようとするだろう。ああ見えて、あいつは疲れている。召喚魔法なんて、とてつもない魔法を使ったんだからな。普通であれば、倒れてもおかしくない状態だ。これ以上、あいつに無理をさせたくない。……頼む」

彼は小さな声でそう囁《ささや》く。

よく見れば、確かにアンリの顔色は青白い。色白なのだと思っていたが、テオの言う通り疲れているのかもしれなかった。

とはいえ、当の本人は千陽を抱き上げたテオに向かって「やっぱり殺してやる！」「いっそ去勢するか？」などと不穏なことを喚《わめ》き散らしているので、全然弱って見えないのだが——

抵抗をやめた千陽に対し「いい子だ」と、テオは囁《ささや》いた。彼はそのままアンリにかまわず、馬車に向かう。千陽を抱く腕は力強く、イケメン度が半端なかった。

（これで、王子っていう身分も持っているんだもの。天は二物を与えずっていう言葉は、まるっきりでたらめよね）

ため息をこらえて、千陽はそう思う。

（……もっとも、性格は一癖ありそうだけど）

そこは心の中にしまっておくことにした。

そうして建物の外に出たところで、千陽はふと振り返った。すると、ヨーロッパの古城かと思うような立派な城がそびえており、思わず口をあんぐり開けてしまう。

「まさかこんなに大きなお城にいるとは思わなかったわ……」

「召喚魔法を使えるのは、城の地下室だけだからな」

クックッと笑いながら、テオがそう説明してくれる。

そうして、彼は何故か千陽と一緒に馬車に乗り込んだ。アンリの家に帰るというので
テオとはここでお別れかと思ったが、彼も行くらしい。
馬車が動き出すと、向かいの席に座ったテオは、楽しそうにこの世界の魔法について
話しはじめた。
今までのことからもわかるとおり、この世界には魔法がある。
魔力は大気や地に含まれ、それを操る才能を持つ者がいる。中でも一番魔力の集まる
場所に、王城は建てられていた。召喚魔法を行《おこな》えるほどの魔力があるのは、王城だけだ
という。
「まあ、いくら魔力があっても、それを操る才のない者にとっては関係ない話だろうがな」
テオは小さく肩をすくめる。
魔力を操れる者――いわゆる魔法使いは、この世界では四、五人に一人くらいの割合
で存在するという。特に王族や貴族に多く、平民に少ないのだとか。そのため、魔法を
使えることは、高位貴族のステータスの一つらしい。
そこでアンリが口を挟んできた。
「とはいえ、今では誰でも魔法を発現させることができる機械が普及しているからね。
才能の有無なんて実生活には何も影響しないんだ。魔法を使えなくても、普通に暮らし

ていく分には、まったく支障はない。……だから、お姉ちゃんも気にしなくていいからね」

日本生まれの千陽に魔法の才能はない。それでも心配しなくていいのだと、アンリは安心させるように笑いかけてくる。

相変わらず彼は、千陽の横にピッタリくっついて座っていた。ここは馬車の中とは思えないほど広いので、もっと離れて座れるはずなのに。

(パーソナルスペース、気にしなさすぎでしょう!)

心の底から、千陽は思う。そこでテオが呆れたように口を開く。

「実生活上は、だろう? お前みたいな規格外の魔法使いが関係ないなんて言っても、嫌味なだけだ」

「人を化け物《ばもの》みたいに言わないでください。お姉ちゃんが誤解したらどうしてくれるんです?」

「誤解も何も事実だろう?」

「誤解です! ——お姉ちゃん、僕は魔法が使えるけれど、その他はごくごく平凡な親しみやすい男だからね。遠慮とか、気兼ねとか、距離をとるとか、そういうことは一切しないでね!」

どこか必死な様子で、アンリは千陽に訴《うった》えてきた。

本当に平凡な男なら、自分が平凡であるとそんなに一生懸命主張しないだろう。

「平凡？　誰がだ？」

「うるさい！　黙れ！」

平凡な男は、王子を怒鳴りつけたりもしないはずだ。

顔を引きつらせる千陽に対し、テオはニヤリと笑い、片目をつぶってみせる。その仕草を翻訳するとしたら、『俺の言う通りだろう？』といったところか。

この主従の関係性が見えて、千陽はめまいを覚えた。

魔法についておおまかな説明が終わったところで、アンリは「ねぇ、お姉ちゃん。提案があるんだけど」と話を切り出してくる。

アンリの提案とは、この世界でも千陽がアンリの姉となること。つまり、アンリの両親であるエルヴェシウス伯爵夫妻の養女となるというものだった。

「こっちの世界の僕の両親は、子供の僕が言うのもおかしいけれど、底抜けにお人好《ひとよ》しでね。お姉ちゃんの事情を話したら、『ぜひうちにお迎えしなさい！』って言っているんだ。だから、遠慮とかまったくなしに、僕のお姉ちゃんになってね」

目を輝かせながら、アンリはそう言った。

伯爵家の養女になるということは、千陽が貴族になるということだ。千陽はブンブンと首を横に振った。庶民として生きてきた自分が貴族のご令嬢になるなんて、ムリに決まっている。

するとアンリは、肩をガックリ落とした。

「お姉ちゃんは、僕と家族になってくれないの？」

青い目がみるみるうちに潤《うる》んでいく。幼い頃に熱を出し、一緒に幼稚園に行けなかった時の千景にそっくりな表情だ。千陽はこの顔に弱かった。

「でも、そんな養女だなんて」

「大丈夫、形式だけだよ。僕がお姉ちゃんとずっと一緒にいるためには、お姉ちゃんにも同じ身分になってもらった方が、何かと都合がいいんだ」

「私は、貴族の礼儀作法も何も知らないし」

「これから覚えればいいことだよ。もう教師とか教材の手配はしてあるんだ」

「……覚えられる自信がないわ」

「う〜ん、そっか。……じゃあやっぱり、お姉ちゃんが養女になるんじゃなくて、僕が出奔《しゅっぽん》しようかな？　ちょっと不便になっちゃうけど、二人でのんびり田舎《いなか》暮らしなんてのも、いいよね？」

「――それはやめろ！」

千陽とアンリの言い合いに、突如、テオが話に割り込んでくる。

「お前ほどの才能のある騎士が突然出奔《しゅっぽん》したら、王城の機能に大混乱が起こる」

テオの顔は、いたって真面目だった。

「……大混乱？」

呆然とする千陽。いくら才能のある魔法使いとはいえ、一人欠けることでそこまで影響が出るものだろうか？

アンリは「え～？」と頬を膨《ふく》らませた。

「そんなことはありませんよ？　少しは混乱するかもしれませんが……大丈夫ですよ。きっと」

「きっとで、片づけようとするな！　だいたい、権力を握るために、文武両機関の中枢《ちゅうすう》を自分なしで回らないようにしたのはお前だろう。……今さら、勝手に仕事を放棄するな！」

それが本当なら、とんでもない話だった。自分の弟があまりに規格外すぎて、千陽はびっくりする。同時に、権力を握るためというセリフに引っかかった。

諫《いさ》めるテオを、アンリはフンと嘲笑《あざわら》う。

「オーバーに言わないでください。この程度で混乱が起こるようなら、それは国の責任です。言いがかりもはなはだしい」

冴《さ》え冴《ざ》えと冷えた青い目が、王子を見据《みす》えた。

（権力を握るために画策して、必要がなくなったら放り出す。それで混乱が起こるなら国の責任で、言いがかり？）

聞いていた千陽は、なんだか頭が痛くなった。

（それって、ものすごい悪人のすることじゃない？）

千陽の頭痛も知らず、アンリは一転してデロデロに甘い笑みを浮かべ、彼女の顔をのぞきこんでくる。

「僕にとって、お姉ちゃんと一緒にいる以上に大切なことはないからね。お姉ちゃんが貴族になるのが嫌なら、二人でこの国を出奔《しゅっぽん》し、どこか田舎《いなか》に行こう。……大丈夫。僕は結構お金持ちだし、絶対お姉ちゃんに苦労はさせないよ」

テオと話している時とは、まるっきり別人である。豹変《ひょうへん》しすぎだろうと、千陽は顔を引きつらせる。

テオはぐしゃりと自分の前髪を握り、困り顔で千陽を見た。

「あ～っ！　千陽……悪いが、養女になる話を受けてくれないか？　元の世界でいろいろ辛いことがあった後、突然異世界に連れてこられて、戸惑っているのはわかる。でも俺も最大限協力する。アンリの性格は最悪だが、能力的にはこの国になくてはならない奴なんだ。……頼む」

王子さまに頭を下げられてしまった。

千陽の顔はますます引きつる。

間違いなく、アンリはチートというやつなのだろう。魔法の才もそうだが、今の話からすると、他にもいろいろすごそうだ。

一国の王子からの頼み事を断れるほどの度胸は、千陽にはない。とはいえ、何から何まで言いなりで世話になるわけにもいかない。

「エルヴェシウス伯爵夫妻の養女になるという話は、了承します。ただ、将来的に私が自立することを認めてもらえますか？」

千陽がそういえば、アンリとテオは目を丸くする。

「自立？」

テオに聞かれて、千陽は大きく頷《うなず》いた。

「見てわかるとおり、私は立派な大人です！　日本では働いて、自分のことは自分でやっていました！　この世界でも、できることなら自分の力で生きていきたいんです。この世界のことは何も知らないから、時間がかかるかもしれないけど……。養女になっても、お金を稼《かせ》いだり、自分の身の回りのことを自分でやったりしてもいいでしょう？　あまり私のことを、甘やかさないでほしいの」

いくら異世界トリップをしたからといって、二十三歳のいい大人な自分が、世話になってばかりではいられない。

アンリは悩む素振りをしたが、すぐに「わかった！」ととびきりの笑みを浮かべた。

テオは何故か眉根を寄せたまま、何も言わない。

了承してもらえたのだろうと、千陽はホッと胸を撫で下ろしたのだった。

そんなやりとりをする千陽たちを乗せた馬車は、石畳の道路をカラカラと進んでいく。

広い道路の脇には街路樹が等間隔で並び、緑の枝を伸ばしていた。瀟洒《しょうしゃ》な大豪邸が並ぶ景色は、美しく異国情緒に満ちている。このあたりは貴族の住宅街だそうだ。

そして、一際立派な大邸宅の前で、馬車はピタリと停まる。

なんでもこの馬車には魔法機械が使用されていて、車両の重さは実際の十分の一まで減らされ、かすかに浮きながら走っているのだという。どうりで振動がほとんどなく、快適な乗り心地だった。

しかし、道中ではアンリにべったりくっつかれ、正面に座るテオからは苦笑されていた。そんな非常に居心地の悪い時間を過ごした千陽の心労は、推《お》して知るべしだ。

どっと疲れを感じながら馬車から降りようとすると、先に降りていたアンリが手を差し出してきた。

「ようこそ我《わ》が家へ、お姉ちゃん」

（えっと？　この手に掴まって馬車を降りろっていうの？）

それが貴族のマナーだと言われたら、断れない。けれど千陽は足元がしっかりしているので、エスコートしてもらわなくても大丈夫だ。

……先ほどから、抱き上げられたり抱きしめられたりと、千陽はどうにも居心地が悪い。

（私、二十三歳の大人なのよ。一人で馬車から降りることくらいできるのに）

往生際悪くためらっていると、テオが背後から「抱き上げようか？」と囁《ささや》いてきた。たいへん心臓に悪いイケメンボイスである。

「結構です！」

千陽は慌てて、アンリの手に掴まり馬車を降りた。

テオがクスクスと背後で笑う。やっぱりこの王子さまは、性格があまりよくなさそうだ。

「……すごい」

エルヴェシウス伯爵邸は、見上げるほど大きな建物だった。四本の白い円柱に支えられた格式高い玄関に、千陽の目は釘付《くぎ》けになる。荘厳な雰囲気は、ヨーロッパの小宮殿に似ていた。とても個人の邸宅とは信じられない。

気後《きおく》れする千陽にかまわず、アンリはグイグイと彼女の手を引き、建物の中に入っていく。

天井の高いエントランスホールには、多くの使用人が並んで頭を下げていた。

「お帰りなさいませ、アンリさま」

「いらっしゃいませ、テオフィル殿下」

年配の執事とメイド頭《がしら》と思《おぼ》しき男女が代表して声をかけてくる。

テオがこの邸《やしき》に来ることは日常茶飯事《さはんじ》なのか、王子の来訪なのにみんな落ち着いている。

アンリは千陽の右手を引いて自分の隣に立たせると、使用人たちに紹介した。

「ああ、ただいま。……後で正式に紹介するが、彼女は私の姉となる女性だ。最大限の敬意を持って仕《つか》えるように」

「アンリの姉上は、私にとっても大切な人だ。彼女が心地よくこの家で過ごせることを望む」

テオまでそう言って、千陽の左手を握ってきた。そのまま彼女の手を自分の唇に近づけ、手の甲に軽いキスを落とす。

千陽は驚いて固まり、アンリは不機嫌そうに顔をしかめた。しかし、さすがに使用人の前で王子に向かって『殺す』だの『去勢する』だの言うことはできないようだ。アンリは千陽を急かすふりをして、さりげなくテオから距離をとって歩き出す。

「行こう。お姉ちゃん、こっちだよ」

満面の笑みで案内する声は、蜂蜜《はちみつ》みたいに甘かった。

気になって振り向くと、使用人たちはみんな、感じ入ったように深く頭を下げている。顔を上げたメイド頭《がしら》の目には、涙が光って見えた。目の錯覚だろうか？

（なんにしても、やりすぎだわ。チカは、私を甘やかしすぎよ。さっきお願いしたばかりなのに）

心の中で不満をこぼすが、こんな廊下で家主の息子に文句を言うのも憚《はばか》られる。

そうしているうちに案内されたのは、とても立派な応接室だった。豪華でありながら派手すぎない青を基調とした調度品が、バランスよく配置されている。

「ただいま戻りました。父上、母上」

部屋に入ると、奥の方に優しそうな男女が立っていた。彼らがアンリの両親、エルヴェシウス伯爵夫妻のようだ。

男性は四十代半ばくらい。アンリと同じ金髪と青い目だが、顔立ちは平凡だ。

女性の方は、茶色の髪と目を持つアンリそっくりな美人だった。若々しいのに、聖母のような慈愛に満ちた雰囲気がある。

彼らはまず、王子であるテオに対し丁寧な礼をした。その後、アンリと千陽の方に視線を移す。

千陽は、慌てて頭を下げた。彼らは千陽の養父母になる人たちのはずだ。

「おかえり。アンリ。彼女がお前の姉上かい？」

「その人が、あなたの言っていたお姉さまなのね？」

伯爵夫妻の声は——何故か震えている。千陽が疑問に思って顔を上げると、伯爵は滂《ぼう》沱《だ》の涙を流し、夫人は白いハンカチで目頭を押さえていた。

「え？」

「こんなにうら若き女性が、天涯孤独《てんがいこどく》の身の上となるなんて！」

両手を握りしめ、エルヴェシウス伯爵が嘆いた。

「しかも、信じていた親族に裏切られるなんて、なんて悲しいことでしょう！」

そう叫んだ夫人は、ドレスの裾を持ち上げると、素早く千陽に駆け寄ってくる。そして驚きに固まる千陽を、ギュッと抱きしめた。

「もう大丈夫ですよ。ご両親を喪《うしな》った悲しみは、なかなか癒《い》えないでしょうけれど、これからは私たちがいます。あなたを一人で泣かせるようなことはしませんからね」

細く見えた夫人の胸は案外豊かで、柔らかい。千陽が男であれば、役得だと思うところだろう。

夫人の後ろでは、伯爵が「びぃーむ！」と大きな音を立てて鼻をかんだ。

あまりに同情的な夫妻の態度に、千陽の顔は思いっきり引きつる。

「……あ、あの！」

「お姉ちゃん、諦めて慰《なぐさ》められてやってよ。……言ったでしょう？　僕のこっちの両親は、底抜けのお人好《ひとよ》しだって。二人とも、僕がお姉ちゃんの話をしてからずっと心配していたんだよ。一刻も早く、お姉ちゃんを抱きしめてあげたいって言い続けていた。……まあ、母上はともかく、父上にそんな真似はさせないけれどね」

どこか疲れたように、アンリが言ってきた。テオも脇で苦笑している。

「エルヴェシウス伯爵夫妻のお人柄のよさは、この国の誰もが知っている。お二方ほど高潔で優しい人物に、私は会ったことがない」

「殿下、そのような！」

「そうですわ。私たちは人として当たり前のことをしているだけです」

アンリのどこか毒のある言葉は気にせず、テオの言葉を真面目に受け取って、伯爵夫妻はしきりに恐縮する。

（それって、貴族として生きていくには、とてもたいへんなのじゃない？）

富や権力のあるところには、必ずと言っていいほど悪い輩《やから》が集まってくる。獲物に群《むら》がるハイエナは、引きも切らないはずだ。

そんなことを考えていると、アンリは大きく顔をしかめた。

「父上、母上。殿下のお言葉は褒め言葉ではないですからね。どう聞いても当て擦《こす》りです。バカ正直に他人の言葉を信じてはいけないと、いつも言っているでしょう」

「アンリ！　どうしてお前は、そんなに疑《うたぐ》り深く育ってしまったのだい？」

「あなた。アンリは私たちのことを心配してくれているのです。この子はとても優しい子ですから」

嘆く伯爵と、息子を庇《かば》う夫人。夫人が千陽から少し離れた隙に、テオはさりげなく彼女を自分の方に引き寄せる。そしてこっそり囁《ささや》いてきた。

「ご夫妻がいい方なのは間違いないが、いつもこの調子でね。アンリがいなければ、エルヴェシウス伯爵家は、とっくの昔に潰れていただろう。この家の実権を握っているのは、もうかなり前からアンリだよ」

やたら耳元で囁《ささや》くのが好きな王子だ。そのたびに心臓がドキドキするので、やめてもらいたい。

伯爵夫妻はアンリに、人を信じ愛することがいかに素晴らしいかを切々と訴《うった》えていた。苦虫を噛《か》み潰したような表情でそれを聞き流すアンリを見ながら、千陽はたいへんだなと同情する。

その気持ちはテオも同じなようで、心配そうな声でまた囁《ささや》く。

「千陽。君にはできるだけアンリを癒《いや》してほしいんだ。ここに来る前に言った通り、アンリは王城で重責を担《にな》っている。この国になくてはならない存在だ。その上、家でもエルヴェシウス伯爵家を支えている。実質、彼には休む暇もない。……アンリには、心から甘えられる存在が必要なんだ」

（まあ、確かにそれは、その通りかも）

人間、張りつめてばかりいては、いつか心の糸が切れてしまう。アンリにとってテオは信頼でき、なんでも言える相手のようだが、甘えられる相手ではないはずだ。

（癒《いや》される相手でもなさそうだし）

アンリは異世界召喚なんてとんでもない手段を使ってまで千陽を助けてくれた恩人である。

（……アンリ……チカのために、私にできることがあるのなら）

「わかりました。うまくできるかどうかは不安ですが、やってみます」

小さい声だが、はっきりと千陽は答えた。彼女を見つめるテオの目を、まっすぐ見返す。

テオは、満面の笑みを浮かべた。

「ああ。期待している。……なにせ、君を召喚するにあたって、俺も少なからずリスクを負ったからな。その分、しっかり頑張ってもらわないと」

それは、どこか腹黒さを感じさせる笑みだった。

「……リスク？」

千陽の背中に、何故か寒気が走る。

テオは笑みをスッと消して真面目な表情になると、伯爵夫妻の方を向いて声をかけた。

「エルヴェシウス伯爵。伯爵夫人。……千陽を、どうかよろしく頼む。お二人になら、彼女を――私の婚約者を、安心してお任せできる」

驚いたことに、テオは千陽を婚約者と言った。

千陽は目を見開く。婚約者とか、何か今ありえない言葉が聞こえた気がしたが――

（……きっと、聞き間違いよね）

今日はとんでもないこと続きで、思ったよりも千陽は疲れているのだろう。そういうことであってほしい。

「テオ！　まだその話は！」

焦った様子でアンリが声をあげた。しかしそれを遮《さえぎ》るように、伯爵夫妻がテオに向かって礼をとる。

「しかと承《うけたまわ》りました。テオフィル殿下。……殿下のこたびのご厚意に、心から感謝いたします」

「殿下のおかげで抱きしめることの叶った私たちの娘を、心からの愛情と敬意を持って遇し、殿下の妃《きさき》にふさわしい教育をすることをお誓いいたしますわ」

テオが、千陽の顔をのぞきこんできた。キラキラと輝くアメジストの目は、いたずらっ子のようだ。こんな時でも、彼は美しい。

（美形って、どんな時でも美形なのね）

千陽はしみじみと実感する。

「――召喚魔法は、王家の秘儀だ。使うためには大義名分がいる。今回は〝王子の花嫁〟を召喚するためとして行《おこな》われたのさ」

テオは、爆弾発言をした。

この国の王子は二人。第二王子であるテオとその兄の第一王子のみだという。

アンリはテオの近衛《このえ》騎士として秘儀を使ったので、千陽と婚約するのは自分だと、テオは笑う。

キラキラした笑顔に、目がチカチカした。そしてめまいを覚え……千陽は、意識を失った。


次に千陽が目を覚ましたのは、ふかふかのベッドの上だった。誰かが運んでくれたらしい。

ここは、千陽が倒れた部屋ではなく、これから彼女が暮らす部屋だという。ダブルサイズのベッドも、掛布団もみんな何故かピンクだ。見上げる天井も、当然のようにピンク色。可愛いが、なんだか落ち着かない。日本の千陽の部屋は、純和風の畳部屋だった。

窓際に置かれたベッドの脇には、アンリとテオが椅子を並べて座っている。他には、誰もいない。

意識を取り戻した彼女に、アンリは必死に言い訳する。

「婚約者なんて、ただの口実だよ。確かにテオの言う通り、召喚には表向きの理由がいる。そうでないと、魔法自体が発動しない仕組みになっているからね。だから、仕方なく〝王子の花嫁召喚〟と銘《めい》打ったけれど、召喚したからって結婚しなきゃいけないって決まりはないんだ。お姉ちゃんはそんなこと全然気にしなくていいんだよ！」

千陽が王子の花嫁として召喚されたことは、本当に気にしなくていいことだから、できれば言わずに済ませたいと思っていたのだと、アンリは言葉を重ねる。

「おいおい。それじゃあ俺は、わざわざ異世界から召喚した花嫁に逃げられた男になるだろう？」

大袈裟《おおげさ》に嘆くジェスチャーをして、テオが口を挟んできた。

主《あるじ》であるはずの第二王子を、アンリは冷え切った青い目で睨《にら》みつける。

「何を今さら！　口実だということは、国王陛下や王妃さまにもきちんと伝えてあるではないですか。そもそも今回の異世界召喚は極秘で行《おこな》ったこと。知っているのは王家の方々と神官長、宰相、元帥《げんすい》と、私の家族のみ。お姉ちゃんは、表向きエルヴェシウス伯爵が養女とした遠縁の令嬢として社交界デビューをする予定です。王子と婚約なんて、絶対ありません！」

テオの発言を、アンリはピシャリと封じた。

王子の婚約者は免《まぬか》れても、社交界デビューはするのかと、千陽は頭をかかえる。

「……残念だな」

そう呟《つぶや》いて、テオは肩をすくめた。

その声が本当に残念がっているように聞こえて、千陽はちょっとびっくりする。

先刻、テオはリスクを負ったと言っていた。それは、花嫁として千陽を召喚したことを指しているに違いない。確かに、王城で重要人物らしいアンリの姉とはいえ、見知らぬ異世界人を婚約者とすることにメリットはないだろう。

彼は王子。国の益となる令嬢と結婚するのが当然だ。ならば、千陽を花嫁にせずに済むことは、彼にとって望ましいことのはず。なのに、どうして残念そうなのだろう？

テオも自分の言葉を疑問に思ったのか、困惑したように黙り込んだ。

「テオさま？」

「あ。……いや。……どうやら俺は、自分が思っている以上に、千陽が気に入っているらしい？」

彼は心底不思議そうに首を傾《かし》げた。しかも、語尾が微妙に上がる疑問形だ。

（まさか、私に理由をたずねているの？）

そんなことを聞かれても困ってしまう。傍《かたわ》らのアンリは、ポカンと口を開けている。

「……勘違いだと思います」

仕方なく、千陽は冷静にそう答えた。

（私がテオさまと会ってから、半日も経っていないんだもの。気に入られる理由がないわ）

「……そうか？」

「そうですよ」

再び首を傾《かし》げるテオに、千陽はきっぱりと言った。

「いや。……なんというか？　その、俺に対して少しも媚《こ》びない態度が新鮮というか……戸惑って涙目になる黒い瞳にぞくぞくするというか──」

テオは、ブツブツ呟《つぶや》きながら考えはじめる。

涙目にぞくぞくするとか、やめてほしい。やっぱり彼は、性格に問題があるようだ。

そのテオに対し、ようやくアンリが我に返った。

「……やっぱり、殺す！」

（もう、チカったら、どうしてそう極端な話になるの？）

弟の暴走に、千陽はまたも頭をかかえる。

どう止めようかと思った時、コンコンとドアをノックする音が聞こえた。

「はい！　どうぞ」

これ幸いと、千陽は入室を許可する。

入ってきたのは、この邸《やしき》に着いた際に会ったメイド頭《がしら》だった。そして彼女に続いて、背の高い立派な体格の青年が入ってくる。男は茶髪をオールバックに纏《まと》めた強面《こわもて》イケメンで、軍服のような詰襟《つめえり》の制服を着ていた。腰には、見るからに物騒な剣を佩《は》いている。

「サガモア」

テオが驚いたような声で、軍服の男を呼んだ。すると彼は、アンリに軽く目礼する。

「アンリ、急な来訪ですまない。……テオフィルさま。お迎えに参じました」

男は生真面目な表情で、テオに対し一礼した。どうやら彼は王子を迎えに来た騎士で、サガモアという名前らしい。

千陽は、慌ててベッドから身を起こす。

「迎えなど、呼んでいないぞ」

テオは不機嫌そうに眉根を寄せた。

「エヴラールさまが、殿下をお召しになっております。報告に来ないのは何事だとご立腹です」

ますますひどく顔をしかめるテオ。知らない名前が出てきて、千陽は首を傾《かし》げた。

「……エヴラールさまって？」

「第一王子殿下だよ」

千陽の疑問に、アンリが答えてくれる。それと同時に、彼は千陽の肩に上着をかけてくれた。ちなみに上着もピンクで、可愛いレースがついている。

（第一王子ってことは、テオさまのお兄さんよね？）

テオは椅子から立ち上がり、千陽の枕元に移動した。そして不機嫌丸出しの声で告げる。

「今日は彼女についていなければならないから、報告に行けないと伝えてあるはずだ」

サガモアは、チラリと千陽に目を向けた。絵に描いたような三白眼で、目力が半端ない。

「エルヴェシウス伯爵家のご養女の件は、エヴラールさまもご承知です。他国でお育ちになり、遠路はるばるこの国においでになって不安な思いをされていると。……しかしアンリがいるのだから、テオフィルさままでついている必要はないはずとおっしゃっています。至急お戻りください」

（この人、私が伯爵家の養女になることは知っているのね。召喚魔法のことまでは知らないみたいだけど、いったいどこまで事情を知っている人なのかしら？）

真面目そうな騎士を、千陽はあらためて観察する。

サガモアの言葉を聞いて喜んだのは、アンリだった。

「ああ。まったくその通りだ。エヴラールさまも、たまにはいいことをおっしゃる。さあさあ、さっさと帰ってください」

アンリは、満面の笑みでテオにそう告げた。テオは、苦虫を噛《か》み潰したような顔になる。

「……主《あるじ》に対してその言い方は、ないだろう」

「主《あるじ》のためを思えばこそです。今、第一王子に逆らうことは、テオフィルさまのためになりません。ここは心を鬼にして献言いたします。――今すぐ、消え失せてください」

「それは、どんな献言だ！」

お笑いコンビのようなアンリとテオのやりとりだった。

（絶対、仲間になりたくないわ！）

間違ってもお笑いトリオになりたくない千陽は、彼らから少しでも離れようとベッドの上で身動《みじろ》ぎする。サガモアも冷めた目で二人を見て、一歩退《ひ》いた。

（もしかして、同じことを考えたのかしら？）

そう思い、千陽はサガモアに軽く会釈《えしゃく》を送る。

少し驚いた顔をされたが、その後、サガモアは几帳面に会釈《えしゃく》を返してくれた。

（うんうん。挨拶《あいさつ》は人間関係の基本よね。真面目そうだし、悪い人じゃないみたい）

サガモアに対する好感度がぐんと上がる。千陽は気をよくして頷《うなず》いた。

そんな二人の様子に気づいたアンリとテオが、揃ってムッと顔をしかめる。

「テオ。早く、サガモアを連れて帰ってください」

「ああ、そうしよう」

突然意見を一致させた主従は、素早く行動に移る。

「行くぞ、サガモア。……千陽、また来る」

テオはスッとサガモアの前まで行き、彼の視線を遮《さえぎ》った。

「当分来なくていいですよ」

間髪《かんはつ》を容《い》れずに答えたのは、アンリである。彼もまた、千陽の視線を遮《さえぎ》るように彼女の前に立つ。

非常に大人気ない二人の行動だった。

サガモアの方から、大きなため息が聞こえてくる。

「アンリ、テオフィルさまも……そんな態度をとってどうするというのです？　いずれは、私が千陽さまの警護をするのでしょう？」

本当に呆れ果てた声が響いた。その内容に、千陽は驚く。

「警護って？」

アンリを見上げると、彼は不本意そうに顔をしかめた。

「うん。……僕もテオも、結構忙しい身なんだよね。しかも、僕はテオの側近だから、一緒に公務に出ることも多い。どうしてもお姉ちゃんのそばにいられない時間があるから、その間の警護をサガモアに頼もうと思っていたんだ」

サガモアは魔法を使う素質のある魔法剣士なのだという。魔法の腕はアンリの方が上だが、剣の腕はサガモアの方が上で、かなりの手練《てだ》れだそうだ。

この世界の貴族令嬢は、基本的に一人で行動しないらしい。常に親族か使用人がそばにつき、使用人が入れぬような場所は、親族の依頼を受けた騎士が身辺警護を請《う》け負うのだとか。

「ちなみに、親族の中には婚約者も含まれるから」

「テオ！　余計なことは言わないでください！」

口を挟んだテオを、アンリが叱りつけた。その後、大きなため息をつく。

「本当は、お姉ちゃんのそばには誰も近づけたくないから、僕が仕事を辞めて、つきっきりで守ろうと思ったんだけれど――」

「絶対、許さん！」

断固として、テオは言った。アンリは、ガックリと肩を落とす。

すると、サガモアがテオの後ろから前に出てきて、アンリに真剣な表情を向ける。

「養女となる千陽さまを、アンリがとても大切に思っていることは、よく理解した。誠心誠意お守りしよう。だから、私を彼女に紹介してくれないか？」

「お前のそういう真面目なところが、お姉ちゃんに気に入られそうだから、嫌だ！」

アンリの主張は子供じみている。千陽は、呆れ果ててしまった。

「大丈夫よ、チ――アンリ」

『チカ』と呼びそうになり、慌てて千陽は『アンリ』と言い換える。サガモアがどこまで知っているかわからない間は、『チカ』と呼ばない方がいいだろう。

どうやらその判断は正しかったようで、アンリは小さく頷《うなず》いてくれた。

「私に警護なんていらないわ。護衛が必要な場所に行かなければいいだけでしょう？」

アンリとこの世界で暮らすと決めた千陽。アンリは貴族であり、一緒に暮らすためには社交界デビューは避けられないのかもしれないが、自分に貴族の暮らしが合うとは思えない。

（テオさまにも依頼されたし、当分はチカのそばにいて、離れていた間の時間を埋めたいとは思うけれど……落ち着いたら、この世界で独り立ちするんだもの。将来的に平民として働いて暮らすつもりだし、私自身に狙われるような価値はないし、警護なんていらないわよね。……その方が、サガモアさんも、面倒がなくていいはずよ）

貴族令嬢だから護衛がいるのだ。平民に護衛なんて聞いたこともない。

「社交界には必要最低限だけ参加するわ。チ――アンリの都合が悪くて行けない時は、欠席すればいいだけでしょう？」

名案だと思ったのに、彼女の言葉を聞いた男たち三人は、揃って渋い顔をした。

「お姉ちゃんを家の養女にするっていう話は、父上や母上が大喜びで、周囲に触れ回っちゃったからね。……もうかなりの数の貴族から、夜会やらお茶会やらの招待状が届いているんだ」

困ったようにアンリは言う。

「エルヴェシウス伯爵令嬢が、社交の場に出ないなど考えられないことです」

サガモアも、真剣な顔で首を横に振った。

「少なくとも、俺の両親には挨拶《あいさつ》してもらうぞ」

テオの両親とは、ひょっとしてこの国の国王夫妻のことだろうか。

(なんで、そんなことになっているの!?)

顔を引きつらせる千陽のベッドの脇に、サガモアがやってきた。強面《こわもて》の騎士は、アンリを軽く押しのけて、その場に片膝をつく。

「エルヴェシウス伯爵令嬢、千陽さま。ようこそ我《わ》が国にお出《い》でくださいました。挨拶《あいさつ》が遅れました。私は、サガモア・ガラ・ルヴェルガーと申します」

あらためて名乗られ、千陽も慌てて頭を下げる。

「あ……千陽・赤羽・エルヴェシウスです」

それは、馬車の中でアンリたちと話し合って決めた、千陽の新しい名だ。

オードラン王国の貴族には、ミドルネームがある。大抵は、母方の姓を短くした語呂のよいものをつけるらしく、アンリのミドルネームであるヴューは、エルヴェシウス伯爵夫人の旧姓ヴュアルネが元になっている。養女となった千陽にもミドルネームが必要となり、千陽は迷わず赤羽を使うことに決めた。地球の名前を捨てたくなかったのだ。

千陽はサガモアにこの世界での新しい自分の名を告げた。

すると、彼は嬉しそうに笑い、そしてすぐにスッと表情を引きしめる。

「慣れぬ環境で、たいへんでしょう。不安に思い、外出を控えようと考えるお気持ちもよくわかります。しかし、それではいつまで経っても、この国に慣れることができません。……不肖《ふしょう》サガモア・ガラ・ルヴェルガー、千陽さまを全力でお守りすることを誓います。……ですから、私に、あなたをエスコートする栄誉を与えてくださいませんか？」

胸に片手を当てて、サガモアは深く頭《こうべ》を垂れる。

(うっわ！　お姫さまに忠誠を誓う騎士みたい！　……っていうか、セリフが微妙に気障《きざ》なんだけど？　真面目な顔して、このセリフって！)

こんなシーンに憧れない女性はいないだろう。千陽は思わず「はい」と答えてしまう。

「何をやっているんです！　サガモア！」

「素《す》でこういうことができるから、お前は嫌なんだ！　この、天然タラシ騎士！」

焦ったアンリとテオが、サガモアをベッドのそばから引き離した。

「人選をもう一度やり直す！」

「お姉ちゃんに手を出すなんて、命がいらないようですね！」

手を出されてはいないのだが、アンリにとってはそうされたも同然のようだ。

怒った二人は、サガモアを両側から挟み、三人で部屋を出ていく。後には、呆然とする千陽と、何故か涙ぐんでいるメイド頭《がしら》が残った。

「……あの？」

「ああ。失礼いたしました。……あのように、感情を豊かに出すアンリ坊ちゃまを見たのは、久しぶりで」

白いハンカチを取り出し、目頭を押さえるメイド頭《がしら》。

「――とても愛されておられますね。千陽さま」

反論できない千陽だった。

その後、ピンと背筋を伸ばしたメイド頭《がしら》は、あらためて挨拶《あいさつ》をしてくれた。

「あらためまして。私、エルヴェシウス伯爵家のメイドたちを統轄しております、アデール・ペローと申します。当家に四十年仕《つか》えており、アンリさまから千陽さまのお世話をするよう命じられました」

「よろしくお願いします」

千陽が頭を下げると、すぐにアデールの世話焼きがはじまる。

「お加減はいかがですか？　お食事は、軽いものなら召し上がれますか？」

予定では、これから千陽を歓迎するパーティーを開くはずだったそうだ。しかし、倒れた千陽の体調を慮《おもんぱか》り、パーティーは明日以降に延期になったのだという。

「ごめんなさい」

「千陽さまが、謝られる必要はございません。遠方からお出《い》でになって疲れていらっしゃる千陽さまのお体を気遣ってあげられなかった、アンリさまがいけないのです」

ピシャリとアンリを非難するアデール。彼女はアンリが赤子の時から世話をしているという。アンリも彼女には頭が上がらないようだ。

テキパキと手際よく動くアデールは、まず千陽を着替えさせた。それから、千陽と他愛のない話をしながら、ベッドの上で食事をする用意を、あっという間に整えてしまう。

そこに、疲れ切った顔をしたアンリが帰ってきた。

「テオもサガモアも、ようやく帰ったよ。話し合って、結局お姉ちゃんの警護には、予定通りサガモアが就くことになったけど……ああ、疲れた。こんなにお姉ちゃんとの時間を邪魔されるようなら、やっぱり出奔《しゅっぽん》しようかな」

ベッド脇の椅子にドカッと腰を下ろしながら、アンリはため息をつく。優しげな外見の割に、乱暴な仕草だ。それくらい疲れているのだろう。

「出奔《しゅっぽん》は、ダメよ」

そんなことになったら、何よりアンリの両親に申し訳ない。

「うん。わかってる。……やっぱり、お姉ちゃんは優しいね」

アンリはトロンととろけた笑みを向けてきた。千陽の胸はドキンと高鳴る。

(もうっ、もうっ！　今のチカは、金髪美形王子さまなんだから！　むやみに色気を振りまくのは、やめてよね)

千陽は慌てて顔を背《そむ》けた。そんな彼女の様子を、アンリは嬉しそうに見つめている。

「あ、食事だね。……そういえば、僕もお腹減ったなぁ」

ベッドテーブルに並んだ食事に気がついたアンリは、お腹に手を当てた。眉を下げた情けない顔で、千陽の顔をのぞきこんでくる。

「お姉ちゃん、僕も一緒に食べていい？」

懇願《こんがん》するように見つめられては、千陽に断ることなどできるはずもない。

「いい――」

「何をおっしゃっているのです。アンリさま。これは、千陽さま用のお食事。ただでさえ量を少なくしておりますのに、横取りしてどうするのです？　アンリさまのお食事は、食堂にご用意してあります。そちらでお召し上がりください」

頷《うなず》こうとした千陽を遮《さえぎ》り、腰に手を当てたアデールがアンリを叱りつける。

アンリは、プーと頬を膨《ふく》らませた。

「やだ！　僕は、ここでお姉ちゃんと一緒にご飯を食べたい」

「……では、アンリさまの分をこの部屋に運ばせましょう。ご用意が整うまでに、お召し物を着替えてきてください」

ついさっきまでテオと一緒だったアンリは、肩章のついた立派な服を着ている。一方、先ほど着替えさせてもらった千陽は、ゆったりとした丸首のロングワンピースみたいな服を着ていた。

ちなみに色はやっぱりピンクである。なんでも、この部屋も服も伯爵夫人の趣味だとか。子供が息子のアンリだけだった伯爵夫人は、千陽を養女とすると決めた途端、張りきって女性用の服をたくさん注文してくれたのだそうだ。

（……まさか、全部ピンクじゃないわよね？）

怖くて聞けない千陽だった。

「わかった。すぐ着替えてくるよ。お姉ちゃん、ちょっと待っててね」

そう言うなり、アンリは体を屈《かが》めて千陽に顔を近づける。

「……え？」

チュッと軽い音を立て、頬に柔らかな感触が当たる。呆然とする千陽の至近距離で、アンリはイタズラが成功した子供みたいな笑みを浮かべた。

「お姉ちゃん、可愛すぎ！　……どうしよう？　離れたくない」

「アンリさま！」

「ハイハイ」

アデールに怒鳴られたアンリは、肩をすくめると、今度は千陽の反対の頬に素早くキスをする。そして、軽い足取りで部屋を出ていった。

呆気にとられた千陽は、ゆっくりと両手を上げ、頬に当てる。

「――本当に愛されておいでですね、千陽さま」

アデールにため息まじりに呟《つぶや》かれ、千陽は困惑の表情を浮かべるしかなかった。

その後アデールは、アンリが食事をするためのテーブルをベッド脇にセットしはじめた。食堂から運ばせた料理を手際よく並べながら、千陽に話しかけてくる。

「先ほども少しお話ししましたが……アンリさまは、それほど感情を豊かに出すお方ではありません」

「チ――アンリが？」

先ほどと同じように言い直した千陽に、アデールは笑って首を横に振る。

「チカとお呼びになって大丈夫ですよ。私と執事のジツェルマンは、千陽さまのご事情を知っております」

執事のジツェルマンとは、この家に来た時、アデールと並んで出迎えてくれた年配の執事のことだという。アデール同様、長年エルヴェシウス伯爵家に仕《つか》えており、アンリからの信頼はある意味伯爵夫妻より厚い。

「旦那さまと奥さまは、ああいうご性格でいらっしゃいますから」

苦笑するアデールに、先刻の伯爵夫妻の様子を思い出した千陽は「ああ」と納得した。頼りになる使用人の存在に、アンリもさぞ助けられているのだろう。

「それで……チカは、感情豊かではないんですか？」

信じられずに、千陽は聞き返す。

召喚されてから、アンリはずっと感情丸出しだった。泣いたり、笑ったり、怒ったりと忙しく、見ている千陽の方が目を回しそうなくらいだ。

「はい。アンリさまはまだ十八歳というお年ながら、その言動は落ち着き払い、常に冷静沈着。無表情がデフォルトで、一部では〝氷の貴公子〟と呼ばれております」

「こ、氷の貴公子⁉」

思いがけない二つ名に、千陽は叫んでしまう。まったく信じられない。

「で、でも、チカは、誰の前でもずっとあの調子で……。テオさまもご両親も、普通に接していらっしゃいましたけど？」

〝氷の貴公子〟と呼ばれるほど無表情の人が急にあんな風になったら、もっとびっくりするはずではないだろうか？　その割に、テオも伯爵夫妻も、態度は普通だった。

アデールは、小さくため息をもらす。

「アンリさまは、あらかじめ自分が〝壊れる〟と、宣言しておいででしたから」

「壊れる⁉」

千陽は、限界まで目を見開いた。驚きすぎて、目玉が落ちてしまいそうだ。

その時、ガチャリと部屋のドアが開いた。

「大好きで、大切で……会いたくてたまらなかったお姉ちゃんに会えるんだから、以前のままでいられるはずがないだろう？　〝壊れる〟とは大きく変わるっていうことで、悪い意味ではないからね」

部屋に入ってきたアンリは、どこから話を聞いていたのか、アデールの話に補足する。

そしてアデールの方を向くと、軽く睨《にら》みつけた。

「アデール。お姉ちゃんに余計なことを言わないようにって、僕は命じていたよね？」

「余計なこととは思いませんでした。……千陽さまは今後、社交界から多大な関心を持って迎えられることになります。どの家の方々も、〝氷の貴公子〟の氷を溶かした令嬢に興味津々《しんしん》でしょう。……理由もわからずに興味本位の視線を向けられては、千陽さまが傷ついてしまわれます。千陽さまには、その理由をきちんと理解していただいた方がよいと判断しました」

そう言われてみれば、もっともな理由だった。アンリは小さく顔をしかめる。

「お姉ちゃんのことは、僕が完璧に守るからいいんだよ。僕は、お姉ちゃんに笑ってほしくてこっちの世界に来てもらったんだ。ほんの少しでも、お姉ちゃんには負担をかけたくないし、僕のことで負担に思ってほしくない。もしも、お姉ちゃんに変なことを言うような奴がいれば、僕が完膚《かんぷ》なきまでに叩き潰してやる」

アンリの青い目が、物騒な光を放った。千陽は少し呆れてしまう。

「ばかね。チカ、誰がそんな風に守ってほしいって言ったの？」

「お姉ちゃん!?」

びっくりするアンリを、千陽は手招きでそばに呼んだ。恐る恐るといった感じで、アンリは近づいてくる。そしてベッドの脇にセットされた椅子に、ストンと腰を下ろした。

「あのね、チカ。私はあなたとこの世界で生きていきたいの。生きるってことは、そんなに楽しいことばかりじゃないのよ。悲しかったり、辛かったり……腹立たしいことだって、たくさんあるわ。一緒に生きるってことは、そんなすべてに一緒に立ち向かうことだと、私は思うの」

人生は、山あり谷ありだ。今まで生きてきた二十三年の中でも、千陽はそれを思い知らされてきた。

「楽しく笑ってばかりでなくてもいいのよ。チカと一緒にいろんな経験をするのが、生きるってことだもの」

だから、千陽は安心させるようにアンリに笑いかける。

「だいたい、私はチカのお姉ちゃんでしょう？　守るなら、私の方よ」

千陽の言葉を聞いて、アンリは青い目をパチパチと瞬《またた》かせる。そしてクシャリと顔を歪《ゆが》ませた。

「……うん。やっぱり、お姉ちゃんだ。僕、お姉ちゃんには敵《かな》わないや」

「当たり前でしょう。もう、これからは変な気は使いっこなしよ。……さあ、ご飯をいただきましょう。とっても美味《おい》しそうだわ」

千陽が誘うと、アンリは嬉しそうに笑った。

「……それに、〝氷の貴公子〟なんて笑える二つ名、内緒にしておくなんて、ずるいわよ」

「ひどい！　お姉ちゃん！」

食事の席に、楽しそうな笑い声が響く。

部屋のすみに控えていたアデールが、深々と千陽に対し頭を下げた。

その晩の眠る前、千陽とアンリは大声で言い争っていた。

「もうっ！　チカったら、何を考えているの？」

「お姉ちゃんこそ、何を考えすぎているの？　僕は、久しぶりにお姉ちゃんと一緒に寝たいってお願いしているだけなのに？」

ピンクの部屋のピンクのベッドの上、横たわる千陽の上に体を乗り上げたアンリが、無邪気に笑う。

笑顔は無邪気だが、体勢はまさしく襲いかかる狼だ。

「昔は、いつも一緒に寝ていただろう？」

「五歳の時の話でしょう！　私、もう二十三歳なのよ！」

「うん。知ってる。五歳の時に転生した僕が、十八歳だからね」

五歳の双子の姉弟《きょうだい》が一緒に寝るのは微笑ましいことだが、二十三歳の姉と十八歳の弟が一緒のベッドに眠るのは、ありえないだろう。普通に考えればわかることなのに、アンリは何故か引き下がらなかった。

「お願い！　お姉ちゃん。絶対、変なことはしないから」

「変なことって、何⁉」

「しーっ！　みんな起きちゃうでしょう？」

アンリは千陽の唇に指を当て、自身の唇をすぼめる。間違いなく男性なのに、色っぽいのは何故だろう？

時刻は夜半過ぎ。邸《やしき》の住人はみんな寝静まり、アデールも部屋を下がっていった。

（チカも、『お休みなさい』ってアデールと一緒に出ていったはずなのに！）

いつの間にか彼は千陽の部屋に戻り、この事態になっていた。

（忍者なの？　素早すぎでしょう⁉）

絶対ダメだと睨《にら》みつける千陽に、アンリは情けなく眉を下げてみせる。

「ごめん。お姉ちゃん。非常識だって僕もわかってる。……でも僕、不安なんだ。お姉ちゃんがホントにここにいるのかどうか。……ひょっとしたら、これは僕の見ている都合のいい夢で、お姉ちゃんのこの姿も感触も、僕の妄想なんじゃないかって思えてくる。……明日、目を覚ましたら、お姉ちゃんがいなくなっているんじゃないかって――」

アンリは本当に泣き出しそうだった。青い瞳がうるうると潤《うる》み、千陽を見つめてくる。

弟のこの表情に、千陽は弱い。

「……バカね。そんなはずないじゃない」

「うん。だから、一緒に寝て？　明日の朝起きた時、僕にホントだって信じさせて」

ポロリと落ちたアンリの涙が、千陽の頬に落ちる。

結果、渋々《しぶしぶ》――本当に渋々《しぶしぶ》ではあるが、千陽はアンリのお願いを聞くことになった。

「本当に変なことはしないでね。ベッドの端と端で眠るだけよ！」

「うんうん。大丈夫。お姉ちゃんの許可がない限り、絶対僕からお姉ちゃんに触れたりしないから」

先ほどまで泣いていたアンリは、満面の笑みで布団に潜《もぐ》りこむ。

あまりの変わり身の早さに、千陽は呆気にとられた。

「……私、だまされた？」

「え？　何？　何か言った、お姉ちゃん？」

「なんでもないない！　だから、近づいちゃダメ！」

「ちぇ～っ」

隙あらばくっつこうとするアンリをしっしっと追い払いながら、千陽はベッドの端に横たわる。

しばらくして、アンリが小さな声で話しかけてきた。

「――パパとママさ、見ていてこっちが恥ずかしくなるようなラブラブ夫婦だったよね」

千陽は、ピクリと肩を揺らす。

パパとママというのは、伯爵夫妻ではなく、地球の両親のことだろう。

「そうね。胸焼けするくらいのバカップルだったわよね」

静かな声で、千陽はそう返す。

千陽と千景の両親は、子供の目から見ても恥ずかしくなるほど、稀《まれ》に見るオシドリ夫婦だった。

共働きで互いの仕事を尊重していた父と母。二人は当然のこととして、家事や育児も仲良く分担し、いつも二人でやっていた。買い物や掃除はもちろん、キッチンに立つ時も一緒だった。

「僕、『ただいま』と『おかえり』の時にハグとキスをするのは、普通のことだと思っていたよ」

「そうそう！　当たり前だと思っていたから、友だちに挨拶《あいさつ》しながら抱きついて、ドン引きされたこともあったわ」

「……その友だちって、女の子だよね？」

「え？　ええ。そうだけど？」

「よかった。さすがの僕でも、異世界にいる相手を抹殺するのは、面倒だからね」

――アンリの発言は、時々意味不明だ。

ともかく、千陽と千景の両親は日本では滅多《めった》にお目にかかれないほどラブラブな夫婦だった。

「パパとママ、互いを庇《かば》い合うようにして息を引き取ったんだってね」

異世界からどこまで見ていたのか、アンリがそんなことを言ってくる。彼の言葉は事実だった。

千陽は、小さく唇を歪《ゆが》める。

「……うん。手もしっかりつないだままだったんですって。救助してくれた救急隊員の人が教えてくれたわ。……すごく悲しかったのに、どこまでラブラブなのよって、ちょっと笑っちゃった」

事故の知らせを受け、変わり果てた両親の姿を見ても、千陽は事故の被害者が両親だと思えなかった。でも、そんな話を聞いて、ようやく亡くなったのは間違いなく自分の両親なのだと信じた。

ズンと、鼻の奥が重くなる。喉《のど》が塞がり、涙がこみ上げてきた。

久しぶりの感覚に、千陽は戸惑う。

(泣きたくなるなんて、事故のあの日以来だわ)

「……お姉ちゃん」

「ひどいわよね。いくらラブラブ夫婦だからって、二人仲良く逝《い》ってしまわなくてもいいじゃない。しかも私を置いてよ?」

わざと明るく、拗《す》ねたように千陽は言う。声がかすれて、涙声になり……やばいと思った。

「うん。僕もそう思う。だいたい、パパとママは、自分たちの世界を作りすぎなんだよ」

背後で、アンリが頷《うなず》く気配が伝わってくる。キシリと、ベッドが軋《きし》んだ。

「……だから、お姉ちゃんは、もっと泣き喚《わめ》いてもいいんだよ」

「っ!」

千陽は目を大きく見開いた。

「葬儀だって……なんで、悲しんでいるお姉ちゃんがいろいろやらなくちゃいけないんだって、僕はこっちの世界で怒りがおさまらなかった！　お姉ちゃんは悲しくて辛いのに、あれもこれも仕事が山積みで！　……パパとママは、二人仲良く天国へ旅立っていったんだ。そんなラブラブな二人を弔《とむら》うより、お姉ちゃんを慰《なぐさ》めてやる方が、ずっと必要なことだろうって!!」

アンリは、どうやら本気で怒っているようだ。さすがに、千陽はおかしくなる。

「もう、チカったら」

確かに、両親の死後、千陽はとてもたいへんだった。あれやこれやと、やらなければならないこと、決めなければならないことが山積みで、ゆっくり泣けたのは事故の当日くらい。

油断したら悲しみの中に引き込まれ、立ち上がれなくなりそうで、千陽は必死だった。

そんなこと、誰にもわかってもらえていないと思っていたのだが――

「お姉ちゃんは、本当に頑張っていたよ。僕はずっと見ていたから、誰よりそれを知っている。……涙をこらえて頑張るお姉ちゃんはすごくって、僕は見惚《みと》れて――でも、とても悲しかった。どうして、僕はお姉ちゃんのそばで、一緒に泣いてあげられないんだろうって」

「……チカ」

双子の弟だけは、異世界から千陽を見てくれていたようだった。

「お姉ちゃん。……お願い、抱きしめてもいい？」

今にも泣き出しそうな声で聞かれて、ダメだなんて言えるはずもない。それでも、いいとは言えなくて、千陽は黙り込む。すると、大きな手がおずおずと千陽の体に回された。

「お姉ちゃん」

グッと引き寄せられて、背中から抱きしめられる。

アンリの体は大きく温かくて、鼓動がドキドキと伝わってきた。

「……パパとママが天国に逝《い》っちゃって、悲しいね」

アンリの声が耳を打ち、おさまりかけた涙が、再び千陽の目に浮かび上がってくる。

「お姉ちゃんが一人で残されてしまったのが、辛いよ。……でも、ようやく僕は、お姉ちゃんを抱きしめることができた」

千陽の体に回されたアンリの手に、力がこもる。

「もう、一人じゃないよ。お姉ちゃんには僕がいる」

耳元で優しく囁《ささや》かれ、千陽の目から涙がこぼれ落ちた。後から後から涙が溢《あふ》れ出て、止まらない。千陽の心に溜まっていた涙のダムの堤防は、決壊してしまったらしい。

「……チカッ」

「お姉ちゃん」

異世界の夜の中、再会した姉弟《きょうだい》は体を寄せ合い、悲しみを分かち合う。そうして静かに眠りについた。

翌朝、千陽を起こしに来たアデールに、二人がたっぷり怒られたことは、言うまでもない。

第三章　第一王子とレッスン

「面《おもて》を上げよ」

声をかけられた千陽は、ゆっくりと顔を上げる。

真正面には、声の主である男性が座っていた。サラサラで腰まで伸びた銀髪の、人形みたいに美しい人だ。不機嫌そうに細められたアメジスト色の目が、ジッと千陽を見つめてくる。

「エヴラール殿下。お目通りが叶い光栄です。千陽・赤羽・エルヴェシウスと申します」

覚えたての礼儀作法で、千陽はゆっくりお辞儀する。自分でもわかるくらいにギクシャクとした動きだったが、声は震えなかったのでなんとか合格点だろう。

千陽が異世界に召喚されてから、今日で四日目。

思いもよらず、彼女はオードラン王国の第一王子エヴラールと面会していた。彼が突然、エルヴェシウス伯爵邸を訪ねてきたのである。

「光栄だと言うわりには、私の招きを再三断ってくれたようだが」

表情をピクリとも動かさず、エヴラールはそう言った。

千陽の背中を冷や汗が流れ落ちる。そして口には決して出せない文句を心の中で叫ぶ。

（断ったのは、私じゃなくてチカです！）

王家の秘儀で異世界から召喚された千陽。その事実を知る人間が、彼女に会いたいと思うのは当然だ。そのため千陽は、国王夫妻をはじめ、第一王子、宰相、元帥《げんすい》、神官長などから面会を申し込まれた。

しかし、アンリが頑として頷《うなず》かなかったのだ。

「お姉ちゃんはこの世界に来たばかりだ。いきなり王や国の重鎮たちと面会なんて、きついに決まっている。大事なお姉ちゃんに、そんな負担をかけさせるもんか！」

申し込みが届く端から断るアンリ。

国王との面会を断ってもいいのかと思ったが、本来は庶民の千陽は権力者に会う覚悟がなく、アンリの意見に便乗していた。

そうしたら、アンリが留守の今日、エヴラールが自《みずか》ら出向いてきたのである。

「呼んでも来ないのだ。私が訪ねるしかないだろう？」

（そうかもしれないけど、テオさまもエヴラール殿下も、この国の王子さまは自由すぎじゃない？）

口には出せないが、千陽は心の中でそう呟《つぶや》いた。

とはいえエヴラールは護衛として騎士五名を連れてきていた。アンリと二人だけで身軽に出かけるテオに比べれば、彼は常識人なのかもしれない。

そんなことを考えていると、彼は千陽と二人になりたいからと、人払いを命じた。それから不機嫌な表情で、ジッとこちらを見つめてくる。

どう対応していいのかと、千陽は困惑した。誰かに聞きたくとも、聞く相手すらいない。

（私から話題を振った方がいいの？　それとも、許可なく発言したら怒られちゃうパターン？）

この世界の常識や貴族令嬢としてのマナーは、まだ学んでいない。困っているうちに、時間ばかりが経っていく。

「あの……」

なんの動きもないまま二十分ほどが過ぎて、千陽が我慢できず、話しかけようとした時――

「お姉ちゃん！」

部屋のドアがバン！　と開き、アンリが飛び込んできた。

「お姉ちゃん、大丈夫？　何か変なことをされなかった？」

叫ぶなり、千陽を自分の背中に庇《かば》うアンリ。彼の後ろには、息を切らしたアデールがいた。出かけていたアンリに彼女が連絡してくれたのだろう。

アンリの言葉を聞いた途端、エヴラールの眉間のしわが一段と深くなった。

「無礼だろう。エルヴェシウス伯爵子息」

「私の留守を狙って訪問し、姉と二人っきりになるような殿下に言われたくありません！」

アンリはエヴラールを鋭《するど》く睨《にら》みつける。

「姉は召喚されたばかりで、この世界のことは何もわからないのだと、申し上げたはずです。まだ殿下のお相手はできません、と！」

「だから、私は彼女に相手をしてもらってはいない。――エルヴェシウス伯爵令嬢と私は、この部屋にいただけだ。挨拶《あいさつ》は受けたが、それ以外は言葉も交わしていないからな」

確かにその通りだ。驚いたアンリが、本当かとたずねるように見てくるので、千陽は頷《うなず》く。

アンリは、訝《いぶか》しげに眉をひそめた。

「……では、殿下はいったい何をしにいらっしゃったのですか？」

「私は、自分の〝花嫁〟となるかもしれない女性を見に来たのだ。召喚理由が〝王子の花嫁召喚〟なのだから、王子としてすべきことであろう？」

大真面目に、エヴラールはそう言った。千陽もアンリもポカンとしてしまう。

それにかまわず、エヴラールは言葉を続ける。

「自分の妻となる可能性のある女性が、会える距離にいるのに顔も見せないのは、礼を失する行《おこな》いだ。この国の王子としての義務を、私は果たさなければならない」

至極真剣なエヴラール。皮肉や冗談を言っている様子はなく、どうやら心からの言葉らしい。

千陽は呆気にとられ、アンリは頭をかかえて「う〜」と呻《うめ》く。

「……エヴラール殿下。召喚理由は、あくまで建て前です。実際に姉が王子の花嫁になることはないと、説明させていただいたはずですが？」

アンリは絞《しぼ》り出すような声で問いかける。

「たとえ、建て前だとしても、それを理由にエルヴェシウス伯爵令嬢が召喚されたのは事実だ。ならば、召喚した側の責任として、最低限の礼儀は尽くさねばならないだろう。……現に、テオフィルは彼女に会っている。私だけが義務を果たさぬ理由はない」

――なんというか、非常に真面目な第一王子だった。

アンリはこめかみをグリグリと揉みながら「そうだ、こういう方だった」と、小さく呟《つぶや》く。

「それで、本当にただ姉に会うためだけに、我《わ》が家を訪れたのだと？」

「さっきから、そう言っている」

重ねて聞かれたエヴラールは、またまた不機嫌な顔になった。

「……お姉ちゃん、本当？　何もされていない？　話もしなかったの？」

アンリは振り返り、背中に庇《かば》った千陽にそう聞いてくる。今度も千陽は、うんうんと頷《うなず》いた。

するとアンリはとても大きなため息をつき、心底呆れた表情でエヴラールに向き直る。

「エヴラール殿下、そういうことを時間の無駄と言うのです。もう二度となさらないでください」

エヴラールは、心外だというようにアンリを睨《にら》んだ。

「無駄ではない。私は義務を果たせたし、それに、実際に会うと会わないとでは、相手に対する印象は大きく違う。会わねばわからぬこともある」

「会話もしなかったのに、何がわかったとおっしゃるのです？」

言い返されたアンリは、少しムッとして聞き返した。

エヴラールの目が、アンリを通り越して千陽に向けられる。

「彼女は、ずっと無言でいた私から視線を逸《そ》らさなかった。そんな女性は、彼女がはじめてだ。……しかも彼女は、怯《おび》えも怒りもしなかった」

千陽は、ブンブンと首を横に振った。

（いやいや、私、ものすごく焦っていましたよ！）

焦るのは怯《おび》えるのとは違うかもしれないが、居心地が悪かったのは間違いない。

（それに、殿下だって、ものすごく不機嫌そうでしたよね⁉）

混乱した千陽は、エヴラールから目を離せない。一緒にいた間、終始無表情だったエヴラール。あの仏頂面《ぶっちょうづら》の下で、彼はそんなことを考えていたのか？

ジッと凝視していると、エヴラールの唇の両端が、ほんの少し上がった。

（え？　ひょっとして、殿下は今、笑ったの？）

わずかな変化に、千陽の目はますます惹《ひ》きつけられる。

アンリも、信じられないとでも言いたげに青い目を見開いた。

「今日は帰る。……また来よう」

変化は一瞬。すぐに元の無表情に戻ったエヴラールは、スッと立ち上がる。そのまま二人の脇を通り、部屋を出ていった。

千陽とアンリは、呆然と彼の後ろ姿を見送る。しばらくして――

かった。


「もう二度と、来るな！」

アンリは大声で怒鳴ったが、すでに立ち去った第一王子にその声が届くことはなかった。

「千陽さま。違います。そこのステップは右足を前に」

「え？　え？　え？　……あっ！　きゃあっ！　ごめんなさい！」

注意を受け、焦ってサガモアの足を踏んでしまった千陽は、慌てて謝罪した。

第一王子襲来事件から十日。彼女は今、社交界デビューを目指して、レッスン漬けの毎日を送っている。今日はダンスのレッスンで、サガモアが相手役をしてくれている。

先日、エヴラールにどう接していいかわからず、千陽はずっと無言で彼と睨《にら》み合っていた。そう白状すると、アンリはすぐさまこの世界の常識や礼儀作法を学ぶレッスンを開始したのだ。

自立に向けて動き出したい千陽ではあるが、まずは恩返しも兼ねて、貴族令嬢として恥ずかしくない振る舞いを身につけなくてはならない。それに、きちんとした振る舞いをマスターできれば、自立にも役立つことだろう。

そのためには、覚えねばならないことがたくさんある。挨拶《あいさつ》の作法から、身だしなみや立ち居振る舞い、テーブルマナーにダンスなどだ。どれ一つとっても、千陽にはまったく未知の世界で、とてつもなく難しい。

特にダンスは、一人では練習できないこともあって、千陽が最も苦手とするレッスンだった。

アンリとテオ、サガモアに代わる代わる相手をしてもらいながら、鋭意努力中なのだが、なかなか上達しない。

先ほどから何度もサガモアの足を踏んで、申し訳ない思いをしていた。

ちなみに、アンリとテオは、今日は公務だそうで早朝から城に詰めている。『知らない誰かが訪ねてきても、決して会わないでね！』とくどいほど注意して、アンリは出かけていった。

「いや。気にしなくていい。千陽は羽より軽いからな。いくら踏まれても少しも痛くない。……むしろよろけるたびに、千陽が私に縋《すが》ってくれるから、嬉しいくらいだ」

非常に真面目な顔で、そんなことを言うサガモア。テオいわく天然タラシ騎士の彼は、今日も平常運転だ。

(まあ、この十日間で、だいぶ慣れたけれど)

サガモアは少しでも早くお互いに慣れなければと主張し、千陽のレッスンに付き合ってくれている。

最初は硬かった言葉遣いも、敬語なしでと千陽からお願いし、砕けた口調になってきた。

サガモアは、二十五歳。千陽より二つ年上で、しかも由緒《ゆいしょ》正しい侯爵家の出身だという。敬語なんて使われては、いたたまれない。

もっともアンリは気に入らないようで、ずいぶん渋っていたけれど、なんとか納得してもらった。

『お姉ちゃんを呼び捨てにするなんて、舌を引っこ抜いてやりましょうか』なんて声が聞こえた気もしたが……きっと、気のせいだろう。自身の心の平穏のため、千陽はそう思うことにした。

「役得だな」

強面《こわもて》イケメンが小さく口角を上げると、抜群の破壊力がある。千陽の顔は、カーッと熱くなった。

「……千陽さま。殿方《とのがた》のお言葉には、たぶんに社交辞令が含まれます。千陽さまの反応は、たいへん可愛らしくていらっしゃいますが、すべてを真《ま》に受けて反応されますと、後々面倒なことになるかもしれません。受け流すことも覚えてください」

ダンスと並行して社交界での立ち居振る舞いを教えてくれるのは、エルヴェシウス伯爵家の執事ウラジミール・ジッェルマンだ。落ち着いた雰囲気の年配の男性で、下手な貴族よりよほど礼儀作法に精通している。そんな彼の授業は、とても厳しい。

「ジツェルマン殿。心外だな。私は決して、千陽に社交辞令を言っているつもりはない。彼女に対しては、いつでも真摯《しんし》でありたいと思っている」

ジツェルマンの言葉に、サガモアは眉をひそめて反論した。執事は「失礼しました」と、お手本のようなお辞儀をする。

「サガモアさまの誠意を疑《うたが》っているわけではございません。ただアンリさまから、千陽さまはとても素直で人を信じやすいため、折につけ注意するようにと申しつかっているのです。この件に関しては、千陽さまに仕《つか》える当家のメイド頭《がしら》も意見を同じくしております。そのため、あえてご注意させていただきました」

――要は、千陽がチョロイということである。アンリもアデールも、声を揃えてそう言うのだ。

千陽自身はそんなことはないと思っているのだが、サガモアは「そうか」と、納得して頷《うなず》いた。

「さすが、エルヴェシウス伯爵さまの遠縁だな。……血は争えないということか」

(そんなはずないでしょう!)

千陽は、心の中で思いっきりツッコんだ。彼女とエルヴェシウス伯爵の間には、血縁関係なんてこれっぽっちもない。とはいえ、サガモアにそう明かすことはできず、ぐぐと唇を噛《か》む。

するとジツェルマンが何故か熱く語りだした。

「千陽さまのおかげで、アンリさまは感情豊かになり、当家の雰囲気はとてもよくなりました。主《あるじ》も奥さまも娘ができたと大喜びで、使用人一同、千陽さまには感謝の言葉しかありません。……しかし、そうであるからこそ、千陽さまには完璧なご令嬢になっていただきたいのです」

ジツェルマンの語りに、サガモアはうんうんと頷《うなず》いた。

「あなたの気持ちはよくわかる。私も、最近のアンリの姿には、喜びを禁じ得ないからな。あいつもやっぱり人間だったのだと、ずいぶんホッとしている。……まあ、千陽の話ばかりを延々と繰り返すことには、ちょっと……かなり、ドン引きしているが」

いったいアンリは、どんな話をしているのだろう？　しかも、『やっぱり人間だった』なんて、まるで以前は人間じゃなかったみたいだ。不思議に思い、千陽は首を傾《かし》げる。

その様子を見たサガモアは、焦ったようにゴホンと咳ばらいをした。

「いやまあ、しかし、それで私が千陽に誤解されていいかというと、そうではないな。——

どれ」

そう言うなり、彼は千陽の脇の下に両手を入れて、彼女をそのまま抱き上げる。

いわゆる、高い高いの体勢だ。

「きゃあっ！」

「ほら、千陽。私は君を羽のように軽々と抱き上げられるだろう?」

彼はその場でクルクルと回る。サガモアの身長は百九十センチ。その彼が長い両手を高く上げると、高さはゆうに二メートルを超える。

千陽は——まるで、空を飛んでいるような気分になった。鍛《きた》え上げられたサガモアの体は力強く、本当に軽々と彼女を回している。抜群の安定感で、恐怖を少しも感じない。

「サガモアさま！　レディに対して、それはやりすぎです！」

焦ったジツェルマンの声で、サガモアはハッと我に返り、慌てて千陽を床に下ろしてくれた。

彼はバツの悪そうな顔で、視線を逸《そ》らす。

「す、すまない。その……悪気はないのだが、デリカシーもないと、いつも叱られて——」

大きなサガモアが、小さくなって謝ってきた。

一方の千陽は満面の笑みを浮かべる。

「スゴイ！　すごく、楽しかったです！　サガモアさま、ありがとうございました」

「え？　……千陽」

「私、絶叫系が大好きなんです。今のは、遊園地の回転ブランコくらいの感覚がありました！」

「ゼッキョウケイ？　ユウエンチ？」

サガモアが首を傾《かし》げるが、千陽は嬉しくてそれどころではない。まさか、この年になって高い高いをされて振り回されるなんて、思いもしなかった。しかも、とても楽しい。

（子供が、キャッキャッと喜ぶ気持ちがわかるわ）

ニコニコと、千陽はサガモアを見上げた。するとサガモアはなんだか少し顔を赤くする。

「千陽……君は――」

サガモアが何かを言いかけた、ちょうどその時、パンパン！　と、手を打つ音が響く。

「はい。それまでです。……レッスンに戻りましょうね。千陽さま」

そう言ったのはジツェルマンで、彼は笑顔なのにどこか恐ろしい表情を浮かべていた。

（あっ！　そうだったわ。ダンスのレッスン！）

すっかり忘れていた千陽である。ジツェルマンが怒るのも無理はない。

千陽は慌てて、少し乱れた髪やドレスを整えた。そして、あらためてサガモアに向き合う。

「今度は、足を踏まないように気をつけますね」

そう言いながら手を伸ばすと、まだどこか呆然としていたサガモアが、フワリと笑う。

「君にならば、むしろ踏まれたいな」

——天然タラシ騎士は、天然変態タラシ騎士にレベルアップしたのだろうか。

千陽は顔を引きつらせて、何故かちょっと厳しさが増したダンスレッスンを再開する。

その後、サガモアとの距離が物理的に近くなったような気がする千陽だった。


その日、テーブルマナーのレッスンを兼ねて、アンリと夕食をとることになった。

「お姉ちゃん、ナイフは、人さし指をもう少し引いて持って。ナイフにへこんでいる場所があるでしょう？　……そう、ここに指を置くんだよ」

意外と大きなアンリの手が、千陽の手を上から覆《おお》い、握り方を教えてくれる。アンリはまるで二人羽織《ににんばお》りのように千陽の背中に回り、指導していた。

「……えっと？　チカ。口で説明してもらえれば、わかるわよ？」

「ごめん、お姉ちゃん。僕、右と左の区別が苦手で、向かい合わせだとうまく教えられないんだ」

（そうだったかしら？　……たとえそうだとしても、この体勢はないでしょう？）

「だったら、横に座ったら？」

伯爵家の食堂のテーブルは大きい。千陽の左右には、三、四人が座れるほど余裕がある。

「………お姉ちゃん。昼間サガモアに抱き上げられたんだって？」

しかしアンリは、千陽の言葉をまるっと無視して、突然そんなことを言い出した。

「え？　……あ、ああ。〝高い高い〟のこと？　びっくりしたわ。サガモアさま、とても力があるのね。テオさまに運んでもらった時も思ったけれど、この世界の男性は力が強いのかしら？」

この世界に来て早々、テオにお姫さま抱っこで運ばれたことを思い出し、千陽はちょっと顔を熱くする。すると、アンリが千陽の背にズンッと体重をかけてきた。

「きゃっ！　ちょっと、チカ！　重い！　重いわよ」

「……僕だって、お姉ちゃんくらい抱き上げられる」

なんだかブスッとした感じの声が、頭上から聞こえてきた。

「へ？　いや別に、抱き上げる必要はないでしょう？」

「お姉ちゃんは、サガモアみたいなたくましいタイプの男が好きなの？」

さっきから、アンリとのやりとりが微妙に噛《か》み合わない気がする。

(いったいどうしたの？)

首を捻《ひね》りながらも、千陽は真面目にアンリの質問に答えようとした。

「たくましい人がタイプとか、そういうのは、あんまり考えたことがないわね。体つきより、どっちかっていうと、性格の方が重要かしら？」

「どんな性格が好きなの!? 優しい人？ 明るい人？ 穏やかな人がいい？ ……それとも、ちょっと強引でもグイグイ引っ張ってくれる人の方が、お姉ちゃんにはいいかな？」

いきなりまくし立てるアンリ。それと同時に腕に力が入り、千陽はギュッと抱きしめられた。

「ちょっ！ チカ、苦しい！」

「僕、どんなタイプでも、お姉ちゃん好みの性格になってみせるよ！ やっぱり、優しさは外せないかなぁ？」

真剣な声色でアンリは呟《つぶや》く。いったい何を言っているのだろう？

「もうっ！ どうしたの？ 今日のチカは少し変よ。性格なんてそんなに簡単に変えられるはずがないでしょう？」

ジタバタともがいて、千陽はアンリの腕から逃げ出そうとした。

しかし反対に、なお強く抱きしめられてしまう。

「……変えられるよ。現に、今の〝僕〟は、前の〝私〟と全然違うもの。お姉ちゃんと一緒だっていうだけで、僕の性格はこんなに変わるんだ。もしお姉ちゃんがもっと真面目で頼りがいのある性格の男がいいのなら、僕は必ずそうなってみせるよ」

アンリの低い声が、密着している体を伝わり、響いてくる。

それでは、まるで〝アンリ〟自身の性格は、最初からなかったかのような言い方だった。

「もう！　何を言っているの!!」

千陽は憤然として怒鳴る。無理やりアンリの手を引き剥《は》がし、椅子から立ち上がった。

後ろを向いて、キッと、アンリを睨《にら》みつける。

「お姉ちゃん――」

「バカなことを言わないで！　そんな、私に合わせられた偽物の性格を、好きになれるはずがないでしょう！　だいたいチカは、昔から今と同じ、うっとうしいくらいに甘ったれでわがままな性格だったんだから、変われっこないわ！　チカに必要なのは、変わる努力じゃなくって、ありのままの自分を好きになってもらう努力でしょう！」

千陽に怒鳴られたアンリは、ポカンとした顔をした。

「……昔から？」

「そうよ。……忘れたの？　チカはいつも、『お姉ちゃんあれをして』『今度はこれをして』って、甘ったれてばかりだったじゃない。一度言ったことは、叶えてもらうまで絶対諦めなかったし。今だって、同じでしょう？　そりゃあ、離れていた間のことはわからないけれど……無表情だったり、感情を表さなかったりしたのも、要は自分のわがままを通していただけよね。つまりチカは、なんにも変わっていないんだと思うわ！」

確かに千陽は、アンリのこれまでの性格を聞いた当初、あまりの変わりように驚いた。しかしよく考えてみれば、小さな頃の千景も気に入らないことがあると、無表情になっていたのだ。特に具合が悪く、自分だけ幼稚園に行けない時は、一日中黙りこくってニコリともしなかったと、母がよく嘆いていた。

癇癪《かんしゃく》を起こすこともあって、千陽と両親はものすごくたいへんだった。そんな時、千景は〝魔王〟と呼ばれていたくらいだ。

「チカは変わっていないわよ。……そして私は昔から、チカのその性格を受け入れていたわ。今さら、変わられても困るでしょう？」

顔をのぞきこんで言うと、アンリは青い目を大きく見開いた。

「……困るの？　お姉ちゃん。僕は、このままでいいの？」

「そう言っているでしょう」

「……このままの僕で、お姉ちゃんは、僕が好き？」

「チカを嫌いになんてなれないわよ」

かなり甘ったれで、ちょっと困った性格でも、チカは可愛い弟だ。嫌いになるなんて、考えたこともない。まあ、もう少し控えめな性格になった方がいいのかもしれないけれど。

「お姉ちゃん！」

突然、アンリが千陽に飛びついてきた。再び、ギュウッと抱きつかれてしまう。

「ちょっ！　ちょっと、チカ！」

「ありがとう、お姉ちゃん。僕はこのままで、お姉ちゃんと相思相愛だったんだね！　サガモアに嫉妬《しっと》しなくてよかったんだ！　……あいつがお姉ちゃんを〝高い高い〟したってジツェルマンから聞いた時は、腕を切り落としてやろうかとか、足の腱を断裂させようかとか、いっそ抹殺しようかとも思ったけどね。あんな奴でもオードラン王国随一の騎士だから、使えなくなると後々面倒だし、迷っていたんだ。早まらなくてよかった。……えへへ、お姉ちゃん、大好きだよ」

ニコニコと笑いながら、アンリはとんでもない発言をした。

千陽は、大きく顔を引きつらせる。いつも過激ではあるが、今日はずいぶん内容が具体的だ。天使みたいな外見なのに、そのギャップは恐ろしい。千陽はちょっと心配になる。

（チカって、ひょっとして、ものすごく腹黒い？）

その時、給仕役として部屋のすみに控えていたジツェルマンが、「アンリ坊ちゃま、よかったですね」と涙ぐんだ。

（いったい、何がよかったの⁉）

――やっぱり、少し性格を変えてもらった方がよかったかな、と思う千陽だった。


そして、その翌日。

「テオさま。……本当に、これは必要なレッスンなんですか？」

ジトッと睨《にら》む千陽に、テオは甘い笑みを返す。

「もちろんだとも。貴族令嬢たるもの、どこに行くにも、しかるべき男性にエスコートをされなければならない。だから君は、しっかり俺をお供にして出かけるレッスンをする必要があるんだよ」

カラカラカラと車輪の回る軽い音が響く。相変わらず極端に揺れの少ない快適な馬車で、千陽はテオと外出していた。行き先は、王都で有名な商店街である。

「今日は、室内で王都について勉強するのだと、聞いていたのですが？」

「ああ。だから実地検分だよ。ついでにエスコートのされ方も学ぶことができる。一石二鳥だろ？」

「……チカは、このことは？」

「知るはずがない。あいつに知られたら、今日の騎士団の会議なんて放り出して邪魔しに来るさ」

腹黒そうな笑みを浮かべて、テオは断言した。普通にしていれば、王子にふさわしい威厳と気品のある顔なのに……いろいろと残念な王子さまである。

それはともかく、テオの言葉通り、今日は城で騎士団の会議があるのだという。アンリとサガモアはそちらに出席している。なんでも最近、隣のヴェルド王国が不審な動きをしているようで、何がなんでも出てこいと、元帥《げんすい》閣下から命令が下ったのだ。

ヴェルド王国は、オードランの北にある小国。険《けわ》しい山脈に囲まれた風光明媚《ふうこうめいび》な国――といえば聞こえはいいが、農産物の資源に乏《とぼ》しいらしい。一方で山脈から貴重な鉱物が出るそうで、それを加工した工業製品を輸出して国力を維持している。

ちなみにアンリは、『ヴェルド王国なんて、滅ぼしてやろうか』などと不満げにこぼしながら会議に行ったが……きっといつもの冗談だろう。

「テオさまは、会議に出席しなくてよろしいのですか？」

「まだ情報精査の段階だからな。報告は逐一《ちくいち》受けているが、ある程度の結果が出なければ会議に呼ばれない。……それに、むさい男ばかりの騎士団の会議より、千陽と一緒の方がずっといい」

トロリとした笑みを浮かべ、テオはそう答える。——千陽は胡散臭《うさんくさ》いと思ったが、まあ仕方ない。

そういうわけで、千陽はエルヴェシウス伯爵邸で、テオと一緒に座学をする予定だった。それなのに、伯爵邸に来たテオは、自分が乗ってきた馬車に千陽を乗せて邸《やしき》から連れ出したのだ。

「きちんと、エルヴェシウス伯爵の許可はとっただろう?」

「……あれは許可をとったとは言いません。うまく丸め込んだだけでいらっしゃいます」

テオの言葉に対し、今の今まで黙って千陽の隣にいたアデールが反論した。メイド頭《がしら》である彼女は、現在ほとんど千陽専属。今日は突然のことに驚いて、慌てて千陽についてきたのだ。

テオは面白そうに笑う。

「結果は同じことだ。……あなたも、最終的に千陽が外出することに同意してくれたと思ったのだけれどね?」

「千陽さまをテオフィル殿下と二人っきりで外出させるわけにはいかなかっただけです。未婚の貴族女性が、男性と二人だけで馬車に乗るなど、あってはならない不祥事《ふしょうじ》ですから」

　そうだったのかと、千陽は驚いた。確かに、馬車の中など密室と同じだし、二人っきりで乗るのはまずいのだろう。しかもテオフィルはこの国の第二王子なのだから、立派なスキャンダルになりうる。

「――その割には、兄上と千陽を、部屋で二人っきりにしたようだが？」

　急に表情を消したテオが、紫の目を険《けわ》しくしてアデールを睨《にら》む。その雰囲気は冷たく、彼がこの件を面白く思っていないことがありありとわかる。

　いつも冷静なメイド頭《がしら》が、ピクリと体を震わせた。

「それは――」

「だって、あれはエヴラールさまが人払いをなさったのですもの。仕方ないでしょう！」

　千陽は焦ってアデールを庇《かば》った。

　件《くだん》のエヴラール殿下襲来事件は、当然テオの耳にも入り、彼をかなり不機嫌にさせた。『どうして俺を呼ばなかったんだ！』などと責められたが、伯爵家が第二王子を呼び立てられるはずがない。

　あの時、アデールがアンリを呼んでくれたことはとても的確な判断だったのだ。テオに責められるいわれはない。事件後にそう説明して、テオも納得したと思ったのだが……

どうやら彼は、まだ不満をくすぶらせていたようだ。

(いつまでも、しつこすぎるでしょう!)

千陽が怒りをこめて睨《にら》むと、テオは降参といったように両手を体の前に上げた。

「わかった。当て擦《こす》りを言って悪かった。……アデール、その調子で千陽を守ってくれ。千陽はかなり危なっかしいからな」

テオのセリフに、さっきまで震えていたアデールが、胸を張って大きく頷《うなず》く。

千陽は、ムッと顔をしかめた。

(危なっかしいって、どういうことよ?)

確かに彼女は、こちらの世界のことに疎《うと》い。しかし、それは仕方のないこと。今現在、彼女は鋭意勉強中なのだ。慣れさえすれば、これほど過保護に心配される必要はない。

(前々から思っていたけれど、こっちの世界の人って、みんな私を甘やかしすぎよね)

チカや養父母は言うに及ばず。テオもサガモアも、アデールもジツェルマンさえも、千陽の会った人々は全員、彼女をこれでもかというほど甘やかしてくる。

(まあ、エヴラール殿下は、無愛想だったけど)

彼はともかく、他の人々の態度はちょっと問題だ。なんとかしなければなるまい。

(私がきちんと自立できるってところを見せて、認めてもらわなくっちゃ)

そう決意して再びテオを睨《にら》むと、彼はフッと甘く笑い返してきた。

「そんなに熱く見つめるな。……押し倒したくなるだろう？　やっぱり二人っきりで馬車に乗るんだったな。俺は別に誤解されてもかまわないし」

「テオフィル殿下！」

アデールは声を荒らげ、千陽は目を白黒させてしまう。

「お、お、押しっ？」

「ああ、わかったよ。……厳しいお目付けつきだが、今日は楽しもうな、千陽」

テオは肩をすくめ、千陽に軽くウインクしてくる。

ドッと疲れながら、諦めるしかないかと思う千陽だった。


しばらく快適な馬車に揺られ、到着したのは、大きな建物が両脇に立ち並ぶ立派な通りだ。石畳の道路脇には何台もの馬車が停まり、日傘をさした貴婦人や恰幅《かっぷく》のいい男性が行き交っている。

通りの中でも一番大きな三階建ての建物の前に、テオの馬車は停まった。

千陽は馬車の中から、窓の外を見る。

石と煉瓦《れんが》で作られた頑丈そうな建物には、二階部分の壁に、金属で作られた蔦《つた》のような飾りがついている。蔦《つた》の先には、着飾った貴婦人が優雅に座るモチーフがぶら下がっていた。

（これ、ヨーロッパの街並みの写真で見たことがあるわ。……確か、アイアンワークとかいうのじゃなかったかしら？）

アイアンワークとは金属を加工した装飾品で、鉄製の吊り看板もその一種だ。文字が読めない人にもなんの店かわかるように作られたものだと、聞いた覚えがあった。

（着飾った貴婦人の飾りってことは、ここは服飾関係のお店？）

そう思って観察すると、高級ブランドの服屋のように見えてくる。通りに面した壁に、大きなガラス窓が並んでいるのも、いかにも商店という感じがした。

入り口の大きな扉が開いて、中から赤いカーペットを持った店員が現れる。そして巻かれていたカーペットが広げられ、入り口から馬車までの赤い道ができた。

（ま、まさかのレッドカーペット⁉）

千陽は目を丸くする。その様子を楽しそうに見ていたテオが、馬車の扉を内側から叩く。すると、外で待機していた御者《ぎょしゃ》が、うやうやしく扉を開いた。

テオはサッと扉から外に出て、千陽に対し手を伸ばしてくる。

「さあ、レディ。お手をどうぞ」

完璧な王子スマイルつきの、自然な動作だった。

そういえば千陽は、エスコートを受けるレッスンのためにここへ来ていたのだ。

千陽は思わず顔を引きつらせてしまう。

（いくらなんでも、レッドカーペットはやりすぎでしょう？）

しかし、考えてみればテオは王子で、この馬車には王家の紋章が入っている。レッドカーペットを敷かれるのも当たり前だ。馬車の外を見ると、いつの間にかレッドカーペットの両脇に店員がずらりと並び、揃って頭を下げていた。

（……降りたくない）

心の底からそう思うが、そんなわけにもいかないだろう。何より、威圧的なテオの王子スマイルから逃げ出せる気がしなかった。渋々《しぶしぶ》、本当に渋々《しぶしぶ》と、千陽はテオの手の上に自分の手を置く。

するとテオは、グッと千陽の手を握った。

「足元に気をつけて」

甘い声に導かれて、なんとか淑女《しゅくじょ》らしく馬車から降りることができた。

テオはすかさず、千陽の横にピッタリと並ぶ。後ろでアデールが「近すぎです」と注意したが、彼は聞こえないふりをした。

「行こう。この店は王室御用達《ごようたし》で、最高級品が揃っている。気に入ったものはなんでも買ってあげるよ」

そう促《うなが》されて歩き出したが、周囲の視線を感じて生きた心地がしない。

(きっと、『王子の横の冴《さ》えない女は誰だ?』とか、思われてるんだろうなぁ)

俯《うつむ》きたくなるけれど、顔を無理やり上げる。貴族の立ち居振る舞いの基本は、背筋を伸ばし姿勢を正すこと。ジッェルマンに、嫌と言うほど叩き込まれた姿勢を思い出す。

(動作を急ぎすぎず、ゆっくりと。指の先まで意識して――)

一歩一歩、懸命に足を運ぶ。

必死に歩く千陽を横目に見ながら、テオはすこぶる楽しそうだ。そして千陽に顔を寄せてくる。

「上出来だよ。……でも、そんなに頑張る必要はないかな? 千陽なら、どんな失敗をしても可愛いだろうからね」

耳元で囁《ささや》かれて、千陽は叫び出しそうになる衝動を必死でこらえた。

(それじゃ、エスコートされるレッスンにならないでしょう!)

睨《にら》みつければ、テオはますます嬉しそうに笑う。やっぱり彼は腹黒だと確信する千陽だった。

彼のエスコートのおかげで、傍目《はため》には非常に仲睦《なかむつ》まじく店の中に入る。うやうやしく挨拶《あいさつ》してくる店主に、テオは鷹揚《おうよう》に頷《うなず》いた。そして彼は、千陽をエルヴェシウス伯爵が異国から養女に迎えた令嬢だと紹介する。

「彼女を満足させられる品を用意するように。彼女は私の大切な人だからね」

そう言うなり、千陽の肩を抱き寄せるテオ。突き飛ばしたいのを、千陽は必死にこらえた。

（これもエスコートされる練習なのよね？　たぶん、きっと？）

残念ながらエスコートなどされたこともないので、はっきりとはわからない。

テオに命じられた店主は、心得たように店員にいろいろと申しつける。

それから千陽たちは、店の別室に通され、長椅子をすすめられた。腰かけると、美しく上質な布の数々と、宝飾品や鞄《かばん》、靴などが、目の前にこれでもかというほど並べられていく。

やはり、ここは服屋で間違いないようだ。

「こちらの布はいかがでしょう？　東の国の本絹《ほんけん》で、今シーズン一番の流行品です。肌触りも抜群。これでドレスを仕立てられたら、とてもお似合いになると存じます」

すすめられたのは、一際光沢を放つ柔らかな布。本絹《ほんけん》とは、まじりけのない絹糸で作られた布のことだ。

(めちゃくちゃ、高価なんじゃない？)

しかも、輸入品。いったいこの布がいくらなのか……考えたくない。

顔を引きつらせる彼女の横で、テオは無造作に布に手を伸ばし、手触りを確かめた。

「ふむ。いいな。……では、これで夜会用のドレスを二着仕立ててくれ。色は、他に何がある？」

信じられない言葉を聞いて、千陽は体を強張《こわば》らせた。

(なっ⁉ ……夜会用のドレスを二着！)

どうしてそんなものが、しかも二着も必要なのか⁉

驚く千陽をよそに、店主はニコニコして色違いの絹を取り出した。

「赤に、青、白もありますが、お嬢さまにはこちらのピンクが似合いそうです。一着は、ぜひともピンクで作らせてください」

またまたピンクの服が増えそうである。ちなみに、今着ている外出用のドレスもピンクだ。

千陽は、慌てて声をあげた。

「ピンクはいらないわ！ ……って、違う！ ドレスそのものがいらないから！ どうして、ドレスを作る話になっているの？」

本気で聞いているのに、テオはやれやれといった風に千陽を見つめてきた。

「俺のレディは、ご機嫌斜めなのかな？」

「なっ!?」

「男にとって、エスコートする女性を着飾らせたいのは当然の欲求だ。ドレスの一着や二着、贈るのは普通だろう？　むしろ、十着と言わなかった俺の自制心を褒めてほしいな」

そんなことをのたまう第二王子。千陽は目を白黒させる。

店主は、テオの言葉にうんうんと頷《うなず》いた。

「さすが、テオフィル殿下。十着どころか二十着でも作りたいところでしょうに、異国からいらして、こちらの風習に不慣れなお嬢さまを慮《おもんぱか》って……。ご配慮に頭が下がります。……その分、私共が腕によりをかけて最高級のドレスを仕立て上げてみせましょう。決して、殿下の真心を疑わせるような品にはいたしません。どうぞご安心ください」

ちっとも安心できない千陽だった。

困った彼女は、後ろに控えるアデールに助けを求めて視線を送る。

しかし、頼りになるメイド頭《がしら》は、静かに首を横に振った。

「千陽さま。この国では、こういった場所で女性を満足させる贈り物ができない男性は、その器量を疑われます。どうせ来てしまったのですから、いただいたらよいのです。――殿下、千陽さまはピンクのお召し物はたくさん持っていらっしゃいます。他の色でお願いできますか？」

アデールはそう言うと、率先してドレスの布を選びはじめた。

つまり、ピンク色は断れても、ドレスのプレゼント自体は断れないということだ。

千陽が呆然としていると、テオと店主、アデールは、話をどんどん進めてしまう。

「レースは、ぜひこちらをお使いください。繊細《せんさい》さと精巧さで群を抜く最高級品です」

「では、リボンはあちらで」

「おお。さすが、エルヴェシウス伯爵家にお仕《つか》えする方。お目がお高いですな。それは今、王都で最も人気のリボンですよ」

「刺繍《ししゅう》に宝石を編み込んでくれ。真珠かダイヤがいいな」

テオの宝石という言葉を聞いて、千陽はハッと我に返った。呆然としている場合ではない。このままでは、とんでもなく高価なドレスができ上がってしまいそうである。

「ちょっ、ちょっと待って！　いったいどんなドレスを作ろうとしているの？」

千陽の言葉に、店主が嬉しそうに顔をほころばせた。

「ようやく関心をお持ちいただけましたか。やはり、ドレスというものは、着るお方の好みをお聞きしませんと。一着目は、こちらのデザインがベースになります。どうぞじっくりご覧ください」

そう言って店主が持ち出してきたのは、なんとも可愛い人形だった。高さ十五センチくらいの陶器製の人形が、これまた可愛らしいドレスを着ている。このドレスが見本ということなのだろう。

あたりを見回すと、店主の背後には同じような人形が数体置かれていた。それぞれ、デザインの違うドレスを着せられている。

これはこれで、女性の気を惹《ひ》くよい方法なのかもしれないが――

（人形が小さすぎよ！　これじゃ、実際のイメージが湧かないわ！）

人形はどう見ても二頭身。人間用のドレスと人形用のドレスの縮尺は、大きく違うだろう。

（スカートはもっとずっと長くなるはずだし、ウエストの位置も変わってくるわよね）

人形の着ているドレスを、頭の中で自分のサイズにイメージし直そうとして……千陽は失敗した。

そもそもドレスを着た自分という情報そのものが、圧倒的に不足している。できるはずがないとあっさり諦めた。

「えっと、ここには人形のサンプルしかないんですか？　マネキンが着ているものはありませんか？」

実物大のマネキンの着ているドレスなら、もっとイメージしやすいはず。

そう思って千陽がたずねると、店主は不思議そうに首を傾《かし》げた。

「マネキンとは？」

もしかして、この世界にはマネキンそのものがないのだろうか。

「マネキンというのは、この人形を等身大にしたものです。実際に仕立てるのと同じサイズの服を着せて展示しておくと、お客さんも仕上がりが一目見てわかるでしょう？人形だと小さすぎて自分がその服を着た時の姿をイメージしづらいけど、マネキンだと想像しやすいんです」

その話を聞いて、店主は腕を組んで考え込んだ。

「確かに、それは効果的な宣伝になりそうですね。……しかし、実物大の人形と衣服を作ると、今よりずいぶん費用がかかってしまう。人形は陶器で作っているので、工房で作らせるとなると特注になりますし、労力も材料費も人形とは比べものにならないでしょう。それだけお金をかけても、元がとれるかどうか？」

確かに全身を陶器で作るのはたいへんそうだ。とはいえマネキンが陶器である必要は

ないだろう。

「じゃあ、顔や手の部分だけを陶器製にするのはどうですか？　服で隠れる部分は木で作るんです。質感さえこだわらなかったら、全身を木で作るのもいいかもしれません。マネキンは手足が外れるように作っても、問題ないと思いますよ。むしろその方がドレスを着せやすいし、都合がいいはずです。……それに、マネキンに着せた服は、少しお安くして販売したらいいんじゃないですか？」

千陽の言葉を聞いた店主は、「う～ん」と唸《うな》り――やがて、カッと目を見開いた。

「素晴らしいアイデアです！　感銘《かんめい》いたしました。……やはり異国の方は、我々には思いもつかない考えをお持ちですね。すぐにそのマネキンとやらを取り入れてみましょう」

店主いわく、オーダーメイドの服は出来上がりまでに時間がかかり、値段よりもそちらに不満の声が寄せられることが多いのだそうだ。せっかく仕立てたドレスがイメージと違い、苦情を言うお客もいるという。

「お嬢さまのご提案は、長年悩みの種だった問題を解決できる素晴らしいものです。本当にありがとうございました。……お礼として、お作りするドレスに似合う最高級の鞄《かばん》を献上いたします。……本当は『ドレスをもう一着』と言いたいところですが、それはテオフィル殿下に怒られてしまいそうですからね」

店主は苦笑しながら、目が据《す》わっているテオに視線を移す。

「当たり前だ。エルヴェシウス伯爵家の者ならまだしも、他の者から贈られたドレスを、千陽に着させるつもりはない」

テオは、堂々とそう言った。千陽は頭がクラクラしてくる。

（いくら、エスコートのレッスンとはいえ、甘すぎでしょう？）

この世界の女性は、こんな口説《くど》き文句を日頃から聞いているのだろうか？　千陽は気絶しそうだ。

店主は、笑みを深くした。

「これはまたご寵愛《ちょうあい》が深くていらっしゃる。……そんなお嬢さまにたいへん申し訳ないのですが、他にも当店で改善すべきことはないでしょうか？　もし、お気づきのことがあれば、ぜひお聞かせください」

さすが、一流の商人。情報をとことん搾《しぼ》りつくそうということなのだろう。

呆れてしまう千陽だが、同時に、ふと思いついた。

（えっと、これってライトノベルでよく読む、現代知識チートなんじゃない？）

現代知識チートとは、異世界トリップ、あるいは異世界転生をした主人公が、現代日本の知識を利用して活躍することである。いくら知識があっても、そんなにうまく事は進まないんじゃないかと思っていたのだが……千陽は今、その現代知識チートを発揮できる絶好のチャンスを得ているようだ。

（お店の改善点を的確に教えて、売り上げを伸ばせたら、うんと感謝されるわよね？　戦力として見込まれて、お店で働かせてもらえたりするかも？　……そしたら、私、自立できるんじゃない？）

かなり都合のいい展開だが、やり方次第では叶いそうだ。突然見えてきた明るい展望に、千陽はニンマリした。

（今すぐは無理だけど、アンリを十分に癒《いや》した後にこの店で雇ってもらえば、独り立ちできるわよね？　……だったら、うんと役に立つアイデアを教えてあげた方が、印象がいいかしら？）

千陽は一生懸命考えはじめた。――そして、店にある大きな窓を思い出す。

「えっと。このお店、道路に面した大きな窓がありましたよね。あそこに、これから作るマネキンや、この可愛い人形を飾るのはどうでしょう？　通りを歩くお客様の目につくように華やかに。季節感を出したりしてもいいかもしれません」

いわゆるウィンドウ・ディスプレイである。日本では当たり前の風景だが、馬車から見た限り、この世界にはまだないようだ。

思った通り、店主は目を輝かせて、千陽の言葉に飛びついた。

「なるほど！　……いやいや、〝氷の貴公子〟が姉君にと望まれるお方なだけあられます。テオフィル殿下が気に入られるのも当然ですな」

うんうんと頷《うなず》く店主。千陽は内心、やった！　と喜んだ。

店主の反応は上々。こんな感じで、これからもお店に知識を伝えていけば、自立の道も遠くない。

今後もお付き合いをお願いしようと、千陽は身を乗り出す。

店主も千陽の方を向いて、言葉を発しようとした。

しかしその瞬間、テオが不機嫌そうに割り込んでくる。

「いい加減にしろ。これ以上、千陽を利用しようとするなら、考えがあるぞ」

そう言うなり、テオは店主を睨《にら》みつけた。眉間にしわが寄り、かなり怖い表情だ。

店主は、慌てて首を横に振った。

「め、滅相《めっそう》もございません。利用だなんて！　……そんなこと、一切考えておりません。お嬢さまのお手を煩《わずら》わせるようなことは、金輪際《こんりんざい》いたしませんとも。……千陽さまも、もしご不快にお感じになられたのなら、お詫《わ》び申し上げます」

テオに謝り、千陽に対しても頭を下げる店主。千陽はガックリと肩を落とした。

（……そんなぁ）

せっかくの自立のチャンスが、消えてしまった。もう少し粘りたいところだが、テオの前で交渉したら割を食うのは店主の方だ。今日のところは諦めるしかないだろう。

意気消沈《いきしょうちん》した千陽は、情けなく笑いながら「大丈夫です」と店主に答えた。

「商売熱心なのは、いいことですから」

「千陽は優しいな」

横に座るテオが、千陽の腰を抱き寄せてきた。

「テ、テオさま⁉」

「だが、その優しさは、俺以外の男に向けないようにしてほしいな。……でないと、俺は嫉妬《しっと》で店の一つや二つ潰してしまいそうだ」

ギラリと目を光らせながら千陽を見るテオ。千陽は、盛大に顔を引きつらせた。

店主は、可哀相に真っ青になっている。

「そ、そういう冗談は、チ――アンリだけで、十分です！」

この国の男性は、笑えない冗談が多すぎる。千陽が怒鳴ると、テオはニヤリと腹黒い笑みを見せた。

「冗談か……そうか、冗談だそうだ。よかったな、店主。千陽の優しさに感謝して、最高のドレスを作るといい。……期待しているぞ」

「は、はい！　もちろんです！」

テオの言葉に、哀《あわ》れな店主はコクコクと頷《うなず》いた。

（あ〜あ。これじゃあ、もう絶対無理よね）

やっぱりテオは腹黒だと、千陽は確信する。

そんな中、しごく冷静な声が聞こえてきた。

「もう、お話はよろしいですか？　それより、こちらのフリルなのですが――」

この状況の最中、一人真剣にドレスを見ていたアデールが、店主に話しかけてきたのだ。

――この国は、男性のみならず、女性もかなり変わっているのかもしれない。


その後、テオとアデールが満足するドレスを決めるのには、二時間かかった。

ドレスを着る当人である千陽は、途中から完全な傍観者となっていた。

（刺繍《ししゅう》の花が薔薇《ばら》でも牡丹《ぼたん》でも、どっちでもいいでしょう？　鳥か花か、みたいなまったく違うものならまだしも、似たような花であんなに議論して……どうしてそこまで熱くなるのかしら？）

千陽には、わからない感覚だった。

しかも、ドレスが決まったら、次はそれに合う小物やアクセサリー選びがはじまる。とんでもなく高価な品物ばかりで、最初から最後まで、千陽の開いた口は塞がらなかった。

さらにテオは、少しでも千陽が気に入ったものがあると、すぐさま購入するのだ。手に取っただけでテオが買おうとするので、彼女は途中からできるだけ無反応を貫くことにした。

けれど、何故かテオは千陽の好みを察し、それらすべてを買ってしまったのである。その品々をエルヴェシウス伯爵邸に運ぶ手配と、帰りの準備のため、アデールと店主は席を外した。

今、この部屋には、千陽とテオの二人きりだ。

「疲れたか？」

ぐったりとソファーに寄りかかる千陽を見て、テオが心配そうに聞いてきた。

「……主に、精神的な疲労で」

恨《うら》みがましく千陽が言うと、テオは素直に「すまなかったな」と謝る。

驚いて顔を上げれば、どこか戸惑っているようなテオの顔があった。

「俺も自分で自分が不思議なんだ。……信じてもらえないかもしれないが、今までこんな風に女性のドレスや装飾品選びに時間をかけたことはない。はっきり言って、衣装など礼儀に適《かな》っていればどうでもいいと思っていた。……だけど、なんでだろうな？　俺が贈ったものを千陽が着ると思ったら、妥協したくなくて。……俺の贈ったドレスで最高に輝く千陽が、見たいんだ」

心底不思議そうに、テオはそう話す。

千陽は――顔が、熱くなってしまう。

（いやぁっ！　これだから、イケメンは‼）

自分のために最高級のドレスを贈りたくてこだわったなんて言われて、嬉しくない女性はいない。しかも、それがはじめてのことと言われたら、胸を打ち抜かれても仕方がないだろう。

（ううん！　違うわ。テオさまのこれは、チカの〝お姉ちゃん大好き〟言動に影響されたものよ。彼とチカは、とっても仲のいい主従なんだもの。チカに同調していても不思議じゃないわ。平凡な私が、イケメン王子さまに好かれる理由は、それ以外に考えられない）

千陽は必死に自分に言い聞かせる。そして……ふと思いついた。

「テオさま。……テオさまはもしや、チカと一緒に、日本にいた頃の私を見ていたのですか？」

アンリは、日本にいた千陽の様子を以前から見ていて、このところの状況に我慢ができなくなって彼女を召喚したのだと言っていた。

その時、テオも千陽の事情をよく知っているようだった。きっとアンリから話を聞いたのだろうと思ったのだが……ひょっとしたら、テオも千陽の様子を見ていたのではと気づいたのだ。

聞かれたテオは、どこか焦った表情を浮かべた。

「いや、俺はそんなには、千陽の様子をのぞいていない！　アンリは毎日、朝昼晩と暇さえあればのぞいていたけれど、俺はせいぜい昼に見るくらいで――」

つまりは、毎日見ていたということだ。

（王子さまと騎士って暇なの？　……っていうか、チカったら、それじゃストーカーよ！）

千陽は、呆れかえってしまう。

でも、それを聞いてようやく謎が解けたような気がした。

日本にいた時の千陽の姿を、テオは毎日見ていたのだ。……両親を亡くしたところも、従兄《いとこ》に裏切られたところも。それなら、同情して当たり前だ。

不幸な目に遭《あ》った、仲のいい配下の姉。そんな女性がそばにいたら、親切にしてやりたくなるのも当然だろう。

「テオさまは、優しいですね」

千陽は、感謝を込めてそう言った。

貴族教育のレッスンに付き合ってくれるのも、ドレスを買ってくれるのも、そのデザインや装飾品にこだわってくれるのも、みんな千陽への同情からくる優しさだ。それに素直に感謝する。

（世間には、同情なんて欲しくないって人もいるだろうけれど……。でも、私は嬉しいわ。同情や哀《あわ》れみだって、その人の優しさでしょう）

しかしテオは、驚きに目を見開く。そして何故か顔をしかめた。

「は？　……あ、いや、俺は……。なぁ、何か誤解していないか？　俺は――」

ちょうどその時、コンコンと扉を叩く音がした。

テオは眉をひそめた。店主とアデールが戻ってくるには、まだ早すぎる。

「誰だ？」

扉が開かれて、店員の男性が入ってきた。そして頭を下げながら口を開く。

「テオフィル殿下。殿下がおいでと知って、ちょうどご来店されたデュコアン公爵が、ご挨拶《あいさつ》をしたいと申し出ておられます」

その途端、テオの顔が歪《ゆが》む。

「デュコアン公爵？」

「父の従弟《いとこ》だ。内務大臣を担《にな》っているから、無視するわけにもいかない」

テオは大きなため息をつきながら説明してくれてから、「……お通ししろ」とぶっきらぼうに言う。

その言葉を聞いた店員が部屋を出ると同時に、千陽は焦って立ち上がった。

(そんな、公爵で内務大臣なんていう立派な人に、私が会ってもいいの？)

「テオさま。私、席を外しましょうか？」

「……いや、挨拶《あいさつ》を受けたらすぐに帰るから、このまま俺のそばにいてくれ。紹介したら、軽く頭を下げるくらいでかまわない。……デュコアン公爵は、外見に似合わぬ曲者《くせもの》だからな。迂闊《うかつ》なことは話さない方がいい」

(だったらなおさら、いない方がいいでしょう!?)

ますます焦る千陽だったが、店員がすぐに年配の男性を連れて戻ってきてしまう。

その男性の後ろから、二十歳くらいの令嬢がついてきた。柔らかそうな金髪をキチンと結《ゆ》い上げた美人で、華奢《きゃしゃ》な割に胸が大きい。白い肌に赤い唇、春の新緑のような色の目をしているのだが、きつい吊り目で見る人に冷たい印象を与える令嬢だった。

彼女を見たテオは、小さく舌打ちをする。しかし一瞬後には、そんな様子を微塵《みじん》も感じさせないにこやかな王子スマイルを、公爵に向けた。

「珍しい場所でお会いしますね。デュコアン公爵」

「突然お邪魔しまして、申し訳ありません。テオフィル殿下。武の王子と言われるあなたさまが、美しいご令嬢をエスコートしていらっしゃっていると聞きましてね。好奇心を抑えきれずに、ご挨拶《あいさつ》にうかがってしまいました」

公爵もにこやかに笑いながら頭を下げる。彼は、後ろの令嬢によく似た金髪のナイスミドルだ。今日は、令嬢の十九歳の誕生日祝いのドレスを作りに来店したのだという。

人のいい笑みを浮かべた公爵は、チラリと千陽に目を向けた。表情はにこやかだが目つきは鋭《するど》く、千陽は顔を引きつらせる。

（……確かに、曲者《くせもの》かも）

「さすが、公爵。お耳が早いですね。彼女は千陽。エルヴェシウス伯爵家の令嬢です。先日、異国からこの国に来たばかりでしてね。アンリに頼まれて案内しているところなのですよ。……千陽、彼はデュコアン公爵。内務大臣をしておられる。我《わ》が国に欠かせぬ重鎮だ。公爵の後ろは、ご令嬢のクリスティーナ嬢」

紹介しながら、テオはさりげなく千陽の手を握ってきた。そして甘い笑みを向けてくるので、ドキッとしてしまう。

公爵は驚いたように目をみはり、言葉をこぼす。

「そうですか、この方が」

千陽は高鳴る胸を落ち着かせながら、礼儀作法のマナーを思い出した。レッスンの最初の頃に習った淑女《しゅくじょ》の礼をする。

「千陽・赤羽・エルヴェシウスです」

名乗った後に、控えめな笑みを浮かべた。なんとかジツェルマンの合格点をもらえるくらいの挨拶《あいさつ》ではなかったかと、自己採点する。

公爵は優しげに表情を緩ませた。

「これはこれは、愛らしいお嬢さんだ。娘と同じくらいの年頃のようですな。クリスティーナ、お前もご挨拶《あいさつ》を」

そう言うと、彼は令嬢を手招きした。しずしずと歩み出てきた公爵令嬢は、美しく一礼する。

「テオフィル殿下、ご機嫌麗《うるわ》しゅう。……はじめまして、千陽さま。デュコアン公爵家のクリスティーナと申します」

美人の公爵令嬢は、鈴を転がすような美声だった。

（しかも、完璧な礼だわ！　あの厳しいジッツェルマンさんでも唸《うな》るほどの百点満点！）

ただ一つ、クリスティーナは部屋に入ってきた時からずっと無表情だ。笑顔ではないことが、難点といえば難点だった。しかし千陽は、それも仕方ないと思う。

（こんな正体不明な女が、王子さまの隣に引っついているんだもの。笑えるはずがないわよね）

だから、それは抜きにして、純粋な賞賛の眼差《まなざ》しをクリスティーナ嬢に向ける。

目が合って……クリスティーナの表情が、はじめて動いた。驚いたように緑の目が見開かれる。

「千――」

何かを言いかけた公爵令嬢を遮《さえぎ》って、テオが話しはじめた。

「公爵、せっかく来ていただいたところ申し訳ないが、私たちはこれからエルヴェシウス伯爵家に帰るところだ。あまり長く彼女を連れ回すと、アンリに叱られてしまう。悪いがこれで失礼する」

一方的に告げたテオは、千陽の手を引く。そのまま腰に手を回し、グッと抱き寄せてきた。

公爵も令嬢も、呆気にとられた表情をする。

そんな二人にかまわずに、テオは強引に千陽を連れて、部屋を出てしまった。

「え⁉　ちょっ、ちょっと、テオさま！」

千陽は焦って、後ろを振り返る。こんな退出の仕方は、失礼なのではないだろうか？

見ると、公爵は眉間にしわを寄せ、こちらを睨《にら》んでいる。そして――何故か、クリスティーナは、きついまなじりを下げ、心配そうに千陽を見ていた。それは、どことなく哀《あわ》れむような表情だ。

（え？　どうして、そんな顔をするの⁉）

千陽は呆然とする。

しかし、テオに先を急《せ》かされて、あれよあれよという間に店を後にすることになった。

――これが、千陽とクリスティーナ公爵令嬢の、最初の出会いだった。


その後、行きと同様に馬車に揺られ、ようやく千陽はエルヴェシウス伯爵邸に帰り着く。

（なんだか、ものすごく疲れた外出だったわ）

肉体的にも精神的にもクタクタだ。エスコートされるということが、これほど疲れることだとは、思いもしなかった。

（早く部屋に戻って、くつろぎたい）

そう願っていたのに、たどり着いた邸《やしき》ではてんやわんやの大騒ぎが繰り広げられていた。

「ご主人さま、どうぞもう一度お考え直しください！」

「黙れ、ジツェルマン！　ことは一刻を争うのだ。早く馬車を引け！」

「ああ、あなた！　こうしている間にも、アンリが！」

「安心しろ、お前。アンリは、私が必ず助ける！」

何やら大事そうに鞄《かばん》をかかえ、すぐにでも家を出ようとしている伯爵と、それを懸命に止めるジツェルマン。そして、二人のそばでさめざめと泣き崩れている伯爵夫人。

絵に描いたような修羅場《しゅらば》に、いったい何があったのかと、千陽は玄関先で立ちすくむ。

「エルヴェシウス伯爵。どうされたのですか？」

引き続き千陽をエスコートしていたテオが、驚きながらも、伯爵にたずねた。

第二王子の姿を見た伯爵は、さすがに動きを止め、持っていた鞄《かばん》を背中に隠す。

「こ、これは、テオフィル殿下――」

「その鞄《かばん》は？」

「あ、いや！　……その、これは！」

ダラダラと冷や汗をかきはじめる伯爵。そんな夫に、伯爵夫人は涙をハンカチで拭きつつ訴《うった》えた。

「あなた。殿下は、アンリの信頼する主《あるじ》です。……こうなっては、仕方ありません。殿下にも事情をお話しして、助けていただきましょう!」

「お義父《とう》さま、お義母《かあ》さま、いったいどうされたのですか? ……チカ——アンリに何か?」

千陽が声をかけると、伯爵夫人は猛ダッシュで駆け寄ってくる。

「ああ! 千陽ちゃん。もう、どうしましょう! アンリが、私たちのアンリが……馬車で人身事故を起こして、警邏隊《けいらたい》に捕まったのよ!」

警邏隊《けいらたい》とは、日本で言う警察のような組織だ。

千陽に縋《すが》り、泣き崩れる伯爵夫人。相変わらず豊かな胸が、ギュウギュウと押しつけられる。

予想もしなかった言葉に、千陽は呆然と固まった。

それから、「すぐにでもアンリのもとに行かなくては!」と、焦る伯爵をなんとか宥《なだ》め、客室で詳しい話を聞きだす。テオは馬車だけ先に王城に帰し、伯爵家に残ってくれた。

正直とてもありがたい。隣に座ってくれたテオを頼もしく思いながら、千陽は耳を傾けた。

声を震わせながら、伯爵が話し出す。

「実は、三十分ほど前に、魔法電話が届いたのです。消え入りそうな声で『父上、僕です』と言って」

そうして電話の相手が語った内容は——

馬車で帰宅途中に、人身事故を起こしてしまった。幸いにも被害者は骨を折っただけで命に別状はないが、事故の相手は王都でも有名なごろつき集団の一味。その結果、ごろつき集団から因縁をつけられてしまったらしい。

電話の声は、それらを語ったところで、警邏隊《けいらたい》だという落ち着いた声の男に交代したそうだ。

「警邏《けいら》の方が言うには、相手がごろつきなので、まともな和解交渉ができないのだそうです。法外な慰謝料を要求され、払えなければ、報復として息子の骨を折る……いや、命まで奪うと怒鳴っていると。元々非があるのは息子なので、警邏《けいら》の方も対応が難しいということです。……それでも、なんとか交渉してくださって、慰謝料を二百万オルにまで下げさせたそうなのですが、今すぐ用意して持ってこなければ、息子の命は保証できないと——」

悲痛な顔で、伯爵は語った。

ちなみにオルというのはこの世界のお金の単位で、一オルは日本円で十円といったところだ。二百万オルなら、二千万円である。

「あなた――」

伯爵夫人が、夫の胸に顔を寄せ、ヨヨヨと泣き崩れる。

千陽は……呆れかえって、言葉が出なかった。

(これって、典型的な振り込め詐欺じゃない？)

しかも、振り込め詐欺が出はじめた頃のパターンに似ている。――犯人は複数人いて、一人が『オレ』と言って被害者の息子や孫を騙《かた》り、自分の窮地《きゅうち》を訴《うった》える。他の者が警官や弁護士などの役をして、今すぐ示談金を持ってくればなんとかなると話し、被害者をだますのだ。

千陽から見ると使い古された手だが、ここは異世界。異世界的には振り込め詐欺は、新しい形の犯罪なのかもしれない。

そう思ってテオを見ると、彼も呆れがこもった目で伯爵夫妻を見ていた。

見回せば、アデールをはじめとした使用人たちも、困り顔で主人夫妻を見つめている。

(……どうやら異世界でも新しいタイプの詐欺じゃなさそうね。引っかかるのは、お義《と》

父《う》さまとお義母《かあ》さまだからだわ）

千陽は文字通り、頭をかかえた。

底抜けのお人好《ひとよ》しであるエルヴェシウス伯爵夫妻。彼らは、他人を疑わないのだろう。

かかえた頭から手を離し、千陽は義父母にたずねる。

「……お義父《とう》さま、お義母《かあ》さま。それは間違いなくチカ――アンリの声だったのですか？」

「間違いない！　……いや、たぶん、間違いないはずだ。消え入りそうな声だったし、雑音まじりでよく聞き取れなかったが……私を『父上』と呼ぶのは、アンリ以外にいないからな」

いやいや、誰だって『父上』と呼びかけることくらいできる。

「――父上」

論より証拠ということだろうか。テオがエルヴェシウス伯爵に向かって、そう呼びかけた。

「へ!?　あ、……いや、殿下。さすがにそれは、まだ早いと思うのですが。……せめて、千陽がもう少し落ち着いてから」

何やら誤解しながら、エルヴェシウス伯爵が恐縮する。

「違います！　お義父《とう》さま。殿下は、『父上』と呼ぶくらい誰でもできると証明されただけです！」

千陽は、焦って伯爵の勘違いを正した。

（もうっ！　なんて勘違いをするのよ！）

テオはそんな千陽を見て、ニヤリと楽しそうに笑った。本当に人が悪い王子さまである。

コホンと咳を一つして心を落ち着かせると、千陽は別の質問をする。

「では、アンリあてに、確認の電話をしてみましたか？」

これには、伯爵夫人がフルフルと首を横に振った。

「それが……運の悪いことに、うちの魔法電話が、突然発信できなくなってしまったのよ。相手からはかかってくるのだけれど、こちらからはどこにもかけられないの」

（ますます怪《あや》しい……っていうか、これってもう間違いないわよね）

確信した千陽は、両親の正気を取り戻そうとする。

「お義父《とう》さま、お義母《かあ》さま、その電話は間違いなく偽《にせ》電話です。これは犯罪で、犯人はお二人から、お金をだまし取ろうとしているのです」

千陽の言葉に、テオも「そうだろうな」と頷《うなず》く。ところが、伯爵夫妻は納得しなかった。

「しかし！」

「詐欺じゃなかったら!?　もしこれが本当のことなら、アンリは今頃私たちの助けを待って怯《おび》えているのよ。……いいえ、ひょっとしたら、もう」

　最悪の事態を想像したのだろう、夫人は青い顔でフラリとよろめく。

「お前っ！」

　同じく青い顔で、伯爵が妻をヒシッ！　と、抱きとめた。

「…………助けを待って、怯《おび》えている？　いったい、それはどこのアンリだ？」

　そんなことはありえないとばかりに、テオが呆れた声を出す。

「だいたい、あいつがごろつき風情《ふぜい》に脅されるはずがないだろう。あいつを脅してみろ。死んだ方がマシだという目に遭《あ》わされるぞ」

　きっぱりはっきり言い切った。

「——ひどい言われようですね。さすがに僕もそれくらいで、死んだ方がマシだと思うほどの仕返しはしませんよ。そんな面倒なことするくらいなら、さっさと息の根を止めてやりますからね」

　突然声が聞こえてきて、千陽たちは慌てて振り返る。

「アンリ！」

「ああ、アンリ！　無事だったの!?」

　伯爵と夫人が安堵《あんど》の混じった声をあげる。

客室の入り口に立っていたのは――警邏隊《けいらたい》に捕まっているはずのアンリだった。

わかっていたことだが、もちろんアンリは事故など起こしていなかったのだ。

「まったく、父上も母上も、いったい何度だまされたら気がすむのですか？」

大きなため息をつきながら、アンリは部屋に入ってくる。両親に話しかけてはいるが、足はまっすぐ千陽に向かっていた。

「お姉ちゃん、ただいま。父上と母上を止めてくれてありがとう。おかげで、無駄金を払ったり、それを回収したりする面倒が減ったよ。あ、犯人は今頃サガモアが捕まえているから、心配しないで」

ニコニコと笑いながら、千陽にハグしてくるアンリ。

「アンリ！」

「アンリ、よかったわ！」

伯爵と夫人まで駆け寄ってきて、千陽ごとアンリに抱きついた。結果、そこには親子四人の猿団子みたいな光景ができ上がる。――ちなみに猿団子とは、ニホンザルが寒さを防ぐため、寄り添い合い団子のような塊《かたまり》状態になることである。

あまりに距離が近くて、千陽はなんだか気恥ずかしくなった。

「え、えっと。とりあえず座って話しましょうよ」

ワタワタしながら離れてもらい、落ち着いて話ができるようにと、応接セットに腰かける。

三人掛けの大きなソファーの真ん中に千陽が座り、両隣にはアンリとテオが腰を下ろした。……二人ともやけに距離が近いが、まずアンリの話を聞く方が先だ。

千陽が促《うなが》すと、アンリは困ったように笑った。

「話といっても、僕からはたいしたことはないよ。退屈な会議が終わって、王城で帰り支度をしていたら、テオから知らせがあっただけだからね」

「テオさまから？」

千陽は、びっくりしてテオを見つめる。

彼女の視線を受けた第二王子は、ニヤリと口の端を上げた。彼は馬車を王城へ帰す際、アンリに連絡するよう命じたのだという。

「伯爵夫妻のあの様子を見れば、何かあったのはすぐにわかったからな」

しかも、馬車にはジツェルマンを同行させたらしい。その結果、アンリは素早く正確に事情を知ることができたのだ。そう言われれば、先ほどからジツェルマンの姿が見えなかった。

今さらながら、千陽はそのことに気がつく。

「あとは、うちの魔法電話を調べて、魔法の痕跡から詐欺一味のアジトを見つけるだけさ。奴ら、ご丁寧に発信の妨害もしていたからね。痕跡を探すのは案外簡単だったよ」

魔法電話とは、日本でいう携帯電話みたいなものだ。電波の代わりに魔法が使われている。そのため、ある程度の力を持った魔法使いなら、通信を妨害したり、完璧に遮断したりすることも可能。さらにアンリほどのチート魔法使いには、使われた魔法の残滓《ざんし》をたどることもできるのだ。

そんなわけで、アンリはあっという間に振り込め詐欺の犯人のアジトを探知した。現在、そこに騎士団が捕縛《ほばく》に向かっているのだという。その指揮を執《と》っているのはサガモアで、万が一にも逃がす心配はないと、アンリのお墨付きである。

千陽はホッと安心した。体から力が抜けた彼女を、アンリは労《いたわ》るように抱き寄せる。

そして、両親にキッと目を向けた。

「本当に、父上も母上も、簡単にだまされすぎです。こんな子供だましに引っかかるなんて。少しは反省してください！　お姉ちゃんがいなかったら、今頃どうなっていたと思うんです？」

アンリに怒られ、さすがの伯爵も反省したようで「悪かった」と謝ってくる。伯爵夫人も、しょぼんと肩を落として「ごめんなさい」と言った。

千陽は、慌てて両手を前に突き出し、大きく振る。

「お義父《とう》さまも、お義母《かあ》さまも、謝らないでください。お二人とも、アンリが心配だっただけなんですから。……ただこれからは、何かする前にみんなの意見に耳を傾けてください」

伯爵夫妻がだまされやすいことは、邸《やしき》の者はみんなよくわかっている。さっき、伯爵夫妻を必死に止めていたし、説得しようともしていた。だったら、伯爵夫妻がその声に耳を傾けてくれるようになれば、きっと大丈夫のはずだ。

「千陽ちゃん！」

「なんて、優しい娘《こ》なんだ！」

伯爵夫人と伯爵は立ち上がり、感激したように身を乗り出して、千陽の手を握ってきた。つられて千陽も立ち上がる。するとテーブル越しに、義両親《ぎりょうしん》に抱きしめられてしまった。

「約束するよ。これからは、きちんとみんなの言葉を聞く！」

拳《こぶし》を握りしめ、伯爵は宣言する。千陽の横で、アンリが大きなため息をついた。

「お姉ちゃんは、優しすぎだよ」

「そこが、千陽のいいところだろう？」

テオはそう言って、楽しげに笑う。

「そんなことは、私だってわかっています。知ったかぶって言わないでください」

「実際、よく知っているんだ。仕方あるまい」

ムッとするアンリと、彼を煽《あお》るテオ。二人はどちらがより千陽を知っているか、言い争いをはじめてしまった。

一方の伯爵夫妻は、自分たちがいかに反省したかを、懸命に伝えてくる。

わいわいと賑《にぎ》やかなエルヴェシウス伯爵邸。

幸せな家族の風景の中に、千陽は自然に溶け込んでいた。


その後、王城に帰るというテオを、千陽とアンリはエントランスホールまで見送りに出た。

「見送りは、千陽だけでいいんだが」

「テオとお姉ちゃんを二人っきりにするわけないでしょう」

先ほどからの言い合いはまだ続いているようで、アンリとテオは睨《にら》み合っている。

子供みたいな二人に、千陽は呆れてしまう。二人の興味を逸《そ》らそうと、アンリに声をかけた。

「ねえ、チカ。さっきみたいな振り込め詐欺って、この世界で流行《はや》っているの？」

振り込め詐欺は、日本では発生件数の多い犯罪だ。それゆえ、その防止策もいろいろ考えだされていて、千陽にも知識がある。

（家族で合言葉を決めたり、見知らぬ人にお金を渡そうとするような素振りをしている人に声をかけたり、普段からの用心が肝心なのよね）

それでまた、ふと思いついたのだ。その知識を使って、何か仕事ができないかと。

もちろんだます方ではなく、被害者を救う方である。相談センターを立ち上げてもいいし、この国にすでにそういった組織があるのなら、そこに就職してもいい。普及啓発の方法だって、この世界の人々より知っているかもしれない。

我ながらいい案だと思ったのだが、アンリは難しい顔で首を傾《かし》げた。

「う～ん？　流行《はや》っているって言われればそうかな？　まあでも、うちの両親みたいにコロコロだまされる人は、そんなにいないと思うけど」

「ああ。たいがいの貴族は疑《うたぐ》り深いからな。金を持っているのは貴族で、犯罪のターゲットも当然貴族。いつもタヌキの化《ば》かし合《あ》いをしている貴族に、こんな詐欺に引っかかる奴はいない」

アンリばかりかテオまで、そう答えた。

千陽はがっかりしてため息をつく。被害が少ないに越したことはないが、自立への道はまだ遠い。

アンリとテオは怪訝《けげん》そうな表情で、そんな千陽を見つめてきた。

「お姉ちゃん、なんで急にそんなことを聞いたの？」

「ほら、前にできることなら自分の力で生きていきたいと言ったでしょう？」

千陽の言葉に、アンリは「そんなことを言っていたね」と頷《うなず》く。

「ずっとチカに世話になりっぱなしってわけにはいかないじゃない。だから私、この世界でもきちんと働いて、一人で暮らせるようになりたいの。それで、働き口を探していてね……」

「反対！」

アンリは突然大声をあげて、千陽の説明を遮《さえぎ》った。

「え？」

「反対、反対！　なんで一人で暮らすの？　お姉ちゃんは、僕が生涯をかけて幸せにするって言ったのに！　一緒に幸せになろうって約束した！　一人暮らしなんてする必要ないだろう！　お金を稼《かせ》ぎたいとか身の回りのことを自分でやりたいとか言ってたけど、まさか一人暮らしをしたいだなんて！　お小遣いが欲しいのかと思ってた！　ダメ！一人暮らし反対！　何がなんでも反対！」

そう叫ぶと、アンリは千陽に抱きついてくる。

「えっと？　……でも、チカ？」

「でもも何もダメ！　絶対、ぜーったいに反対！」

子供のようにギュウギュウと抱きついて、首を横に振るアンリ。

千陽は途方に暮れて、テオを見る。彼も厳しい表情で顔をしかめていた。

「俺も反対だな。なんで一人暮らしをする必要があるんだ？」

「え？　だって、私は大人なんですもの。当たり前でしょう？」

大人の自分が一生弟の世話になるなんて、どう考えてもおかしい。

けれど、テオは呆れたようにため息をついた。

「――千陽。そもそもこの世界の貴族女性は働かない。一人暮らしなんてもってのほかだ。……もちろん中には、王族の女性の警護に当たる女騎士になったり、王城の女官となったりして働く者もいるが、それはごく少数の例外。普通の貴族女性に求められるものは、夫を支えることと社交、そして子を産み育てることだ」

――それは、薄々わかっていたことだ。

世界が違えば価値観が違うもので、地球にだって女性が外で働かない国はある。

「でも、私は貴族じゃな――」

「千陽、君はエルヴェシウス伯爵令嬢だ」

テオに言葉を遮《さえぎ》られ、千陽はグッと言葉に詰まる。確かに今は、千陽・赤羽・エルヴェシウスだ。

黙り込んだ千陽に対し、テオはもう一度ため息をついた。

「もちろん、君の言うことも理解できる。俺もアンリも日本で働く君を見ていたからな。君の考えは、君にとっては当たり前のことだろう。……しかし、それでも俺は反対だ」

「どうして？」

「心配だからだ。……俺もアンリも、千陽のことを大切に思っている。本当なら、片時も目を離さず、ずっとそばにいてほしいくらいだ。……一人で生活させるなんて、心配すぎてできない」

どこか辛そうに、テオはそう言った。アンリも同意するように、抱きしめる力を強める。

（……どこまで心配性なの？）

千陽は思わず天を仰《あお》いだ。小さな子供に対してならまだしも、二十三歳の大人に対して、それはないだろう。

そう思う一方、彼らがそんなに心配する理由もわかる。

（日本での私を見ていたせいよね？）

両親に先立たれ、信じていた従兄《いとこ》に裏切られて、あまつさえ殺されかけた。そんな彼女を見ていた二人が過保護になるのは、仕方ないことなのだろう。

「お姉ちゃん。僕から、離れていかないで。……お願い」

千陽の髪に自分の頭を押しつけながら、アンリが懇願《こんがん》してくる。

弟の涙声に、千陽は一番弱い。この『お願い』を彼女が断ることができたことは一度もないのだ。

（あ～っ、もう！）

「わかったわ、チカ。二人が安心して私を離せるようになるまで、どこにも行かないから。……それに、『いずれは』って言ったでしょう？　今の私に一人暮らしができないことなんて、誰より私がよく知っているわ」

結局、千陽はそう言った。――この状況では、そう言わざるをえなかった。

彼女が異世界に召喚されて、今日で二十日足らず。この話はまだ早かったのだろう。

「ほら、もう大丈夫だから、離れなさい」

千陽は呆れながら、自分を離そうとしないアンリの背中をポンポンと叩く。

テオが大きくため息をついた。

「……これは、当分、目を離せないな」

まったくだ。こんなアンリからは、当分目を離せない。

同意しようと振り返ると、テオは彼女を熱く見つめていた。強く、絡みつくような視線が、千陽の動きを縫《ぬ》い留める。

(え? なんで、そんな目で私を見ているの?)

戸惑った千陽は、結局テオに何も言えなかったのだった。

第四章　舞踏会と陰口

王城の大広間に入った途端、千陽はものすごく高い天井と体育館並みに広い空間に目を奪われた。

そこはきらびやかで重厚な空間だ。奏でられる音楽も一流で、その場で談笑している紳士淑女《しゅくじょ》も本物の貴族である。

荘厳な天井画を見上げると、描かれている女神が慈愛の眼差《まなざ》しを向けてくれるような気がする。

「お姉ちゃんったら、そんなに上ばかり見ていると首が疲れるよ。……まあ、かじりつきたいくらいにキレイなお姉ちゃんの喉《のど》がじっくり見られて、僕は嬉しいんだけれどね」

千陽の視界を遮《さえぎ》って、女神よりも艶《あで》やかな美貌《びぼう》のアンリが現れた。

「も、もうっ！　チ――アンリったら！」

思わずチカと言いそうになり、千陽は慌てて言い直す。エルヴェシウス伯爵家の外では、千陽は弟をアンリと呼ぶことになっている。

ここは、王城の大広間。千陽はアンリと共に、王城の舞踏会に来ていた。

異世界召喚されて一ヵ月。今日はとうとう、千陽の社交界デビューの日である。

（なんだか、あっという間だったわ）

怒涛のように過ぎたこの一ヵ月を思い出し、千陽はそっとため息をつく。今までの平凡な人生からは考えられないような、とても濃密で疲れる日々だった。

（……主に、精神的に）

ダンスや食事のマナーなど、学ぶことはたくさんあり、そのすべてが身についたとは言えない。千陽はまだまだ勉強中であり、そのレッスンで肉体的な疲労もあるのだが……それより何より、精神的に疲れ果てていた。

（だって、慣れないのよ！　四六時中、イケメンから甘々なエスコートを受けるだなんて！）

アンリに、テオに、サガモア。

それぞれタイプの違うイケメンが、代わる代わるレッスンに付き合ってくれるのだが、彼らは全員、千陽にとても甘い。レディファーストなお国柄なのかもしれないが、何をするにも千陽を優先し、優しく、時に力強く千陽を支えてくれる。

（惚《ほ》れてまうやろぉ～！　って、ああいう心境を言うのよね。しかも、スキンシップが

激しいし）

何かにつけてハグしたり、髪や頬にキスしたりと、彼らとの距離感は極端に近い。全身全霊、態度と言葉で、千陽に対する好意を伝えてくれるのだ。そんなイケメンたちの猛攻に、奥ゆかしい日本人気質の千陽は、毎日溺れそうになっていた。

（こっちの世界では、これが普通だって言われるけれど！）

恥ずかしいものは恥ずかしい。それなのに、彼らは慎《つつし》むことを知らない。それは現在進行形で——

「お姉ちゃん、本当にキレイだよ。ドレスもアクセサリーも、お姉ちゃんによく似合っている。……まあ、それを贈ったのがテオだってことは、最大限の魔力でブッ飛ばしたいくらいに悔しいけれど……でも、こんなにキレイなお姉ちゃんをエスコートするのは僕だからね。我慢できるよ」

トロリと滴《したた》るハチミツよりも甘い笑みを浮かべ、アンリは千陽をべた褒めした。

一部、過激すぎるセリフも交じっているが、千陽はもう気にしていない。悲しいかな、この一ヵ月で似たようなセリフをたくさん聞いて、慣れてしまったのだ。

（いつもの冗談よね？）

おかしな耐性のついた彼女は、多少顔を引きつらせながらそう思うようになっていた。

「褒めてくれて、ありがとう」

千陽はおずおずと笑みを浮かべ、素直に感謝を伝える。身内の欲目だとは思うのだが、否定すると、褒め言葉が十倍になって返ってくるからだ。

アンリは、最高に嬉しそうに笑い返してくれた。目が眩《くら》むようなキラキラ笑顔である。

「お姉ちゃん。可愛い」

そう呟《つぶや》くと、そっと身を屈《かが》め、千陽の頬にキスを落とした。

(っ! こういうところが、慣れないのよ!!)

千陽は、瞬時に顔を熱くする。同時に、ドヨドヨと周囲に驚愕《きょうがく》の声が広がった。

「本当に、あれはエルヴェシウス伯爵子息か?」

「あの、氷のま――貴公子が」

「天変地異が起こるぞ。この世の終わりだ!」

なんだか、すごい言葉が聞こえてくる。

千陽が驚いてそちらを見ると、顔色を青くしている人々がいた。

(えっと? なんで、こんな反応なの?)

驚く千陽とは裏腹に、アンリはすべて無視して千陽に話しかけてくる。

「お姉ちゃん、先に何か食べる? お酒も少しならかまわないと思うよ」

とりあえずこの場から離れたくて、千陽はコクコクと頷《うなず》いた。

広間の一端には、テーブルが置かれ、そこには豪華な料理が用意されている。飲み物を配る使用人も控えていて、自由に飲食ができるのだ。

アンリにエスコートされて、千陽はそちらに向かった。

一刻も早くこの場から逃げ出したいゆえの行動だったのだが、奥に進むにつれて、周囲の視線がどんどん集まっているような気がする。

（自意識過剰かしら？　で、でも、間違いなく見られているわよね？）

チラチラと向けられる視線は、千陽を見ているのか、それともアンリを見ているのか。……どちらかはわからないが、居心地が悪いことだけは確かだ。

ようやく、料理の並んだテーブルにたどり着いた時には、千陽はぐったりしていた。

これでは、せっかくのご馳走《ちそう》も喉《のど》を通りそうにない。

「チ――アンリ、飲み物だけちょうだい。そうね、レモネードはあるかしら？」

千陽は笑みを作って頼んだが、アンリは眉をひそめて気遣うように見つめてきた。

「お姉ちゃん、大丈夫？　気分が悪いならムリする必要はないよ。……帰ろうか？」

千陽は慌てて首を横に振る。

今日の彼女は、高価な宝石を惜しげもなく編み込んだ豪華なドレスを着ている。髪も前日から丁寧にケアをし、美しく結《ゆ》い上げて、優美な髪飾りで纏《まと》めていた。肌や爪の手入れもし、バッチリメイクも施した完璧な貴族のご令嬢スタイルに仕上げている。アデールのみならず、エルヴェシウス伯爵家のメイド総動員の汗と涙と努力の結晶だ。

（この格好をするまで、何時間かかったと思うの？）

視線に耐えきれないなんて理由で、帰ることなどできない。

「でも――」

心配そうに続けようとしたアンリの言葉を誰かが遮《さえぎ》った。

「アンリ、千陽。ここにいたのか」

振り向くと、そこにいたのは凛々《りり》しい騎士姿のサガモアだ。式典用の正装なのか、緋《ひ》色《いろ》の飾緒《しょくしょ》がついた白い軍服姿で、とてつもなくカッコイイ。彼は千陽を見て、優しく微笑んだ。

その途端、アンリの顔が歪《ゆが》む。

「サガモア、あなたは、城の外で警護の任務についていたのではなかったのですか？」

不機嫌丸出しでぶっきらぼうにたずねるアンリ。

そういえば、千陽の社交界デビューが自分の勤務日と重なることを知って、サガモアはとても嘆いていた。別の日にできないかとかなり真剣に頼んできたが、アンリが断ったのだ。

（サガモアさまは、一番ダンスのレッスンに付き合ってくださったから、私が心配なのよね）

強面《こわもて》だが、根はとても優しく面倒見のよいサガモア。彼が千陽を心配するのは、よくわかる。あの時は、ガックリ肩を落として帰ったサガモアだったのだが――

「同じ隊の仲間に、勤務日を交代してもらった。大切な女性の生涯一度の社交界デビューの日なのだ。付き添えなかったら、隊の全員を一生恨《うら》んで『禿《は》げろ』と呪ってしまいそうだと嘆いたら、快《こころよ》く代わってくれた」

「……それは、嘆いたのではなく、脅迫したと言うのですよ」

アンリは、深いため息をついた。

「えっと……？　でも、呪うって念じるだけでしょう？」

実力行使に出るならともかく、それくらいでは、脅迫とまでは言えないのではないだろうか？

千陽が首を傾《かし》げると、アンリは苦い表情になる。

「サガモアの呪いは、六割の確率で成就するんだよ」

「へ？」

思わずポカンとする千陽に、アンリが渋々《しぶしぶ》といった様子で説明してくれた。

いわく——サガモアの生家であるルヴェルガー侯爵家は、代々神官を多く輩出する特殊な家系なのだという。神官とは、直接魔法を駆使する魔法使いとは違い、自然界の力を持つ存在——〝神〟と呼ばれる高位種族に祈りを捧《ささ》げ、力を貸してもらって望みを叶える人間なのだそうだ。

「祈りを捧《ささ》げるというのは、魔法を使うわけではないからね。特別なことは何もしないんだけど……何故か人間の中には、神に好かれやすい人間がいる。ルヴェルガー侯爵家の者は、特に好かれているんだ。理由はわからないけど、ルヴェルガーの血を引く人間が強く望んだことは成就する確率が高い」

この世界の神は唯一神ではなく、日本の八百万《やおよろず》の神のような自然神に近い。一応、王家を守護する主神のような存在もいるが、人間はその力を自由に操れない。

けれど、一部の血筋の者だけは、例外なのだそうだ。

サガモアはルヴェルガー侯爵家の三男。ルヴェルガーの人間としては珍しく魔法が使えるため、魔法剣士となり騎士の身分を得たが、侯爵家の資質も確かに受け継いでいる。

彼の強い思い——特に呪いなどは、叶いやすいのだという。

「とはいえ、絶対確実なものではないし、魔法と違って強い攻撃力も防御力もないからな。あまり役に立つものではないのだが」

苦笑を浮かべながら、サガモアは話す。

（……いやいや、そうとも言えないいんじゃない？）

先ほどアンリは、サガモアの望みは六割の確率で成就すると言っていた。つまり、相手が十人いれば、六人が『禿《は》げて』しまうかもしれないのだ。

そんな呪いをかけられるかもしれないと知った者は、絶対、阻止しようとするだろう。死ぬわけではない。大ケガをするわけでも、痛い目に遭《あ》うわけでもない。だからといって『禿《は》げて』いいかと言われて、頷《うなず》く男性はいないだろう。

十分脅迫になる〝呪い〟だった。仕事くらい、快《こころよ》く代わってくれるに決まっている。

「隊の仲間には、思う存分舞踏会で踊ってこいと言われた。……千陽、私と踊ってくれないか？」

サガモアは左手を自分の胸に当て、小さく首を傾《かし》げながら、大きな右手を千陽に差し伸べる。

（カッ……カッコイイ！）

ドキン！　と、心臓が跳ねる千陽。するとアンリがサガモアの手を、パシリと払った。

「エスコート役の僕だって、まだお姉ちゃんと踊っていないのに、ダメに決まっているでしょう！　第一ダンスがはじまるのは、王族が入場した後です。常識でしょうに、まったく油断も隙もない」

プリプリと怒って、シッシッとサガモアを追い払う仕草をするアンリ。

サガモアは、気にした風もなく周囲を見回した。

「そうか？　どうりで誰も踊っていないと思った。真ん中が広く空《あ》いているから、こんなにキレイな千陽と踊る姿をみんなに見せびらかすことができると喜んでいたのだが……残念だな」

本当に残念そうに、サガモアは肩を落とす。さすが、天然タラシ騎士だった。

千陽の顔は、カッと熱くなる。

「サガモア！　あなたって人は――」

アンリが怒鳴りつけようとしたところで、今度は、大きなファンファーレの音が鳴り響いた。

「国王陛下、並びに王妃殿下。第一王子殿下、第二王子殿下のご入場です！」

同時に魔法を使って拡声された声が、広間のすみずみにまで届く。

広間のあちこちで歓談していた人々が、一斉に口を噤《つぐ》み、入り口を向いて頭を下げた。

千陽も慌てて、周囲にならう。

サガモアはピシッと騎士の敬礼をし、アンリはおざなりに礼をする。

入り口の大きな扉が開き、数人の人物が入ってきた。扉が閉まると同時に頭を下げていた全員が、腰の位置はそのままに顔だけ上げる。

まず視界に入ってきたのは、美しい貴婦人と彼女をエスコートする威厳たっぷりの男性だ。この国の国王夫妻である。

国王は五十代半ばくらい。テオと同じ黒髪に紫の目の渋い魅力《みりょく》の男性で、王者の風格を漂《ただよ》わせている。王妃は四十代。流れるような銀髪と琥珀色《こはくいろ》の目をした美女で、テオそっくりの顔立ちをしていた。彼の美貌《びぼう》は母親譲《ゆず》りらしい。

（うわっ！　本物の王さまと王妃さまだわ）

千陽は、ゴクリと唾を呑みこむ。

社交界デビューを果たした彼女は、そのうち国王夫妻に面会することになっている。

テオは、すぐにでも紹介したいようなのだが、アンリが『お姉ちゃんがもっとこの世界に馴染《なじ》んでから』と、引き延ばしてくれているのだ。

カリスマ性溢《あふ》れる国王夫妻に圧倒されつつ、直接の面会はもう少し先がいいなと、千陽は思う。

（だってムリよ。平凡な一般人だった私に、王さまとの面会なんて）

畏《おそ》れ多くて、考えるだけで足が震えそうだ。

同じ王族でもテオには、畏怖《いふ》や崇拝といった感情を覚えることはない。ここ一ヵ月一緒にいることが多いので、慣れたのだろう。

(しかも、本性は腹黒意地悪王子だって知ってるし。……テオさまは大丈夫よ。でも、国王さまと王妃さまはダメだわ。それに――)

あらためて確認しながら、千陽の視線は、国王夫妻の後ろに続いて入ってきた男性二人に移る。

一人はテオだ。彼は腹黒さをキレイに隠し、理想の王子さまを演じていた。凜々《りり》しい表情が、千陽には胡散臭《うさんくさ》く見えるけれど。

そして、もう一人。テオの隣には、不機嫌そうに前を睨《にら》む男性がいた。

(うん。……この人に、また会うのも絶対ムリだわ)

第一王子エヴラール・ルネ・オードラン。以前、エルヴェシウス伯爵家を襲来した王子さまである。相変わらず彼は、仏頂面《ぶっちょうづら》だ。歩き方もまるで礼儀作法の教科書のよう。脇目も振らず前だけを見て歩く姿は、美しい人形のようだった。

そういえば、彼は真面目すぎて冗談すら通じないのだと聞いた覚えがある。

(なんだか、本人も周囲も疲れそうな人よね)

エヴラール殿下に対する千陽の印象は、そんなところだ。

彼にもう一度会うなんて、とんでもない。国王夫妻に会って、異世界召喚を許可してもらったことのお礼を言うのは当然だが、第一王子にまで会う必要はないだろう。

（婚約者の件は建て前なんだし。一回会ったから、それで十分義務は果たしているわよね）

極力、彼には近づかないでおこうと、千陽は固く決意した。

その時、エヴラールの視線がほんの一瞬千陽の方を向く。

（え？）

テオと同じアメジストの目が千陽をとらえ、かすかに緩んだ。それは瞬《まばた》きするほどの間だ。エヴラールはすぐに前を向き、何事もなかったかのように歩いていく。

（目の錯覚？）

驚く千陽の横から、小さな舌打ちの音と、息を呑む音が聞こえてくる。舌打ちはアンリで、息を呑んだのはサガモアだった。

二人とも、今のエヴラールを見たのだろうか？

そう思いながら前を向くと、そこには何故か険《けわ》しい表情をしたテオがいた。

（どうして、そんな顔をしているの？）

驚く千陽に、テオが急に視線を送ってくる。目が合い——彼はフッと笑った。

いつも通りの俺さまな笑顔だ。

（……さっきの険《けわ》しい表情は、見間違い？）

戸惑う千陽の横で、小さな歓声が上がった。

「見た⁉　テオフィル殿下が、私に笑いかけてくださったわ」

「違うわ！　私を見て、笑ってくださったのよ！」

それぞれ、自分に笑いかけてもらったのだと思ったご令嬢たちは、うっとりとテオを見る。

「――ばかね。私たちのはずがないでしょう？　テオフィル殿下が笑顔を向けられたのは、クリスティーナさまに決まっているわ」

そんな彼女たちに、冷水を浴びせるような言葉が向けられた。

（クリスティーナさまって、……デュコアン公爵家の？）

思わず千陽は、声の方をこっそり見てしまう。

そこには、冷たい目をした女性がいた。その女性の後方には、以前ドレス屋で出会った完璧な美女が立っている。――金髪に緑の瞳の、クリスティーナ公爵令嬢だ。

彼女の姿を見て、千陽はホ～ッと感嘆のため息をもらした。

（相変わらず、隙がないわ）

クリスティーナは完璧な淑女《しゅくじょ》の礼をして、王族一行が通りすぎるのを待っている。百点満点どころか、二百点は取れるお手本のようなお辞儀だ。あえて難を言うならば、あまりに完璧すぎて、人間味が見えないところだろうか？　そのあたりは、エヴラールと似ている。

公爵令嬢だけあって、着ているドレスは美しく、身につけているアクセサリーもよく似合っている。

（美人な上に趣味までいいのね。素敵）

ついつい、千陽は見惚《みと》れてしまう。ジッと見ていると――

クリスティーナと、一瞬、視線が合った気がした。

（え？　……やっぱり、何か心配されているような？）

彼女の瞳には、こちらを憂《うれ》う光がある。先日ドレス屋でも同じような視線を受けた。ろくに言葉も交わしていない相手から、どうしてそんな目で見られるのか、千陽は不思議だ。

（ううん。きっと、見間違いよ）

絶対そうに違いない。自分に言い聞かせるように、心の中で何度も頷《うなず》く。

そんなことをしているうちに、席に着いた国王の挨拶《あいさつ》がはじまった。

「――皆、存分に楽しんでくれ。我《わ》がオードラン王国に、乾杯！」

国王は短い挨拶《あいさつ》の後、手に持ったグラスを高く掲げる。

「乾杯！」

大広間の人々が唱和すると、美しい音楽が流れはじめる。もちろん、フルオーケストラの生演奏だ。

「お姉ちゃん、具合は大丈夫？　もし平気なら、僕と踊ろう」

少し心配そうに、でも期待に青い目をきらめかせ、アンリが誘う。それは幼い頃、自分のそばにいてほしいと頼んできたチカと同じ目だ。千陽は、クスリと笑ってしまう。

「もう大丈夫よ。喜んで、アンリ」

千陽の返事に破顔一笑したアンリは、スッと手を差し出してきた。記憶の中の弟の手とは比べものにならないほど大きな手だ。

（大人になったのね。チカ）

その手に、千陽はそっと自分の手を重ねる。ギュッと握られて、促《うなが》されるように引っ張られた。

力強い手に導かれた千陽は、反対の手でドレスのスカートを少し持ち上げ、ドキドキしながら歩き出す。向かうは、大広間の中央。そこにはダンスに参加する男女が集まっていた。

「嬉しい。……お姉ちゃんと踊れるなんて、夢みたいだ」

白い頬を赤く染めたアンリが、千陽の耳元に顔を寄せ、嬉しそうに囁《ささや》く。

「えっと、ダンスはそれほど上達しなかったの。もしも足を踏んでしまったらごめんなさい」

キラキラした目で見つめられ、千陽は先に謝った。ダンスのステップは難しく、一ヵ月の付け焼刃《つけやきば》ではまだまだ不安が大きい。

アンリを見上げると、彼はうっとりとした笑みを浮かべていた。

「大丈夫だよ。お姉ちゃんに踏まれるなんて、僕にはむしろご褒美だ。踏まれて足が痛ければ、これが夢じゃないって実感できるからね。……むしろ、どんどん踏んでほしいな」

妙なお願いをされて、千陽はドン引きする。顔がピクピクと引きつった。

「……そんなには、踏まないわよ」

「残念」

残念なのは、アンリ自身である。そういえば、以前サガモアも『踏まれたい』と言っていた。

（この世界の男性は、みんなマゾなのかしら？）

いやいや、そんなバカな、と千陽は途方に暮れた。

その後、アンリと二曲踊り終わるや否《いな》や、サガモアが彼と交代する。千陽は続けて三曲踊ったのでもう十分だが、サガモアはまだ踊り足りないらしい。

「千陽、もう一曲」

「すみません。ギブでお願いします！」

千陽は、本気で断った。履き慣れない高いヒールの靴でこれ以上続けて踊るのは、どうやってもムリである。

「ギブ？」

「ギブアップ！　降参です。お願い、少し休ませてください」

両手を合わせて頼む千陽に、サガモアは驚いたように目を見開く。慌てて彼女をエスコートし、広間の端の休憩スペースに連れてきてくれた。

「すまない。そんなに疲れさせてしまったか？」

「当たり前でしょう。お姉ちゃんにムリをさせるなんて、図々しいにもほどがあります！」

そこで待っていたアンリが、強い口調でサガモアを責める。最初に二曲続けて踊り、千陽を疲れさせたのはアンリなのだが、そこは完全に頭にないらしい。

自分のことを棚に上げる弟に、千陽は呆れてしまう。

サガモアは、申し訳なさそうに肩を落とした。

「すまない。あまりに千陽が可愛すぎて、配慮を忘れていた。千陽となら百曲でも踊れそうだ」

――それは、本気でお断りしたい。

生真面目な顔で謝りながらも、サラリと「可愛い」発言を織り交ぜるあたり、サガモアの天然タラシは今日も絶好調だ。

サガモアの言葉を聞いたアンリは、プンプンと怒った。

「百曲だなんて、お姉ちゃんを殺す気ですか!?　もうっ、さっさと飲み物でも持ってきてください！」

サガモアは「そうだな」と生真面目に頷《うなず》くと、素直にアンリの言葉に従う。「すぐに戻る」と言いおいて、飲み物コーナーに向かった。

遠ざかる後ろ姿を見ながら、千陽は以前から疑問に思っていたことを、アンリに聞いてみる。

「ねえ、サガモアさまはチカより年上で、しかもエルヴェシウス伯爵家より身分の高い侯爵家の方でしょう？　それなのに、チカの態度は横柄《おうへい》すぎるんじゃない？」

サガモアは千陽より二歳年上の二十五歳。一方、アンリは十八歳だ。サガモアは侯爵家とはいえ爵位を継がない三男で、アンリは伯爵家の嫡男《ちゃくなん》ではあるが、それにしたってアンリの態度は横柄《おうへい》に見えた。飲み物を取りに行かせるなんて、不敬になるのではないだろうか？

そう心配したのに、アンリはクスクスと笑っている。

「お姉ちゃんったら、呼び方が『チカ』に戻っているよ」

ハッとして口を押さえた千陽の頭にアンリは「可愛い」とキスを落としてから、教えてくれる。

「僕の方がサガモアより階級が上だからね。彼は、ただの上級騎士。対して僕は、テオの側近兼近衛《このえ》騎士だ。普通の騎士より近衛《このえ》騎士の方が偉いんだよ」

騎士と一口に言っても、その階級は様々。平民でもなれる下級騎士からはじまって、中級、上級と階級が上がり、その上に各騎士隊の隊長、副隊長がいる。王族を直接守る近衛《このえ》騎士は、騎士隊の上位に位置しているのだそうだ。

「普通は、騎士隊長を歴任した者が近衛《このえ》騎士になるからね。でも、僕は例外。魔法の力が強すぎて、騎士隊の中に収まりきれなかったんだ」

アンリの力は規格外。やろうと思えば騎士隊の一つや二つ、纏《まと》めて壊滅させることができる。

そんな爆弾を、年功序列で上下関係の厳しい騎士隊に置くことはできない。アンリの力を見誤った先輩騎士が、厳しく教育的指導をしようものなら、隊が全滅させられるかもしれない。

「全滅だなんてひどいよね？　確かに僕はやられたことは倍返しする主義だけど、怒っていても十倍くらいに留《とど》めるよ。さすがに全滅にはしないのにね」

可愛らしく、アンリは小首を傾《かし》げる。倍返しも十倍返しも、十分やりすぎだろう。

だからといって国王や第一王子の近衛《このえ》騎士の中に入れるには、あまりにアンリは若すぎた。経歴や格が既存の近衛《このえ》騎士とは異質なのだ。

そこで、当時近衛《このえ》騎士を持たなかったテオフィル第二王子の近衛《このえ》に任じられたのだという。

「結果オーライかな？　テオはちょっと腹黒だけど、話はわかるからね」

テオフィルは合理主義者。身分や年齢など関係なく、実力のある者を重用する。テオフィル自身にも天才肌なところがあり、アンリと気が合ったのだそうだ。

「……それって、いつの話？」

「三年前だから、テオが十七歳で、僕が十五歳の時かな」

あっけらかんと答えた。千陽は思わず眉をひそめる。

その年の少年が、自分の強すぎる力ゆえに、特別な待遇を受ける――それは本人にとってたいへんで、辛いことだっただろう。

「そんな、なんでもないことみたいに言わないで！」

強い声で千陽が言うと、アンリはとても嬉しそうに笑った。

「ああ。やっぱりお姉ちゃんだ。……僕より、ずっと僕のことを心配してくれる」

「当たり前でしょう！　チカは自分のことに無頓着《むとんちゃく》すぎよ。もっと自分を大切にして！」

怒鳴られて、アンリは「はぁ～い」と返事をした。そして千陽の手をそっと握ってくる。

「家に帰ったら、うんと甘えてもいい？」

「……これ以上？」

「うん！」

千陽は「仕方ないわねぇ」と、ため息をついた。

「ありがとう！　お姉ちゃん」

「今日だけよ。チカ」

「うん。わかってる。……あと、お姉ちゃん、さっきからまた『チカ』になっているからね」

上機嫌に笑いながら、アンリは指摘する。ハッとして口を押さえた千陽の頭に、「可愛い」と言ってまたキスを落としてきた。

アンリの顔は幸せそうに緩んでいる。その笑みを見た千陽は、まあいいかとキスを受けたのだった。


その後、アンリをベッタリと隣につけたまま、千陽はぼんやりダンスを眺める。色とりどりの衣装を着た男女が、華麗なステップで舞う様《さま》は美しく、ずっと見ていても飽きない。

飲み物を取りに行ったサガモアは、途中で知り合いにでも捕まったのか、なかなか戻ってこなかった。

(『すぐ戻る』って言っていたのに。……まあ、それほど喉《のど》が渇いているわけでもないから、別にいいんだけれど)

のんびりしていると、恨《うら》みがましい声が聞こえてきた。

「俺がやりたくもない社交をやっているっていうのに、お前らは何をイチャイチャしているんだ?」

顔を向けると、そこには王子の盛装に身を包んだテオがいる。

「テオさま」

慌てて立ち上がろうとしたら、仏頂面《ぶっちょうづら》で止められた。

「立たなくていい。ずいぶん長く踊っていたからな。足が痛いんだろう？」

揶揄《やゆ》と思いやりがこめられた複雑な表情で、テオは千陽を見つめてくる。それでも千陽が立とうとすると、彼は隣の席にドカッと腰を下ろした。

これでは、立ち上がるわけにもいかない。テオとは反対側に座るアンリが眉をひそめた。

「疲れた。千陽、慰《なぐさ》めてくれ」

テーブルの上に頭を突っ伏したテオは、顔だけ上げて、色っぽい目で見つめてくる。

「何、泣きごとを言っているんですか!?　お姉ちゃんに甘えていいのは、僕だけです！」

アンリは、テオをビシリと叱りつけた。もっとも、後半のセリフで威厳も何もなくなったが。

「人除《ひとよ》けの魔法で、他人を近づけないようにしている奴に言われたくない」

テオはブスッとしてそう言った。千陽は、びっくりして聞き返す。

「人除《ひとよ》けの魔法？」

「そうだ。アンリは、自分たちの周囲に、自然と他人が近づかなくなる人除《ひとよ》けの魔法をかけている。気がつかなかったのか？」

千陽はブンブンと首を横に振った。初耳である。

アンリが大きく舌打ちし、テオは呆れたような視線を千陽に向けてきた。

「今日が社交界デビューのお前に誰も話しかけてこないなんて、おかしいだろう。お前は、由緒《ゆいしょ》正しいエルヴェシウス伯爵家の養女。しかも、俺の近衛《このえ》騎士であり規格外の魔法使いであるアンリの姉だ。今日、この舞踏会に集まった人間のほとんどは、お前と知り合いになりたがっている。中でも、決まった相手のいない独身男性は全員、お前と親しくなりたいはずだ。それなのに、誰も近づいてこないのは、アンリが魔法でそういった輩《やから》を排除しているからだ。具体的に言うと、少しでもお前に邪《よこしま》な思いを持っている者や、お前を利用しようとしている者が近づこうと考えた瞬間、その考えを忘れて興味が薄れる——お前が視界に入らなくなるような魔法が、お前とアンリの周りに展開されている。俺はそれを見破って、無効化させたがな」

テオの言葉に、千陽は目を丸くした。

「余計なことを言わないでください」

不機嫌な表情で、アンリがテオを睨《にら》みつける。

「余計なことじゃないだろう。千陽を囲ってすべてから遠ざけるのは反対だと、俺は言ったはずだ。……アンリの心配はわかるし、千陽を守りたいという思いには同感するが、やりすぎはダメだ。せめて、悪意を持たない奴が近づこうとするのを邪魔するのは、やめろ」

テオに諭《さと》されて、アンリは頬を膨《ふく》らませた。

「お姉ちゃんを、煩《わずら》わせたくないんです」

「そうだとしても、千陽の意思を無視して最初からすべてを排除するな。選択するのは千陽だろう」

テオの言葉は正論だった。正論ゆえに、アンリは言い返せずに黙り込む。

千陽は……思いっきり呆れてしまった。過保護にもほどがある。

「チ——アンリったら、私をいくつだと思っているの？」

「お姉ちゃん？」

「私、もう二十三歳なのよ。短大を出てすぐに就職したから、社会人三年生。世の中、いい人ばかりじゃないことなんて、骨身に染みているわ。理不尽な言いがかりを受けたことも、陰口を叩かれたこともあるんだから」

取り立てて優秀ではなくとも、目立った欠点もない千陽は、そこそこ平穏に生きてきた。

それでも中には、反《そ》りが合わない人もいた。ネチネチと悪口を言われたことだってある。二十三年生きてきて、そんな目に一度も遭《あ》わない人間など、ほとんどいないだろう。

「少しくらい嫌味を言われたり、バカにされたりしても、乗り越えられるつもりよ。そんなに心配しなくてもいいのに」

千陽がそう言うと、アンリは不服そうに唇を尖《とが》らせた。

「お姉ちゃんは大丈夫でも、そんなのは僕が嫌なんだ。……日本で、お姉ちゃんの悪口を言っていた奴らにも、本当は我慢できなかった。世界を跳び越えて殴りかかってやりたいと、いつだって思っていたんだ」

拳《こぶし》を握りしめ、下を向くアンリ。いったい彼は、いつから千陽を見ていたのだろう？

（アンリったら……やっぱりストーカーだったのね）

ドン引きすると同時に、困ってしまう。心配性で、〝お姉ちゃん〟が大好きすぎるこの弟を、どうしたらよいのだろう？

「アンリ。とりあえず、人除《ひとよ》けの魔法はやめて。私はこの世界であなたと一緒に生きていくって決めたのだもの。嫌なものから目を逸《そ》らして閉じこもってばかりではいられないわ」

「僕と一緒に？」

千陽の言葉を聞き、アンリは弾かれたように顔を上げる。

「そうよ。嫌なことも、楽しいことも、二人で乗り越えましょうね」

少なくとも当面は、そうするつもりだ。最終的には自立する予定だけど、今のところ、その目途《もくと》はまったく立っていない。

それに、自立したとしても、姉弟《きょうだい》である自分とアンリの絆《きずな》が切れるはずもなかった。

「私たちは、たった二人っきりの姉弟《きょうだい》ですもの」

千陽はしっかりアンリに言い聞かせた。我ながら姉らしい言葉ではないだろうか。

「二人っきりの――」

アンリは、うっとりとした表情で目をつぶった。やがて、青い目をパッと見開き、嬉しそうに笑う。

「嬉しい！　お姉ちゃん、僕と二人で、一緒に生きてくれるんだね」

……なんだか、意味が微妙に違って聞こえるのは気のせいだろうか？

隣で、テオが「う～」と唸《うな》って、頭をかかえた。

「そうだ！」と言ったアンリは、パンと両手を打ち合わせる。

「作戦を変えよう！　お姉ちゃんには、嫌なものも醜《みにく》いものも見ずに、毎日笑っていてほしいと思ったけれど、……確かに、それじゃ味気《あじけ》ないものね？　お姉ちゃんが退屈するのも嫌だし。少しくらいの刺激は必要なのかも。……でも、大丈夫だよ、お姉ちゃん。お姉ちゃんをちょっぴりでも傷つける奴らには、僕が百倍返しでやっつけるからね。二、三人見せしめに再起不能にすれば、そんなバカも減るだろうし――最初から近づけないのが一番だと思っていたけれど、テオもうるさいし、〝ヤリ玉作戦〟にするよ」

ヤリ玉とは、長いヤリを手まりのように自在に操ることだ。人を選び出し、ヤリの穂先で突き上げるように扱うことを『ヤリ玉にあげる』という。アンリのいう〝ヤリ玉作戦〟とは、標的を選び出し、それを見せしめに痛めつけることで、他の者の手を引かせる作戦のようだ。

千陽は、ピクピクと顔を引きつらせた。

「…………百倍返しは、ダメよ」

アンリの思考に呆然としながらも、とりあえず諌《いさ》めようと、そう話す。

「え～？　なら、九十九倍返しならいい？」

可愛い顔で、おねだりするように、アンリは首を傾《かし》げる。

「バカを言うな！」

テオが見かねて間に入り、ポカッとアンリの頭を叩く。

「千陽が絡むと、どうしてお前は、そう過激になるんだ！　十倍返し以外は認めないぞ！」

――十倍返しでもやりすぎだ。テオの横槍で、ようやく千陽は冷静になった。

「あのね、チカ。私は、そんな風に守られたいって思っているわけじゃないの。もちろん、嫌な思いはしたくないけれど、だからって、他の人が傷つくのはもっと嫌よ」

一生懸命言い聞かせる。

「うんうん、わかっているよ。お姉ちゃんは優しいものね」

ニコニコして、アンリは頷《うなず》いた。

「もちろん、全部冗談だよ。お姉ちゃんが嫌がることを、僕がするわけないだろう？」

非常に嘘くさい笑みを浮かべて言われても、微塵《みじん》も信じられなかった。

その時、テオがガタンと立ち上がり、アンリの肩に手をかける。

「ああ！　もういい。とりあえず、アンリ。お前は一度、俺と一緒に父上のもとに行くぞ」

言うまでもなく、テオの父とは現国王陛下である。

「え？　いやですよ」

アンリは即座に断った。

「サラッと断るな！　お前が千陽にあまりにもべったりなせいで、父上に目をつけられたんだ。今日は前からの約束があるから、千陽を呼びつけないが、代わりにお前の口から直接千陽の様子が聞きたいとおっしゃっている。断れば、父上自《みずか》ら足を運ぶそうだ。『アンリに会いに行って、そこに彼女がいるのは、約束違反にならないだろう？』と言いやがった。……あの、クソ親父！」

「は？」

クソ親父と聞こえたが、幻聴だろうか？　それにテオのセリフの前半と後半では、ずいぶん口調が違う気がする。

その時、アンリがポツリと「タヌキジジイ」と呟《つぶや》いた。

「え？　アンリ？」

「仕方ない。……お姉ちゃん、僕ちょっと、テオと一緒に王さまのところにご機嫌うかがいに行ってくるよ。人除《ひとよ》けの魔法は、少し弱めておくね。だから、サガモアもじきに帰ってくると思うよ。お姉ちゃんは、絶対ここを動かないこと」

約束だよと片目をつぶって見せ、アンリは席を立つ。

「お前、サガモアまで近づけないようにしていたのか？」

テオが呆れた声を出した。

「だって、サガモアはお姉ちゃんと二曲目のダンスを踊ろうとしたんですよ。そんな図々しい奴、近づけるわけにはいかないでしょう？」

「お前も二曲踊っただろうに」

「僕は特別です。お姉ちゃんの弟ですから！」

よくわからないアンリの理論だった。

「……まあいい。行くぞ。千陽、また後で」

「テオには『後』なんてありませんよ。……お姉ちゃん、行ってきます。待っててね」

ヒラヒラと手を振り、アンリはテオと国王の方へ向かった。

並んで歩く麗《うるわ》しき主従に、すれ違ったご令嬢たちが、ポワンと見惚《みと》れて振り返る。

そんな二人を、千陽は呆然と見送った。

（遠くから見る分には、十分目の保養になるんだけど）

大きなため息がもれたのは、仕方のないことだろう。


その後、しばらく千陽は一人で座っていた。

アンリは人除《ひとよ》けの魔法を弱めたとは言ったが効いているようで、千陽に近づいてくる人はいない。

サガモアも来ないなと思ったら、少し離れたところで年配の女性に捕まっていた。彼は強面《こわもて》だが、その実体は天然タラシ。きっと、無自覚のうちに彼女をトリコにしてしまったのだろう。

（絶対人妻だと思うけど……無自覚天然タラシって、怖いわ）

困ったように女性の相手をするサガモアを眺めていると――

「あなた、ご自分の立場がわかっていらっしゃるの？」

すぐ近くで女性の声が聞こえた。

「え?」

驚き振り向いた先には、金髪、緑の瞳の完璧淑女《しゅくじょ》、クリスティーナ公爵令嬢が立っている。

「へ? ふぇっ? うっわぁ!」

慌てて千陽は立ち上がった。ガタン! と椅子が大きな音を立ててしまい、周囲の視線が二人に集まる。

「ご、ごめんなさい!」

焦って小さくなる千陽に、クリスティーナは呆れたようなため息をついた。

「落ち着きなさい」

「は、はい!」

クリスティーナは、先日十九歳の誕生祝いをもらっていた。つまり、千陽より四つも年下だ。

それなのに、この落ち着きと貫禄はなんなのだろう?

どこからどう見ても、クリスティーナの方が年上の態度だった。

「お座りなさい」

彼女は、立ち上がったばかりの千陽に椅子を指し示す。そして自身は千陽の隣に腰かけた。

「あ、……でも」

クリスティーナは公爵令嬢。一方の千陽は伯爵家の養女だ。隣に座ってもマナー違反にならないのだろうか？

「気にせず、おかけなさい。今のままでは悪目立ちをしているわ。……早く」

鋭《するど》い目つきで、クリスティーナはそう言った。

正直言って、……怖い。千陽は逆らえずに腰を下ろした。心持ち、背中を丸めてしまう。

そんな千陽をジッと見て、クリスティーナは小さく息を吐いた。そして落ち着いた声で言う。

「ご挨拶《あいさつ》は先日させていただいたから、今さら必要ありませんわよね？」

「はい」

なんとなく気圧《けお》されながら、千陽は頷《うなず》いた。

「では、単刀直入にお話ししますわね。……あなた、テオフィル殿下から、離れなさい」

鈴の音のような耳に心地よい声が、思いもよらない言葉を発した。

千陽はびっくりして固まってしまう。聞き間違いかと思ったが、言葉はハッキリしていて、聞き間違う余地がない。

テオから離れろという言葉の意味を考えて、千陽はピンときた。もしやクリスティーナは、テオの婚約者候補なのではないか。それで、突然彼の周囲に現れた千陽を警戒しているのかもしれない。

千陽は誤解を解こうと、口を開く。

「えっと、デュコアン公爵令嬢さま——」

「クリスティーナで、いいわ」

「——クリスティーナさまは、テオフィル殿下の婚約者候補でいらっしゃるのですか?」

その質問に、クリスティーナは思いっきり顔をしかめる。

「縁起でもないことを言わないでくださる!?」

全力で否定されてしまった。

「……えっと? でも、先ほどのクリスティーナさまの発言は、『私のテオさまに近づかないで』的な意味では?」

「そんな、気色悪い! 冗談でも不快ですわ!」

吊り目をますますキツく吊り上げて、クリスティーナは言い募《つの》る。

「何が悲しくて、この私が! あんな腹黒王子の婚約者にならなくてはいけないのです？　私は、あなたは異国から来てまだ何も知らないだろうと思って、忠告しに来たのよ！」

……どうやらクリスティーナは、テオの腹黒さを知っているようだった。

ポカンとする千陽を、真正面から睨《にら》んでくる。

「先日お会いした時に、テオフィル殿下があなたを気に入っているようだったので、心配になったのですわ。……悪いことは言いません。殿下からはできるだけ距離を置きなさい。……非常に不本意ながら、私と殿下は幼馴染《おさななじみ》。小さな頃から、外面《そとづら》だけは完璧なアイツの悪行三昧《ざんまい》を、さんざん見てまいりました。アイツは見目がいいだけの、正真正銘《しょうしんしょうめい》の腹黒です。こんな純情そうなお嬢さんをアイツの毒牙《どくが》にかけるわけにはいきません。……本当はエルヴェシウス伯爵子息からも距離をとった方がよろしいのですけれど、あなたが伯爵家の養女である限り、いかんともし難《がた》いことですものね。だから、せめてテオフィル殿下からだけでも、離れた方があなたのためなのです」

懇々《こんこん》と語りかけてくるクリスティーナ。彼女は、本気で千陽を心配しているようだ。

（……っていうか、こんなに言われるなんて、テオさま、いったい何をしたんですか？）

テオは、クリスティーナの父であるデュコアン公爵が苦手なようだった。その分、娘のクリスティーナに冷たく当たったのかもしれない。

(嫌われたくて、わざと腹黒本性を見せたとか？　ありえるわね)

それにしても、やりすぎだろう。王子なのに『アイツ』呼ばわりしているあたり、クリスティーナがテオを本気で嫌っていることがよくわかる。

「あなたはこちらに来たばかりで、殿下の本性を知らないのでしょうけれど――」

「あ、知っています」

なおも言い募《つの》ろうとしたクリスティーナのセリフを、千陽は遮《さえぎ》った。

「……え？」

ポカンとするクリスティーナに、おずおずと笑いかける。

「私、知っていますよ。テオさまの腹黒なところ。……ていうか、私といる時のテオさまは、ほとんど腹黒王子ですから」

イケメンで、黙って立っていれば誰もが見惚《みと》れる理想の王子さまのテオ。しかし、残念なことに、彼の性格はとても悪い。

(性根っていうか、根本は悪くないんだけれど……なんていうか、人が困っているところを見て楽しむところがあるわよね？　『可愛い』とか言ったりハグやキスをしたりして誤魔化そうとするけれど、絶対、テオさまはいじめっ子だもの！)

特に、千陽がおどおどしたり、あたふたしたりするところを、ものすごく嬉しそうに見ていることが多い。ちなみにキスといっても、髪や手にされる軽いものだ。

「わんぱくっていうか、悪童っていうか……テオさまは、チ――アンリとつるんでやんちゃしているって感じですものね。……困ったものです」

千陽は大きく息を吐き出し、クリスティーナに同意を求めた。常々感じていたテオの腹黒さに対して、賛同してもらえそうな相手――しかも、同性、同年代の人間を見つけたのだ。千陽はなんだか嬉しくなる。

（十九歳のクリスティーナさまに、二十三歳の私が同年代っていうのは、気が引けるけどちょっと図々しいかなと思いながら、クリスティーナの返事を待つ。

しかし、いつまで経っても返事はなかった。どうしたのかと彼女を見ると――そこには新緑の目を大きく見開いたクリスティーナがいる。

「えっと？　……クリスティーナさま？」

「……わんぱく？　悪童？　……テオフィル殿下が？」

呆然と呟《つぶや》かれ、千陽はハッとした。

いくらなんでも、王子に対して不敬な表現だっただろうか？

そういえば、クリスティーナは、公爵令嬢。高い身分の中で育ったお嬢様だ。

たかが伯爵家の養女でしかない千陽の不敬な発言に、怒ったのかもしれない。

「あ！　そのっ！　それは」

慌てて言い訳しようとしたが、遅かった。

「おまけに、やんちゃって――」

クリスティーナはプルプルと震えはじめる。

一度口から出た言葉は、なかったことにはできない。千陽は泣きたくなった。

（私、不敬罪で投獄《とうごく》になるの？）

すると、俯《うつむ》き、肩を震わせていたクリスティーナは……やがて、プッ！　と噴き出した。

「やんちゃ！　あの、テオフィル殿下が、やんちゃ！」

周囲に気を遣っているのだろう、彼女は小さな声だが確実に興奮して叫ぶ。

ツボに嵌《はま》ってしまったのか、声を殺して笑い続けた。

「ク、クリスティーナさま？」

「……クッ、クッ……くっ、苦しいっ！　お腹がよじれそうよ」

そこまで笑わなくてもいいのではないだろうか。……彼女の笑いの沸点は、案外低いようだ。

「千陽さまといったかしら？　あなた、そんな清楚な外見なのに、なかなか言いますわね？」

白い頬を赤く染めて、クリスティーナが千陽を見つめてくる。先ほどまでキツく吊り上がっていた目尻も垂れて、年齢相応の美少女だ。

こんな美少女に清楚と言われても、信じられなかった。

「……はぁ。お褒めにあずかり光栄です」

棒読みでそう返すと、再びクリスティーナは笑い出す。

「……ハッ、ハァ～……もうっ、最高。こんなに笑ったのは生まれてはじめてだわ」

それはさすがにオーバーではないだろうか？

笑われすぎて千陽がムッとしはじめた頃、クリスティーナはようやく笑いが治まった。

「どうやら私の心配は、杞憂《きゆう》だったようですね。あなたなら、テオフィル殿下のおそばにいても大丈夫そうですわ」

上気した頬はまだ赤く、笑いすぎて涙を浮かべた完璧美少女が頷《うなず》く。

これは、千陽のことを認めてくれたということなのだろうか？　なんとなく嬉しくないのは何故だろう。

「さすが、あのエルヴェシウス伯爵子息の姉になろうというだけありますわ。肝《きも》の据《す》わり方が、そこらの令嬢とは違いますわね」

「……それ、絶対褒め言葉じゃありませんよね？」

ジトッと千陽が睨《にら》むと、クリスティーナは「失礼」と謝る。しかし、またクスクスと笑い出した。

「ああ、こんなに楽しく笑ったのは本当に久しぶりですわ。……お礼を申し上げなければいけませんわね。……ありがとうございます、千陽さま」

「いえいえ、どういたしまして。楽しんでいただけて、幸いです」

やけ気味にそう答えたら、クリスティーナは少し焦ったらしい。

「ああ、怒らないでくださいませ。あんまり楽しくて、笑いすぎてしまいましたわ。決して千陽さまを笑ったわけではないのですよ」

必死で謝ってくるクリスティーナ。

千陽はそれほど怒っていたわけではない。年下の少女に謝られ、苦笑しながらも機嫌を直した。

「はい。大丈夫です。……だって、クリスティーナさまは、私を心配してくださったのでしょう？」

たった一度会っただけの千陽を心配して、わざわざやってきたクリスティーナ。

少し笑われたくらいで、そんなに怒れるはずもなかった。

千陽の言葉に、クリスティーナはホッと安堵《あんど》の息を吐く。

「ありがとうございます。……そうだわ。許していただけたお礼をしなくては。何かご希望のものはありますか？」

その提案に、千陽は驚いて首を横に振る。

「そんな！　そんな必要ありません」

「そう言わずに、何かお礼をさせてください。一方的に千陽さまを見誤り、勝手に心配して押しかけた私を、千陽さまは許してくださいましたもの。……私、千陽さまを気に入りましたの。お近づきのしるしとしても、何か贈りたいですわ。……これから仲良くしてくださいますでしょう？」

それは願ってもないことだった。アンリ、テオにサガモアと、今この世界で千陽が親しくなったのは男性ばかり。女性、それも同年代の知り合いは、ぜひとも確保したい。

キラキラと目を輝かせるクリスティーナを見返し、千陽は少し考えた。

(あまり固辞するのも、悪いのかもしれないわよね？)

相手は公爵令嬢。遠慮のしすぎは、かえって失礼になってしまうかもしれない。

「えっと、それではお願いしてもいいですか？」

それならばと、千陽はクリスティーナの言葉に甘えることにした。

「もちろんですわ。なんでも望みのものをおっしゃって。お揃いのアクセサリーとか素敵ですわよね？」

上機嫌に促《うなが》されて、千陽は苦笑してしまう。「いいえ」と小さく首を横に振った。アクセサリーならたくさん持っている。テオやアンリ、サガモアがいやというほど買ってくれたのだ。

それよりも――

「私が欲しいのは、情報です。……私に関して他の皆さまがどんな風にお話ししているのか、その噂話を教えていただきたいのですわ」

千陽がそう言うと、クリスティーナはポカンとした。

「情報？」

「はい。チ――アンリったら、心配性で、私に他人が近づかないような魔法を使ってしまったんです。おかげで、快適に過ごせているのですが、その代わりに情報がまったく入ってこなくて。……私、新参者ですから、周りの方々の反応が気になるんです。教えていただけますか？」

人が大勢集まる場は、情報の宝庫だ。快《こころよ》いものばかりではないだろうが、せっかく来たのだから、自分がどんな風に見られているかくらい知りたい。

（悪口を聞きたいわけじゃないけれど、陰で笑われているのに気づかないっていうのも

嫌だもの）

　悪いところがあって直せるものなら、直したい。そのためにも情報は必要だ。

　千陽の言葉を聞いたクリスティーナは、ゆっくりと俯《うつむ》いた。そして静かに呟《つぶや》く。

「……私は、本当にあなたを見誤っていたようですわ」

「クリスティーナさま？」

　顔を上げたクリスティーナは、とても美しく笑った。

「ええ。千陽さま。私の知る限りの情報をお話ししましょう。……そして、あらためて私とお友だちになってくださいますか？　私、千陽さまが、本当に気に入りましたの」

　完璧令嬢の完璧すぎる笑みに、千陽はちょっと怖気《おじけ》づく。

（クリスティーナさま。その笑顔、悪役令嬢みたいです！）

　声にできないツッコミを入れながら、頷《うなず》くしかない千陽だった。

「千陽さまについての噂ですが、まず二種類に分かれます」

　白魚《しらうお》のような指を二本立て、クリスティーナが話しはじめる。

「二種類？」

「二種類？」

同じ言葉が、別々の口から同時に発せられた。一つはもちろん千陽で、もう一つはサガモアだ。

彼はうっかりタラシてしまったご婦人からようやく解放されて、つい先ほど戻ってきたばかり。同じテーブルに、クリスティーナがいることに目をみはったが、賢明なことに彼は何も言わなかった。千陽を心配そうに見たものの、彼女が大丈夫と頷《うなず》けば、黙って引き下がってくれたのだ。

(こういうところが大人って感じよね。アンリやテオさまでは、こうはいかないわ)

二人がここに来たら、クリスティーナと大喧嘩をはじめてしまいそうである。そこまでいかなくとも、険悪なムードになることは間違いない。

帰ってきたのがサガモアでよかったと思いながら、千陽はクリスティーナの話に耳を傾けた。

クリスティーナは、コクリと頷《うなず》いて話を続ける。

「そう、二種類です。一つは、千陽さまは、エルヴェシウス伯爵の言う通り、他国から来た伯爵家の遠縁の令嬢だというもの。……もう一つは、そんなのは真っ赤な嘘で、実は貴族ですらない市井《しせい》の娘だというものです」

千陽は苦笑をもらす。

（二つとも合っているわ。だって、私は他国から来たアンリの双子の姉で、しかも庶民だもの）

異世界の日本を他国と称してよいのか、前世の双子の姉は果たして遠縁になるのか、などのツッコミどころはあるけれど、まあ、おおむね誤差の範囲内だろう。人の噂話もあまりバカにできない。

「もっとも、この二種類は、今日千陽さまご本人を見たことで、一つになりましたけれど。――黒髪黒目で、この国の者とは少し異なる神秘的な美貌《びぼう》をお持ちの千陽さまが、他国の方だということは、一目見れば誰でもわかることですものね」

クリスティーナに、ニッコリと笑いかけられて、千陽はポカンと口を開いた。

「……し、神秘的な……美貌《びぼう》？」

それは、いったい誰のことだろうか？

「ええ。この国では王族しか持ちえない、艶《つや》やかな黒髪と吸いこまれるような夜空の色の瞳。この二つを同時に持つ者は、王族にだって滅多《めった》に現れませんから。それらを兼ね備え、なおかつ、人目を惹《ひ》きつける整った容姿を持つ千陽さまを言い表すには、ピッタリの表現でしょう？」

完璧な美貌《びぼう》を誇るクリスティーナ公爵令嬢に同意を求められ、千陽は固まるしかない。

しかしサガモアは、うんうんと首を縦に振っている。

（そんな強面《こわもて》で頷《うなず》いても、怖いだけですからね！）

そう思いながらも、千陽は顔が熱くなるのを止められなかった。

照れる彼女を微笑ましげに見つめ、クリスティーナは再び口を開く。

「まず、千陽さまは他国から来られた方ということで、ここから噂はさらに三種類に分かれます」

「三種類？」

「三種類？」

またまた同じ言葉を、千陽とサガモアは同時に発した。

クリスティーナは、ニコリと笑う。

「ええ。――他国の美姫《びき》である千陽さまを見初《みそ》めたエルヴェシウス伯爵子息が、ゆくゆくは自分の妻にするつもりでひとまず自家の養女とした、というのが一つ。……次に、千陽さまを見初《みそ》めたのはテオフィル殿下で、やはりいずれはご自身の妃《きさき》とする予定で、ひとまず側近であるエルヴェシウス伯爵家の養女としたのだというもの。……そして、最後の一つは、テオフィル殿下の妃《きさき》とするのは同じでも、それはすべて、エルヴェシウス伯爵子息の謀略《ぼうりゃく》であるというものですわ」

「アンリの……謀略《ぼうりゃく》？」

千陽は呆然とした。クリスティーナは、真剣な表情で頷《うなず》く。

「娘のいないエルヴェシウス伯爵家に養女を迎え、テオフィル殿下の妃《きさき》とすることで、伯爵子息が自分の立場を強くしようと謀《はか》ったのだという邪推です。若くして殿下の近衛《このえ》騎士となった伯爵子息を面白く思っていない者は大勢います。そんな者たちが、まことしやかに噂しているのです」

とんでもない噂だった。千陽は、プルプルと首を横に振る。

「そんな！　チ――アンリに、そんなつもりは少しもありません！　あの子は、私が社交界を嫌うなら出奔《しゅっぽん》して二人で田舎《いなか》暮らしをしてもいいって、言ってくれたんです。あの子に権力欲なんて、まったくないと思います！」

泣き出しそうになりながら、必死で否定する千陽。

「千陽、大丈夫だ。落ち着け」

サガモアが身を乗り出し、千陽の手を握ってくれる。そして優しく諭《さと》してきた。

「しっかりしろ。それは、ただの噂だ」

クリスティーナも、同意するように頷《うなず》いてくれた。

「そうですわ、千陽さま。私も噂話の一つだと言いましたでしょう？　全員が全員そう思っているわけではありません。少なくとも私は、少しもそう思いませんわ。……エルヴェシウス伯爵子息ほど王族や貴族に興味のない人を、知りませんもの」

クリスティーナは、力強くそう言った。……いささか、力強すぎるくらいの口調である。

「……クリスティーナさま？」

「あの方、何か目的があって権力を手に入れたかったようですけれど、だからといって地位に執着があるのかといえば、そうではないでしょう？　……むしろ、面倒な仕事や、仕事外でも付き合いの多い高い地位など、まっぴらごめん。力を手にするための最小限のことはなさいますが、それ以外はまったくの無関心。……何が楽しいのか、暇さえあれば部屋にこもっていらっしゃるのですよ。それを邪魔しようものなら、氷の貴公子の名にふさわしい氷点下のブリザード対応。……あんな社交嫌いのワガママ男が、王族と縁戚関係になりたいだなんて、ちゃんちゃらおかしいですわ」

いつの間に取り出したのか、開いた羽扇《うせん》で口元を隠し「ホホホ」と笑うクリスティーナ。彼女の目は、怖いくらいに据《す》わっている。

ひょっとしたら、彼女は何かの折にアンリのブリザード対応をくらったのかもしれない。

（チカが部屋にこもっていたのって、異世界の私の様子を見るためよね？）

ついでにいえば、権力を欲したのも、千陽を異世界から召喚する術《すべ》と、その後の保証を得るためだ。

――なんだか千陽は、クリスティーナに対してすごく申し訳なくなり、しょぼんと眉尻が下がる。

するとクリスティーナは、慌てたように羽扇《うせん》をたたんだ。

「ああ、千陽さま。私、千陽さまを責めたわけではないのですよ。ただ、エルヴェシウス伯爵子息の謀略《ぼうりゃく》説など根も葉もない噂で、そんなもの信じるに値《あたい》しないのだと、言いたかっただけで」

絶対、それだけではなかっただろう。

千陽もサガモアも、引きつった笑みを浮かべる。

「え、……えっと。そうですわ！　噂話！　噂話でしたわよね。それなら、もう一つ、サガモア・ガラ・ルヴェルガー侯爵子息さまのものもございますのよ」

慌てたクリスティーナは、他の噂話を持ち出した。

突然名前が出て、サガモアは面食らったように目を見開く。

「私……ですか？」

「ええ。ええ。そうです。……フフ、こちらは少しロマンチックな噂で。――護衛についたサガモアさまが、千陽さまに一目惚れ。テオフィル殿下やエルヴェシウス伯爵子息を出し抜いて千陽さまを手に入れるべく、日夜画策しているというものなのですよ」

「そんな！　違います」

千陽は、慌てて否定した。そんな噂、サガモアに対して失礼だ。

「そうだな。違う」

サガモアも、落ち着いた声で否定した。そしてジッと千陽の顔を見つめてくる。

「それは、噂ではない。真実だ」

彼の言葉に息を呑む、千陽とクリスティーナ。

（もうっ！　もうっ！　もうっ！　真面目な顔をして、そんな冗談を言って！）

心の中で悲鳴をあげる千陽だった。


その後、舞踏会は滞《とどこお》りなく終わった。

サガモアの爆弾発言の後も、しばらく話していたクリスティーナは、アンリやテオが戻ってくる前に離れた。

「千陽さま。今度、我《わ》が家のお茶会に招待しますわ。ぜひおいでになってくださいね」

去り際にしてくれたお誘いに、もちろん千陽は快諾する。

悪役令嬢みたいな容姿のクリスティーナだが、彼女は優しく信頼に値《あたい》する女性だと思ったから。

（クリスティーナさまにも会えたし、舞踏会に来てよかったわ）

多少足が痛くなったが、自分に関する噂話も聞けて満足する千陽だった。

第五章　やっぱり陰口

カタカタと床が震えているような気がする。それとも、震えているのは自分だろうか？俯《うつむ》き、床を凝視しながら千陽は考える。

「顔を上げよ」

声をかけられ、彼女はゆっくりと顔を上げた。

最初に視界に入るのは、真正面に座る五十代半ばくらいの男性。詰襟《つめえり》の軍服に似た白い服を着た、威厳のある人物だ。彼の紫色の目が、千陽の方を興味深げに見つめていた。

その男性の横には、美しい銀髪と琥珀色《こはくいろ》の目を持つ美女がいる。男性の服と同じ白いドレスを身に纏《まと》っていて、女神のごとき品がある。

並んで座す二人は、この国の王と王妃だ。

千陽が異世界召喚されて一ヵ月半。今日はついにやってきた千陽と国王夫妻との面会日である。

「……国王陛下、王妃殿下。お目通りが叶い光栄です。千陽・赤羽・エルヴェシウスと申します」

　ジッェルマンから教え込まれた礼儀作法で、千陽は礼をした。教えられている時は、『鬼教官か！』と叫びたくなるほど厳しい指導だったが、今はそれに感謝する。

（心臓バクバクだけど、勝手に体が動くもの）

　教えられたとおりの作法で、最初の挨拶《あいさつ》を済ませられた。声もなんとか震えなかったはずだ。以前エヴラールにしたお辞儀と比べたら、雲泥《うんでい》の差だ。百点満点の九十点くらいだろうか？

　とはいえ、極度の緊張から千陽の足はガクガクで、震えが止まらなかった。今にもプレッシャーに押し潰されそうだ。

「ようやく会えたな。エルヴェシウス伯爵家の秘姫《ひき》よ」

　重々しい声で、国王が話しかけてきた。

　──秘密の『秘』にお姫さまの『姫』で、『秘姫《ひき》』。

　それはここ最近、千陽についた呼び名だったりする。アンリがあまりにも公《おおやけ》の場に千陽を出したがらないせいで、いつの間にか、そんな二つ名をつけられてしまったのだ。

（ひぇ～っ。国王陛下まで知っているなんて、恥ずかしすぎる！）

　千陽は心の中で、悲鳴をあげる。ますます心が萎縮《いしゅく》してしまう。

そんな千陽の横で、静かな声が凛《りん》と響いた。

「陛下、姉は繊細《せんさい》でたおやかな性格をしているのです。からかうのはおやめくださいませんか」

隣に立っていたアンリが、強い口調で抗議したのだ。

「ア、アンリ――」

王さまに向かって、そんな口調で話していいのだろうか？　千陽は、恐々と周囲を見回す。

国王夫妻の左隣には、エヴラールとテオフィル。右隣には、白い服の老人と、灰色の官服を着た年配の男性、そして筋骨隆々《きんこつりゅうりゅう》とした軍服姿の壮年の男性が立っていた。

一方、千陽たちの後ろには、養父母であるエルヴェシウス伯爵夫妻が控えている。お人好《ひとよ》しで心配性の夫妻は、千陽同様緊張した面持《おもも》ちだ。

アンリに教えてもらったのだが、白い服の老人は神官長。官服姿の男性は宰相で、軍服を着ている人が元帥《げんすい》閣下ということだった。

――つまりこの場には、千陽が異世界から召喚されたと知る者だけが集められているのだ。

（国のトップばかりってことよね。お義父《とう》さまとお義母《かあ》さまが緊張しているはずだ

わ。……そんな中でアンリったら）

先ほどのアンリの偉そうな発言が心配で、千陽はハラハラしてしまう。

国王も王妃もさほど気にした様子はないが、エヴラールは明らかに不愉快そうに見えた。

（もっとも、あの人は最初からずっと無表情だから、よくわからないけれど）

銀髪に紫の目をした第一王子は、笑ったらかなり華やかな印象になるだろう。しかし残念なことに、彼はずっと無表情。機嫌がいいのか悪いのかすら判断のつかない、人形みたいな表情をしている。以前突然訪ねてきた時もそうだったと、千陽は思い出した。

（やっぱり、エヴラールさまは、味方になってくれなさそうよね）

それならば、と助けを求めてテオを見る。完璧王子モードの彼は、眉間に深いしわを寄せていた。

一見、不機嫌そうに見えるのだが……彼をよく知る千陽の目にはわかる。あれは笑いをこらえているのだ。

（もうっ！　テオさままで当てにならないの!?）

内心焦っていると、王妃さまが優しく笑いかけてくれた。

「エルヴェシウス伯爵子息の言う通りですわ。陛下。せっかく来てくれた千陽さんを怖がらせないでくださいませ。こんなことで、彼女の足が王城から遠退《とおの》いてしまったら、私、陛下をお恨《うら》み申し上げますわよ」

美貌《びぼう》の妃《きさき》に注意され、国王は苦笑する。その場の雰囲気が、フッと柔らかくなった。

「そんなつもりは、なかったのだがな――」

「父上は、顔が怖いのです。あまり千陽に近づかないでください」

ホッとしたのも束の間、今度はテオがそんなことを言い出した。

「テオフィル！　不敬だぞ」

エヴラールが、すかさず弟を叱責した。生真面目な兄王子は、弟の軽口が許せなかったようだ。眉間に深いしわを刻み、テオを睨《にら》みつけている。

「兄上、申し訳ありません。……私は、千陽に夢中なのです」

叱られたテオがしれっと答えた。エヴラールの眉間のしわは、ますます深くなる。

「テオフィル！」

「ハハハ、若いとはいいな。エヴラールも、そう怒るな」

兄弟の雰囲気が悪くなる中、国王がエヴラールを宥《なだ》めた。

真面目な第一王子は、父王の言葉には逆らえないのか、不服そうな顔で黙り込む。

「フム。怖がらせるつもりはなかったのだが。……私は、怖いかな？　エルヴェシウス伯爵令嬢」

二人の息子を面白そうに見ていた国王は、千陽にそんなことを聞いてきた。

（当たり前でしょう！）

いまだプルプルと震える手を握りしめ、千陽は心の中で怒鳴る。

（私はちょっと前まで、平凡なＯＬだったのよ！）

とはいえ、バカ正直に『はい』と答えるわけにもいかず、不本意ながら小さく首を横に振る。

「いいえ。……陛下には、過分なご配慮をいただき、感謝しております」

深く頭を下げて、謝辞を述べた。

そのまま動くこともできずジッとしていると、頭の上から声が降ってくる。

「感謝か……では、その感謝につけ入ってもよいかな？」

「陛下！」

「父上！」

国王の声に、アンリとテオ、両方から抗議の声が上がった。

「テオフィルもエルヴェシウス伯爵子息も、黙れ。……私は、彼女に話している」

国王は静かに命令する。大声でも、荒らげた声でもなかったが、従わざるを得ない力を持つ声で、命じられた二人は、悔しそうに押し黙る。

千陽の体はますます震えた。これだから、国王との面会が怖かったのだ。

戦々恐々《せんせんきょうきょう》とする彼女にかまわず、国王は言葉を続ける。

「それほどたいしたことをしようというのではない。ただ、聞かせてほしいだけだ。……異世界から来た者の目から見て、我《わ》が国がどう見えるかを。もしも、我《わ》が国にとって有用な情報があれば、それも聞かせてほしいが……どうかな？」

穏やかな笑みで、千陽を見つめる国王。彼の言葉は、確かに表面だけ見れば、無理難題でもなんでもない。話を聞かせてほしいという単純なものだ。

それでも、千陽の背中には冷や汗が流れた。

（まずい。まずい。まずい。――絶対にこれ、窮地《きゅうち》よね？）

下手な答えを返せば、その瞬間に千陽の命運は尽きるだろう。

隣で、アンリがギリッと歯を食いしばった。誰より姉が一番の弟は、万が一の場合、すべてを敵に回して彼女を庇《かば》うかもしれない。それだけは、どうあっても避けなければならない。

（アンリに、危険な真似なんてさせられないもの！）

ゴクリと唾を呑みこみ、千陽は覚悟を決めた。ゆっくりと、頭を上げる。

「――陛下。異世界から召喚されたとはいえ、私は〝勇者〟でも〝聖女〟でもありません」

質問とはまるで関係のない答えを返した千陽に、国王は面白そうに片眉を上げた。

「〝勇者〟と〝聖女〟？」

「はい。……私を召喚したのはアンリで、その時の条件はただ一つ、私が彼の〝姉〟であること。ここにいる私は、アンリの〝姉〟であり、他の何者でもありません」

国王は、考え込むように自身の顎《あご》に触れる。

「それで？　……ただの〝姉〟であるお前は、私の質問にどう答える？」

千陽は、静かに首を横に振った。

「何も。――陛下。私の望みは、陛下の治めるこの国で、アンリと一緒に〝姉〟として生きることだけです。一介の伯爵令嬢である私は、陛下の問いにお答えする言葉を持ちません。どうぞご容赦くださいませ」

そう言うと、深々と頭を下げる。

千陽が持つ日本の考え方は、この国の絶対王政を否定するものだ。

国民の主権を謳《うた》い、自由と平等を尊重し、専制と隷従《れいじゅう》を非難する。そんな思想が、国王を頂点とする身分制度のある国に受け入れられるはずがない。もしも、千陽が日本の考え方や制度を声高《こわだか》に話したりすれば、あっという間に危険分子と見なされるだろう。

(即刻、排除しようとするに決まっているわ)

ましてや千陽は、桁《けた》外れの魔力を持つアンリの姉だ。危険な力と危険な思想を一緒にするなど、権力者が許すはずがない。

「……フム。〝姉〟であり、〝勇者〟や〝聖女〟ではないと、言うのだな?」

〝勇者〟は、魔王を倒す者——すなわち、力を持つ暴君を倒す存在だ。

〝聖女〟は、弱き者を救う者——虐《しいた》げられた者たちに救いの手を差し伸べて、解放する者だ。

千陽は、権力者を倒す〝勇者〟でも、身分制度の下位である平民を救う〝聖女〟でもない。

(王政が絶対に正しいとは思わない。……でも、自分の考えだけでこの国で革命を起こそうなんて、思わないもの。それに、これまで見てきた範囲では、この国の人々はみんな生き生きとしていたわ。身分制度はあるけれど、平民が迫害されているってこともないみたいだし)

上に立つ者が人道に基《もと》づく政治をするのであれば、千陽はその形にこだわる必要はないと思う。王政であれ民主政治であれ、選ぶのはこの国で生きている人々だ。

「はい」と頷《うなず》く千陽に対し、国王は楽しそうに笑った。

「さすが、アンリの姉だ。賢く、選択に間違いがない。返答も機知に富んでいる」

その様子に、千陽の体からドッと力が抜けた。どうやら、試練を乗り越えたらしい。

「当たり前です」

怒ったようにアンリが答える。

「確かめる必要などないと、私があれほど保証したのに」

テオも、かなり不満顔だ。

二人とも、事前に国王に対し、いろいろ話してくれていたのだろう。

「まあ、そう怒るな。お前たちを信じないではなかったが、私だけでなく、他の者にもそれを証明せねばならなかったのでな」

アンリとテオを宥《なだ》めながら、国王はぐるりと周囲を見回す。

「どうかな？　私は、彼女をエルヴェシウス伯爵令嬢として、この国に受け入れてもよいと思うが」

国王の言葉に、背後の養父母がホッと息を吐く。二人は千陽の身を心から案じていたのだろう。

（悲しませることにならなくて、よかった）

とはいえ、まだまだ安心はできない。他の人々の反応はどうかとうかがうと、神官長と目が合った。

厳《おごそ》かな雰囲気を持つ老人は、静かに頷《うなず》いてくれる。

「召喚が成功した時点で、神は彼女を認めております。……孫も彼女を気に入っておりますし、私に異存はありません」

神官長の孫というのは、サガモアのことである。サガモアから事前に話を聞いていた神官長は、最初から千陽を認めてくれていたのだろう。彼はフッと笑うと、好々爺然《こうこうやぜん》とした優しい表情で千陽を見つめてきた。

「サガモアが好意を抱《いだ》いた女性は、あなたがはじめてです。エルヴェシウス伯爵令嬢。どうか、今後とも孫と仲良くしてやってください」

神官長は、そう言って頭を下げてくる。千陽は慌てて「こちらこそ」と頭を下げた。

祖父が孫に甘いのは、異世界でも変わりはないようだ。

「いやぁ、よかった。孫は、エルヴェシウス伯爵令嬢に何かあれば、陛下を呪ってしまいそうだと心配しておりましたからな」

嬉しそうに、フォッ、フォッ、フォッと笑う神官長。

その途端、国王は青い顔になった。

「なっ！　なんでそれを先に言わなかった！　最重要事項だろうが⁉」

サガモアの呪いは、六割の確率で成就する。そんな呪いは国王だって受けたくないだろう。

「陛下には、いつも『お前は爺《じじ》バカだ』と言われておりますからな。孫の話はしないでおこうと思ったのですよ」

平時に、親バカならぬ爺《じじ》バカとからかわれている神官長の、国王に対する意趣返しだったようだ。

それで呪われてはたまらない。国王は苦虫を噛《か》み潰したような顔になる。

「要は、心配する必要もなかったということでしょう。……ずいぶんもったいつけられましたが、陛下がエルヴェシウス伯爵令嬢を、最初から受け入れるつもりでいることなど、みんなわかっていたことですからね」

脇で聞いていた宰相が、あっさりとそう言った。

「え？」

千陽は、ポカンとしてしまう。

（……最初から、受け入れるつもりだった？）

官服姿の宰相は、穏やかな顔に苦笑を浮かべ、戸惑う千陽の方を向く。

「召喚する前に、あなたがどんな人物かは、すでに調べてあるのですよ。エルヴェシウス伯爵子息の魔法で、異世界でのあなたの様子も観察させてもらいました。……その上で我々は、あなたをこの国に迎え入れることを決めたのです。――あなたが、優しく真面目で、信頼に足る女性であることを、私たちは皆知っています。陛下はそれを再確認したにすぎません。……まあ、やり方は、ずいぶん芝居がかっていましたがね」

嘆かわしいと言わんばかりに、首を横に振る宰相。

「パトリス！」

「本当のことでしょう？」

どうやら宰相の名はパトリスというようだ。同年代の国王と宰相は仲がいいのか、遠慮なしに宰相は国王を貶《けな》す。

千陽は――倒れそうになった。

宰相の言葉が本当なら、先ほどの千陽の焦りと緊張は、まったく無駄だったということだ。

「本当に、申し訳なかったですね。エルヴェシウス伯爵令嬢。お詫《わ》びに、どうでしょう？私の下で官吏として働きませんか？　この国では、貴族の令嬢はあまり働かないのですが、あなたは異世界で働いていらした。その仕事ぶりを見て、ぜひ私の官吏として勧誘したいと思っていたのですよ。お給金は弾みますから、いかがですか？」

なんと宰相はそんなことを提案してきた。そこに元帥《げんすい》も口を出してくる。

「宰相さま、抜け駆けは卑怯《ひきょう》ですよ。あなたの魂胆《こんたん》は見えています。――将を射《い》んとする者はまず馬を射《い》よ。――姉を確保して、アンリを今以上に自分の下で働かせようというおつもりなのでしょう？　そうはさせません。彼の魔力は国の守りに欠かせぬもの。エルヴェシウス伯爵令嬢が働くというなら、勤務先は軍部にしていただきます。そうすれば、いつものらりくらりと逃げ回っているアンリが、率先して軍部に顔を出すようになりますからね」

――どうやら、宰相と元帥《げんすい》の狙いは、千陽ではなくアンリのようだ。

確かに、千陽がいればそこにはアンリもついてくる。彼らの思惑は間違っていないのだが……それを大声で言ってしまっていいのだろうか？

（っていうか、チカったら、のらりくらりとしていたの？）

姉として千陽は、そこが気になってしまう。

しかし、これは千載一遇《せんざいいちぐう》のチャンスではないだろうか？

千陽はいつか自立するために、仕事を探したいのだ。アンリとテオに反対されたせいで就職活動は休止中だが、仕事が向こうからやってきた。

（お城での仕事なら、チカもテオさまも心配しないだろうし、うってつけだわ！）

喜び勇《いさ》んだ千陽は、睨《にら》み合う宰相と元帥《げんすい》に声をかけようとする。そこに――

「あら、困りますわ。エルヴェシウス伯爵令嬢には、私の話し相手として、王妃宮に来ていただこうと思っていましたのに。いつまで経ってもテオが紹介してくれないので、待ちくたびれていましたのよ。彼女と、おしゃべりするのをとても楽しみにしていましたの」

横から口を挟んできたのは、王妃さまだった。絶世の美女は、千陽にニコリと笑いかける。

「千陽さん。違う世界に召喚されたあなたの心労は、私たちでは計り知れないものがあると思いますわ。働くなんてとんでもない。どうぞ、私の宮で心を癒《いや》してちょうだい。私、あなたのような娘が欲しいと、常々思っていたのよ」

美女の魅力《みりょく》に、千陽はフラフラしそうになる。

(いやいや、ダメだから！　王妃宮なんて、癒《いや》されるどころかストレスが溜まるだけだから。それに、私は宰相さまか元帥《げんすい》閣下に雇ってもらうんだし！)

拳《こぶし》をギュッと握りしめ、千陽は気持ちを引きしめる。断ろうとして王妃の方を見ると、その隣にいたエヴラールと視線が合った。第一王子はますます不機嫌になったように見える。

(なんで怒っているの？　私みたいな新参者が、自分のお母さんに近づくのが気に入らないとか？）

戸惑っている間に、アンリが大声で怒鳴り出した。

「いい加減にしてください！　僕がお姉ちゃんを働かせるはずがないでしょう！　王妃宮にだって、用もないのに行かせません。お姉ちゃんにムリに何かさせようとしたら、サガモアに呪わせますよ！」

よほど腹に据《す》えかねたのだろう。国王の前なのに、一人称が『僕』になり、千陽のことも『お姉ちゃん』と呼んでしまっている。

「ア、アンリ――」

さすがにまずいと、千陽は注意しようとした。そこに、今度はテオから抗議の声が上がる。

「アンリの言う通りです。だから私たちは、彼女を紹介したくなかった。……ただでさえ、アンリが千陽にベッタリで、なかなか二人っきりになれないのに。サガモアもいるし、これ以上ライバルを増やすのはごめんです」

こちらはなんとか理性が残っているのか、一人称は『私』である。

（二人っきりとかライバルとか、言っている意味はわからないけれど）

意見が一致したアンリとテオ。共同戦線を張るのかと思われたが、アンリはジロリとテオを睨《にら》んだ。

「お姉ちゃんと二人っきりになんて、させるわけがないでしょう」

「選ぶのは、千陽だ」

「選択肢そのものを潰してやります！」

何故か、言い争いがはじまってしまう。

「まあ、千陽ったらモテモテなのね」

王妃さまが嬉しそうに笑った。

「やっぱり、私の宮においでなさいな。もちろん、テオも〝氷の貴公子〟も一緒でかまわないわよ」

「いえいえ、文部で仕事を」

「軍部に決まっているでしょう！」

「サガモアを、よろしくな」

好き勝手に話しはじめるこの国の重鎮たち。エヴラールの眉間のしわはますます深くなり、背後では、養父母が「よかった、よかった」と喜び合っている。

（何？　このカオス？　この国、大丈夫なの？）

千陽は心配になってしまった。

収拾がつかなくなりはじめたその場を治めたのは……国王だった。

「黙れ！　いろいろと思惑はあろうが、後にしろ。それより――」

国王が、玉座《ぎょくざ》から立ち上がる。そのまま視線を千陽に向けた。

他の人々も口を噤《つぐ》み、千陽の方を見てくる。

千陽は、ピンと背筋を伸ばした。顔を上げ、まっすぐに国王を見返す。

国王は、両手を広げた。

「――千陽・赤羽・エルヴェシウス。そなたをオードラン王国の臣民と認める。……ようこそ、我《わ》が国に。そなたのこれからの人生が、幸あるものとなるように」

重々しい祝福の言葉を受けて、千陽は頭を下げた。

「ありがとうございます。この国の民《たみ》として、精一杯努めます」

ここに千陽は認められ、正式にオードラン王国の国民となったのだった。

とはいえ、千陽の生活が劇的に変わるかといえば、そうではない。

国王との面談後、宰相や元帥《げんすい》から仕事の勧誘を受けたり、王妃さまからお茶会の誘いを受けたりといったことは増えた。しかし基本的には千陽は今まで通り、エルヴェシウス伯爵邸で貴族令嬢として普通に暮らしている。

(貴族令嬢の普通が、いまいちわからないけど?)

昼間は礼儀作法や歴史、経済等の勉強。夜は週に一、二度くらいのペースで夜会に出席する。

それらに時々、買い物や気晴らしの散歩、ピクニックといった外出が入るのが、千陽の考える貴族令嬢の普通だ。

それらに、アンリやテオ、サガモアの誰か、もしくは全員と常に一緒というのも相変わらずだった。

(っていうか、むしろ前よりも全員が揃う確率が増えているわよね?)

「お姉ちゃんは、ずっと僕のそばにいればいいからね」「千陽を一番守れるのは、俺だ」「千陽、ずっと私の隣で笑っていてくれ」など、甘いセリフも増量中で、千陽の心臓は休まる暇がない。

(異世界のイケメン、甘すぎでしょう! 勘違いしないうちに、早く自立しなきゃ!)

ますます決意を固める千陽だった。

そんな中、外出や夜会にも、必ず誰かが付き添ってくれる。

「――ごきげんよう。千陽さま。来ていただけて嬉しいわ。そのドレス、とてもよくお似合いですわね」

日常となった夜会の一つで、クリスティーナ公爵令嬢が、微笑みながら千陽に話しかけてきた。

「ごきげんよう。クリスティーナさま。本日は、お招きいただきありがとうございます。いつもながらにお美しいですね」

控えめな笑みを浮かべ、千陽は貴族令嬢の礼を返す。

ここは、デュコアン公爵邸。今日の千陽は、公爵家主催の夜会に招かれたのだ。

「エルヴェシウス伯爵子息もお久しぶりです。夜会嫌いのあなたにお出《い》でいただけるとは、思いもよりませんでしたわ」

親しげな笑みを浮かべて、クリスティーナは千陽の隣のアンリに声をかけた。

今日の千陽のエスコート役は、アンリだ。

絶世の美貌《びぼう》を持つ公爵令嬢に話しかけられたのに、彼はニコリともしない。

「姉が来たいと言いましたから」

そうでなければ来るものかと言わんばかりだ。まさしく、〝氷の貴公子〟と呼ばれるにふさわしい態度である。

「アンリ！」

それきり会話を打ち切ろうとしたアンリだが、千陽に注意されて、渋々《しぶしぶ》と言葉を続けた。

「あなたの家の夜会には、テオフィル殿下が来たがりませんからね。そこだけは、評価できるところです。お招きいただいて嬉しいですよ」

「……アンリったら」

ものすごく偉そうな発言に、千陽は頭をかかえる。

クリスティーナはクスリと笑って、千陽に気にしなくていいという風に頷《うなず》いてくれた。

実際、アンリの言う通りでもある。

今日の夜会の主催がデュコアン公爵だと知ったテオは、エスコート役を早々に辞退したのだ。理由は、デュコアン公爵に会いたくないからだという。

クリスティーナに教えてもらったのだが、彼女の父のデュコアン公爵は、娘をテオの妃《きさき》にしたいと目論《もくろ》んでいた。当の本人たちが犬猿《けんえん》の仲で、顔を合わせるたびに悪口を言い合うため、国王が待ったをかけているのだが、二人の態度が軟化すれば縁談はとんとん拍子に進むのだそうだ。

この話を教えてくれた時、クリスティーナは顔をしかめて「絶対、お断りですけれど！」と言った。テオの腹黒な素顔を知る彼女にとって、彼の妃《きさき》になるなんてとんでもないことらしい。

「クリスティーナさまのお相手は、第一王子さまではなくて、テオさまなのですね？」

千陽はそうたずねた。

クリスティーナは十九歳。テオは二十歳で、第一王子は二十六歳だ。年が近いのはテオの方だが、第一王子だって、彼女の結婚相手にふさわしい。

テオとクリスティーナの相性が最悪な以上、彼女を第一王子の妃《きさき》とすることを、デュコアン公爵は考えないのだろうか？

「第二王子より第一王子の妃《きさき》にしたいって、父親なら思うのではないですか？」

当然の考えだと思うのだが、クリスティーナは首を横に振る。

「父は、テオフィル殿下に次代の王になってもらいたいのです」

ため息をつきながら、クリスティーナは、そう言った。

現在王城に出入りする貴族たちは、第一王子派と第二王子派に分かれて、争っているのだそうだ。

そして、デュコアン公爵は、第二王子派の筆頭だという。

この国の王は、各王子の力量と資質を見極め、貴族や民《たみ》の意見を聞きながら後継を指名する。現在、王の子は、エヴラールとテオのみ。そのため二人は王位を争うライバルとして扱われ、貴族もそれぞれの派閥で争っているという。

とはいえ、よほど優れている、もしくは、とんでもなくダメでもない限り、長子が王となるのが普通だ。エヴラールに目立った瑕疵《かし》はなく、本来彼がすんなりと国王になるはず。

テオ自身もそれを望んでいるのだが、一部の貴族が彼を国王へと推《お》しているのだ。

その理由をアンリに聞いたら、彼は顔をしかめて教えてくれた。

賢く、武芸もたしなむ第一王子。真面目で一見非の打ちどころがないように見えるエヴラールなのだが……真面目も行きすぎれば欠点となる。

四角四面なエヴラールは、曲がったことが大嫌い。革新的な変化を避け、昔ながらのやり方を杓子《しゃくし》定規に進めたがる。そのため、一部の貴族からは、煙《けむ》たがられているという。

曲がったことが嫌いな第一王子にしてみれば、王家の秘儀である異世界召喚の魔法を、アンリ一個人の私用で使うなど許せなかったのだろう。国王の決定だから従ったものの、内心面白くないに違いない。

（当然、私のことも嫌いよね？）

ちょっと残念な千陽である。彼女自身は、真面目な人が嫌いでないからだ。

そんなことを考えていると、クリスティーナが口を開いた。

「娘の私が言うのもなんだけれど、父は計算高くてずる賢い性格なの。だから、エヴラール殿下とは合わないのよ。でも、テオフィル殿下と合うかといえば、そうでもないと思うのだけれど……まあ、テオフィル殿下はまだお若いから、なんとでも操れると思っているんじゃないかしら？　まったく、我《わ》が親ながら見込みが甘いわよね。あの腹黒が素直に操られるはずがないのに」

実の父に対して、クリスティーナはなんともドライな評価を下した。ついでに、テオのことも酷評する。千陽はハハハと乾いた笑いを返すしかなかった。

そんな事情で、娘をテオの妃《きさき》にしたいデュコアン公爵と、絶対拒否なクリスティーナ&テオの攻防は、今も続いている。

デュコアン公爵家の夜会にテオが出席——しかも、クリスティーナ以外をエスコートして出席するなど、いろいろ支障がありすぎる事態なので、彼は出席できないのだ。

本日はサガモアも夜勤で、千陽のエスコートができるのはアンリだけ。彼は無表情でクリスティーナに対応しているが、姉の目線では絶対に上機嫌だ。犬のようにブンブンと尻尾を振っているようにすら見える。

しかし、そう見えるのは千陽だけ。鉄壁の無表情を崩さないアンリが、ホントはルンルンなのだということは、クリスティーナも含め周囲の誰一人わからないだろう。

千陽は弟から目を逸《そ》らし、クリスティーナに世間話を振った。

「クリスティーナさま。今日は、とても多くの方がおられるのですね。さすが、デュコアン公爵家の夜会ですわ」

「そんなお気遣いせずとも大丈夫ですよ。どうぞお気を楽になさって。……ああ、でも確かに今日は少し人が多いですわね。他国の大使の方もいらしているようですわ。ほら、あちらをご覧になって」

クリスティーナが優雅に扇《おうぎ》で指し示す先では、この国のものとは少し違う服装に身を包む男女が五、六人談笑していた。

「あのスリットの入ったドレスは西のブーンレストのもの、巻きスカートはギランの民族衣装ですわ。まあ、ヴェルド王国のファーのドレスを着ている方もいらっしゃるのね。ヴェルドのドレスは豪華で、私も興味を持っていますのよ」

さすが公爵令嬢である。クリスティーナは他国の衣装にも詳しいようだ。

（ヴェルド王国って、前にチカが軍議に呼びつけられた理由だった、最近動きがきな臭いって国よね？　それなのに、公爵家の夜会に来ているの？）

千陽は首を傾《かし》げる。デュコアン公爵は、内務大臣もしている国の重鎮だ。その家の夜会に、敵対しそうな国の大使が出席することは、あるのだろうか？

（でもきな臭いってだけで、実際は戦争しているわけじゃないから、出ちゃいけないってことないのかしら？）

千陽がヴェルド王国の話を聞いたのはあの時だけ。それ以来、アンリたちの口からヴェルド王国の名は出ていない。だとすれば、すでに彼《か》の国の不穏な様子は平常に戻っているのかもしれない。

民族衣装に身を包んだ人々は、和《なご》やかな雰囲気で語り合っている。周囲の人々とも談笑しており、千陽が気にするようなことはないのだろう。

そう思って見ていると、千陽の視線に気づいたのか、その中の一人がこちらを振り向いた。一際背の高い男性で、年の頃は三十前後。燃えるような赤髪を一つに結んでいる。襟《えり》にファーのついた衣装は、ヴェルド王国のものだろう。間違いなく男性なのに、抜けるような白い肌と赤い唇が蠱惑的《こわくてき》な印象だ。

琥珀色《こはくいろ》の目とバッチリ視線が合って、千陽は少しうろたえる。

（うわっ！　ガン見されたって思われちゃったかしら）

どうしようと思っていたら、急にアンリに腕を引かれた。

「お姉ちゃん、踊ろう」

彼は一瞬、千陽の視線の先を鋭《するど》く睨《にら》む。そしてその後、表情を一変させ、甘ったるい笑みを浮かべて千陽を見た。

「大丈夫。今日はゆっくり静かに踊るから。それとも、足が痛くならないように、僕がずっと抱き上げていようか？」

それはもはや、ダンスと呼べないのではないだろうか。

アンリのあまりに劇的な変化に、クリスティーナも周囲の人々も目をみはった。

「ダンスにはずいぶん慣れたから、大丈夫よ。この前はテオさまと三曲続けて踊っても、足が痛くなかったもの」

千陽がそう答えると、アンリはたちまち頬を膨《ふく》らませる。

「……その話は、テオから、耳にタコができるほど聞いたよ。嬉しそうに自慢していた。あんまりうるさいから、二度と口をきけなくしてやろうかと思ったくらい。でもお姉ちゃんが嫌がるかもしれないから、なんとか我慢したんだ」

相変わらず、アンリの発言は過激だ。我慢できたことを褒めてほしそうに見つめてくる。

「――だから、お姉ちゃん。僕とは、四曲踊ろうね」

手を差し出されて、千陽はちょっと焦った。

「よ、四曲はムリよ」

「大丈夫。途中で疲れたら、僕が抱き上げるから。……ね、お願い。お姉ちゃん」

ニコニコニッコリと、アンリは笑う。

やっぱりそれはダンスと呼べない気がするが、この状態のアンリの頼みを断ることは難しい。千陽は顔を引きつらせながらも、彼の手の上に自分の手を置く。

その時、気になって先ほどの男性の方を見たが、相手はすでに明後日《あさって》の方向を見ていた。

——千陽は四曲をなんとか踊りきった。そのせいで足はパンパン。息は切れ切れである。

(ドレスを着てのダンス四曲は、きつすぎよ！)

今日の千陽のドレスは、金糸銀糸の刺繍《ししゅう》の入った豪華なもの。布やレースもふんだんに使っている。アクセサリーも含んだ総重量は、たぶん数キロに及ぶだろう。

こんなドレスを着て、軽々とダンスを踊る貴婦人は、きっと筋肉ムキムキに違いない。

あまりに疲れた千陽は、そんなしょうもないことを考える。

「お姉ちゃん。ごめんね。僕、お姉ちゃんと踊れるのが、あんまり嬉しくて。……待っていて、今飲み物を取ってくるよ」

会場の隣に設《もう》けられた休憩室の豪華なソファーに、千陽はぐったり座る。

彼女の姿にさすがに罪悪感を覚えたらしく、アンリはそそくさと飲み物を取りに走った。……と、思ったらあっという間にUターンして戻ってくる。

「危ない、忘れてた。お姉ちゃんの周囲に認識疎外の魔法をかけておくからね。お姉ちゃんから話しかけない限り、相手がお姉ちゃんに気がつかない魔法だよ。疲れているんだもの、余計な人に話しかけられたくないでしょう？　僕が戻るまで、ここで静かに待っていてね！」

くれぐれも動かないようにと釘《くぎ》を刺し、アンリは今度こそ去っていく。

その後ろ姿を見送り、千陽はそっとため息をついた。

千陽にとってアンリ――チカは、可愛い弟。見目もよく、才能溢《あふ》れる好青年のはずなのに、千陽の目には残念なイケメンにしか映らない。

（あの『お姉ちゃん』がいけないのかも？　……今度から、『姉上』って呼んでもらおうかしら？）

そんなことで変わるかどうかはわからないが、少しは大人な印象になるかもしれない。

（……本当に、残念よね）

「本当に、残念だな」

彼女の心の声に同調するかのような声が、近くから聞こえた。ちょっとしゃがれた耳《みみ》障《ざわ》りな声だ。

（え？）

見ると、千陽のいるソファーから少し離れたところに、男性が三人集まっている。彼らは、アンリの後ろ姿を、眉をひそめて見つめていた。

（私に話しかけてきたわけじゃないわよね？）

千陽には、認識疎外の魔法がかけられている。彼らは千陽に気づいていないはずだ。

「こんな夜会にいそいそと出席し、自分の存在を見せつけるように四曲もダンスを踊るとは。桁《けた》外れの魔力と、明晰な頭脳を持つエルヴェシウス伯爵子息も、いよいよ本気でテオフィル殿下の手駒と成り果てたか」

「エヴラールさまの手前、この場に出席できないテオフィルさまの名代といったところだろう？」

「公爵自身と会話していた様子はなかったが、先ほど、公爵令嬢と親しげに話していたからな」

「令嬢を通じ、情報交換していたのだろう。実に、嘆かわしい」

千陽はムッとして、その男性三人組を睨《にら》んだ。

彼らはあまり目立たない容姿の二十代から三十代くらいの男性だ。一人は細目の瓜実《うりざね》顔《がお》。二人目は小さな目でしもぶくれ。そして最後の一人は、他の二人よりは整っているものの陰気な表情の男性だ。

「奴は最近調子に乗っているからな。――先日、奴が提案した議案書を見たか？　御《ご》前《ぜん》会議の参加者を厳選すべきとあったぞ。御前《ごぜん》会議は爵位を持つ高位貴族であれば誰でも参加できるということが魅力《みりょく》なのに。しかも減った席には、下位貴族の中から優れた人物を選んであてるべきだとも主張している。……古《いにしえ》よりこの国を支えた我ら高位貴族の特権をないがしろにする由々《ゆゆ》しき提案だ」

細目の男が、憤《いきどお》りを込めた声で、アンリの提案を非難する。

「騎士の階級もそうだ。今の年功序列制度を廃止し、実力のある者を積極的に上位の地位につけるべきだと、元帥《げんすい》閣下に進言しているのを聞いたことがある」

小さな目の男は騎士なのか、憤懣《ふんまん》やるかたない表情で、怒り出す。

「所詮、奴も伯爵子息にすぎないからな。いくら魔力に秀《ひい》でようが、伯爵は伯爵。我ら侯爵家にしてみれば、ちり芥《あくた》のようなものよ。もっともらしい理屈をつけてはいるが、自分がのし上がるための裏工作をしているのだろう。……まったく、あさましい」

見下げ果てたというように、陰気顔の男が吐き捨てた。

千陽は、カッとなってしまう。

（なんてことを言うの！）

アンリは元来、地位になど欠片《かけら》も興味を持たない人間だ。千陽を召喚するために、より高い地位と強い権力を望んできたけれど、その目的を果たした今、面倒な地位など不必要。できることならば、何もかも放り出して田舎《いなか》で千陽と隠居したいと望んでいるくらいである。

（そんなチカが裏工作をするなんて、ありえないでしょう⁉）

あさましいのはこの男たちの方ではないか。一言文句を言うべく、千陽は立ち上がろうとする。

そこへ――

「まあ、おいでになっておられたのですね。アイヤゴン侯爵さま、バレーヌ侯爵子息さま、ポンセ準侯爵さま」

鈴を転がすような美しい女性の声がした。声の主はクリスティーナだ。

「こ、これは」

「クリスティーナ公爵令嬢」

「……お、お久しぶりです」

途端に青ざめる三人の男性。クリスティーナは、ニッコリと彼らに笑いかけた。

「お久しぶりでございます。我《わ》が家の夜会にようこそおいでくださいました。……最近は、ほとんどお目にかかれなかったと思うのですが、お元気でいらっしゃいましたか？」

目も覚めるような美少女に話しかけられているのに、三人の顔色はますます悪くなる。

「あ〜」とか「う〜」とか口ごもっているうちに、クリスティーナは「そういえば」と声をあげた。

「先日、みなさまを王城でお見かけしましたわ。あれは、確かエヴラール殿下の——」

クリスティーナがそこまで言ったところで、陰気顔の男が「ああ！」と大声を出した。

「しまった！　この後、三人で出かける用があったのだった。すっかり忘れていた。クリスティーナさま、誠に申し訳ないが、今日はここで失礼させていただく！」

いかにも見えすいた嘘の言い訳を、陰気男は叫ぶ。

「まあ、残念ですわ。お久しぶりですもの。ぜひ父にもお会いしていただきたかったのに」

「い、いや！　その、そういったわけなので、お父上にはどうか内密に！」

「い、行くぞ！」

「失礼する！」

あたふたと三人は、逃げ出した。その後ろ姿に、クリスティーナは思いっきり顔をしかめる。

千陽も呆然として彼らを見送った。いささかみっともない後ろ姿に、少しだけ溜飲《りゅういん》が下がったのだが……視界の端に、三人を見つめる一人の人物を見つけた。

赤髪の長身は、先ほど見たヴェルド王国の関係者らしき男性だ。白い横顔に目を惹《ひ》きつけられる。彼の赤い唇がニヤリと弧を描き、千陽はドキッとした。

(なんで、そんな風に笑うの?)

確かに三人の後ろ姿は滑稽《こっけい》だが、彼の笑みはただの嘲笑《ちょうしょう》とは違って見える。

違和感に頭を捻《ひね》っていると――

「フン! 何が内密によ。よくもうちの夜会に顔を出せたものだわ。まったく、面《つら》の皮が厚いったら。よほど、自分の平凡顔に自信があるのかしら」

令嬢らしからぬ悪態が、クリスティーナの可愛い口から飛び出した。顔をイーッとしかめた彼女は、千陽のいるソファーの方に顔を向ける。そして何かを探すように、視線を彷徨《さまよ》わせた。

「千陽さま、そこにいらっしゃるのでしょう?」

千陽は、びっくりして瞬《まばた》きをする。

「クリスティーナさま。私が、わかるのですか?」

千陽が声をかけた途端、クリスティーナとはっきりと目が合った。

「ああ。やっぱりいらしたのですね。先ほど、エルヴェシウス伯爵子息が、このソファーから離れるのを見かけまして。きっと千陽さまがいらっしゃるのだと思ったのですが……声をかけていただいて、ようやくはっきり見えましたわ」

認識疎外の魔法のせいで、クリスティーナは千陽の姿を確認できなかった。けれど千陽と話をしたくて、近づいてきたのだという。

「そうしたら、アイヤゴン侯爵たちがエルヴェシウス伯爵子息の悪口を言っているのですもの。驚いてしまって」

先ほどまでこの場にいた男性三人組は、第一王子派の貴族らしい。まだ王城が次期王の派閥に分かれていなかった頃はデュコアン公爵家の権勢に群《むら》がっていたが、派閥が分かれてからは、とんと近寄らなくなったのだそうだ。

「今日の夜会は規模が大きく、細かなチェックが入らないため、きっとこちらの様子を探りに潜《もぐ》りこんだのですわ。貴族の中には、まだどちらの派閥にも属さない方々も多いため、誰が第二王子になびくか確認しようとしたのでしょう。……まあ、確かにあの方たちくらい人目を引かない顔ならば、誰にも気づかれずに済みますでしょうから」

サラリと悪口を交ぜながら、クリスティーナは彼らの去っていった方を睨《にら》みつける。

そして、こちらを向くと、深々と頭を下げてきた。

「千陽さまには、不快な思いをさせてしまいましたわ。我《わ》が家の不手際で申し訳ありません」

「そんな！　クリスティーナさまに謝っていただくようなことではありません！」

千陽は慌てて、頭を上げてくれるように頼む。

クリスティーナは安堵《あんど》したようにホッと息を吐いた。

「私は大丈夫です。……でも、その……アンリは、いつもあんな悪口を言われているのでしょうか？」

心配になって、千陽はたずねた。さっき聞いたアンリの悪口は、ずいぶんひどかった。

クリスティーナは少し迷ったが、静かに頷《うなず》いた。

「エルヴェシウス伯爵子息は、優秀ですから」

若くて魔力が強く、優秀なアンリ。しかも彼の見た目は美しい。その上、第二王子の近衛《このえ》騎士という異例の出世までして、なおかつ国王や宰相、元帥《げんすい》の覚えもめでたい。

そんな人間が、妬《ねた》まれないはずがなかった。

「人当たりが柔らかく万人受けする性格ならば、少しは違うのでしょうけれど……。エルヴェシウス伯爵子息は、ご自分が興味のない方には、一瞥《いちべつ》さえもくれない方でしょう」

アンリの能力や外見に惹《ひ》かれ、彼に好意を寄せる人間は多い。しかし彼は、好意を向けられたからといって、好意を返すような性格ではなかった。

いくら人に好意を持っても、相手が自分を見てくれなければ、その好意は続かない。

「可愛さ余って憎《にく》さ百倍といった方も多いと思いますわ。それに――」

「まだ、あるんですか!?」

話を続けようとしたクリスティーナに、千陽はつい声をあげる。

無情にも、クリスティーナは頷《うなず》いた。

「優秀なエルヴェシウス伯爵子息は、その考え方も斬新。国の政策や軍の規律などに、画期的で革新的な改革案を積極的に提案されています。どれもこれも良案で、私などはなるほどと唸《うな》ってしまうようなものが多いのですが、世の人々――特に頭の堅い者たちには、急激な改革を嫌う方もたくさんおられます。……中でも、既得権を得ている方々にとっては、彼の案はとても受け入れられるものではないのでしょうね」

その結果、アンリを恨《うら》む者も多いという。千陽は、泣きたくなってきた。

「そんな……」

「出る杭《くい》は打たれるものなのだそうですわ」

確かにクリスティーナの言う通りだった。日本でも、似たような話を聞いたことがある。

（でもでも、チカは、何も間違ったことをしていないのに！）

正しければすべてよいというわけではない。人の感情は複雑で、正しいことをする人が誰からも好かれるかといえば、そうではない。

それでも、アンリがあれほど悪《あ》しざまに言われるのは、千陽は納得できなかった。

憤懣《ふんまん》やるかたない千陽に対し、クリスティーナは眩《まぶ》しそうな視線を向けてくる。

「千陽さまは、本当にエルヴェシウス伯爵子息が、お好きなのですね」

「当たり前です。チ――アンリは、私の大切な弟ですもの」

自分のために異世界召喚までしてくれたアンリが、大切でないはずがない。

(何か、私にできることはないかしら?)

千陽は真剣に考えるのだった。


しかし、だからといって、千陽に良案が浮かぶはずもない。

「どうした？　難しい顔をして」

相変わらず令嬢レッスンの日々を送る千陽の顔を、テオが心配そうにのぞきこんでくる。

暖かな陽ざしがさんさんと降り注《そそ》ぎ、彼の表情に光の陰影をつける。さわやかな風が吹いて、二人の黒髪を揺らした。

チチチと鳴く鳥のさえずりと、ヒヒ～ンという馬のいななきが聞こえる。

「ぼんやりしていると、落ちるぞ」

「は、はいっ！」

状況もわきまえず、うっかり考え込んでしまった千陽は、慌てて気を引きしめた。

「まあ、俺がお前を落とすことはないがな」

千陽のお腹に回している手にグッと力を入れながら、テオが言う。その言葉通り、パカパカという馬の歩調に合わせて揺れる千陽の体は、危なげなくテオに支えられていた。

ここは、王城の中にある馬場。今日の千陽は、乗馬の訓練中なのである。

教えてくれているのは、言わずもがなのテオだった。

つい先ほどまではアンリもサガモアも一緒だったのだが、馬場に着いて早々、二人は元帥《げんすい》に呼びつけられてしまったのだ。

「テオ！　謀《はか》りましたね⁉」

「身に覚えがないな。さあ、さっさと行け」

「馬から落ちるように呪ってやる」

「その場合、千陽もケガするかもしれないな。それで、いいのか？」

「ぐっ――――」

アンリとサガモアは、ものすごく悔しそうに去っていった。

その後、テオは王城の馬場だからと、他の人々も遠ざけ、一緒に馬に乗った。

——そう、一緒に乗っているのだ。正確に言うと、千陽は馬にまたがるテオの前に横座りで乗っていて、お腹のあたりをしっかりと抱きかかえられている。

テオは、ものすごく上機嫌だ。

「……これって、私の乗馬の訓練になるんですか？」

「もちろんだ。千陽が馬に乗る時は、いつでも俺が乗せてやるからな」

なんだか微妙にはぐらかされた気がする。ドレスを着ている千陽には、馬にまたがることはできない。しかし確か、女性が一人で横座りでも乗馬できる方法があったはずだ。てっきりその練習をするのだと、千陽は思っていたのだが……

（サイドサドルとかいう鞍《くら》に乗るんじゃなかったかしら？　こっちの世界にはないの？）

思いもよらない二人乗りの訓練に、千陽は少し拍子抜けする。けれど、テオとピッタリくっつくことになり、なんだかとても恥ずかしい。

お腹に回るテオの手は力強く、触れ合う体は大きくて、頼りがいがある。

（細身に見えるのに、こんなにたくましいなんて、反則よ！）

どこがどう反則なのかは説明できないが、ともかく千陽はそう思った。

（きっと、腹筋は割れているでしょうね。……って、ダメダメ、こんなことを想像したら！　もっと他に考えなくちゃいけないことが、あるでしょう！）

テオの体の感触から気を逸《そ》らそうとした千陽は、アンリの噂について考えることにしたのだった。

そうと決まれば真剣に考え込むのが彼女で、自然に眉間にしわでも寄ったのだろう。

「こんなにそばにいるのに、他のことを考えられるのは、面白くないな」

テオはそんなことを言う。確かに、一生懸命教えている相手が気もそぞろでは、よくないに決まっている。千陽は申し訳なくなった。

「……ごめんなさい」

「理由を教えてくれたら許す」

真剣に聞くつもりなのだろう、テオは馬の足を止める。

千陽は少し考えた。テオに相談するのは、どうだろう？

（テオにとって、アンリは自分の騎士だもの。噂は気になるはずよね）

そこで、先日の夜会での出来事と、そこで聞いた話をテオに打ち明けた。

何故そんな噂を聞いたのかを教えるためにも、夜会の最初から順を追って説明する。

「――それは、面白くないな」

一部始終を聞いたテオは、眉間に深いしわを寄せた。

「そうでしょう！」

「ああ。――四曲ってなんだ!? 俺がいないからといって、そんなに長くアンリと踊ったのか?」

馬上で問いつめられた千陽は、ポカンと口を開けた。

「……え?」

「くそっ。俺との三曲が一番長いと思っていたのに。こうなったら挽回《ばんかい》しないと。……次に一緒に行ける夜会はいつだったかな? 千陽はそれまでに、俺と五曲踊れる体力をつけておくんだぞ」

開いた口が塞がらないとは、このことを言うのだろう。

「何を言っているんですか? そんなこと、問題じゃないでしょう?」

「俺にとっては、大問題だ」

テオは大真面目で、冗談を言っているようにはとても見えない。

千陽はギュッと強く抱き寄せられた。

「きゃあっ! テオさま!」

いくら動いていないとはいえ、不安定な馬の上での急な動きに、千陽は焦る。腕を伸ばして、テオに抱きついた。

「本当は俺以外――アンリとだって踊ってほしくないのに、俺より長く踊るなんて。……千陽は俺を嫉妬《しっと》させて、どうしたいんだ？」

耳元に顔を寄せたテオが、甘く囁《ささや》いてくる。千陽は、カッと頬を熱くした。

「も！　もうっ！　本当に、何を言っているんです⁉　チカが、陰で悪《あ》しざまに言われているんですよ！　私をからかっている場合ですか！」

反射的にテオを怒鳴りつける。テオは、ムッと顔をしかめた。

「また、アンリ。千陽の頭の中は、いつだってアンリのことばかりだ」

不機嫌な声の中に、傷ついたような響きが混じる。

ジッと見つめられて、千陽は視線を逸《そ》らした。アンリは、彼女の大切な弟だ。千陽が弟を心配するのは当然のことなのに、そんな風に言われても困ってしまう。

それでも、少し悪いことをしたような気になって、慌てて言い訳をした。

「だ、だって！　チカが……何も悪いことをしていないのに、あんなに悪口を言われるなんて！」

「言いたい奴には言わせておけ。その程度の悪口、気にする対象にもならないだろう。アンリも俺も、もっとひどい誹謗中傷《ひぼうちゅうしょう》をたくさん言われているぞ。いちいち相手にしていたら日が暮れる」

テオは、あっさりとそう言った。千陽は、呆然としてしまう。

「……もっと、ひどい？」

「ああ。俺たちのような若造が正論を振りかざして改革を叫ぶのは、頭の堅い連中にとって、よほど気にいらないことなんだろうな。〝偽善者〟だの〝ペテン師〟だの〝目立ちたがり〟だの……ああ〝世間知らず〟と言われたこともあるな」

耳を塞ぎたくなるような悪口を、テオは平気で口にする。

聞いている千陽の方が、泣きたくなってきた。涙が目に浮かんでしまう。

「……ひどい」

「千陽は、優しいな」

強く抱きしめられていた体が、フッと自由になった。完全にテオから離れたわけではなく、ふんわりと優しく抱きしめられている。それまでジッとしていた馬が、テオの足の合図でゆっくりと歩きはじめた。静かな動きなので、落ちる心配はない。

足並みに合わせてかすかに揺れる体が、テオに触れては離れた。

風が心地よく吹いていく。

「お前の優しさが何より愛しい。でも、その優しさは俺だけじゃなく、アンリやサガモアにも向けられるから、時々我慢できなくなる。……お前が、俺だけを見てくれたらいいのに」

自然の音しかしない静けさの中で、テオは切なげに呟《つぶや》いた。千陽の体に回る手に力は入っていないのに、何故か彼に強く抱きしめられているような気分になる。

先刻から、怒ったり焦ったり悲しんだりと、激しく感情が乱れた。疲れてしまったのか、千陽の頭は体の揺れに合わせてフワフワとしてくる。

（私ったら、まるでテオさまに愛を囁《ささや》かれているみたい？）

頭が浮《うわ》ついているから、そんなとんでもない誤解をするのだろう。

「テオさまだけしか見ない私は、きっと私じゃありません」

そんな中で浮かんできた考えを、千陽は素直にテオに告げた。テオだけを見て、アンリやサガモアを見ない自分など、考えられない。

テオが小さく苦笑した。

「……そうだな。そんなお前が、俺は好きだ」

いよいよ頭のボケも最高潮のようで、ありえない幻聴が聞こえる。千陽は、クスリと笑った。

「私も好きです。テオさま」

時々意地悪だけど、千陽にはたっぷり甘い王子さまのテオ。そんな彼を嫌いになれるはずがない。ぼんやりとした頭で、彼女はまたも素直な言葉を告げる。

テオは、ピタリと固まった。馬も一緒に、歩みを止める。

千陽の体は、トン！　とテオの体にぶつかり、そのまま固定された。

「テオさま？」

「う～っ」という唸《うな》り声が、頭の上で聞こえる。

「また、千陽は。……どうせ、アンリの次にとか、サガモアと同じくらいとか言うんだろう？」

声が恨《うら》みがましく聞こえるのは、気のせいだろうか？　千陽はコテンと首を傾《かし》げた。

「チカは、私の弟です。チカに対する好きと、テオさまに対する好きは、違います。比べようがないですよ」

考えながら答える千陽。テオは、少し黙り込んだ。

「…………では、サガモアとは？」

「サガモアさまは、なんていうかお兄さんって感じで――」

年上で立派な騎士であるサガモア。天然でドキドキさせられるけど、彼はお兄さんみたいなのだ。

（もしも、私にお兄さんがいたのなら、サガモアさまのような人がいいのよね。……天然タラシは、もう少し控えめにしてほしいけれど）

「…………兄上は？」

思いもよらぬことを聞かれ、千陽はポカンとした。

「え？　エヴラール殿下ですか？」

どうして？　と首を傾《かし》げる。千陽とエヴラールには、現在ほとんど接触がない。何故ここで彼の名が出てくるのだろう。

「あ、いや、いい。今のは、なしにしてくれ」

テオは慌ててそう言った。その後、先ほどと同じくらい、強く抱きしめられる。

「……千陽、俺は？　俺に対する〝好き〟は、お前にとってどんな〝好き〟だ？」

切羽《せっぱ》詰まったように、耳元で聞かれる。

「どんな？」

（テオさまに、対する〝好き〟——）

千陽が考えようとしたその時、遠くから声が聞こえてきた。

「お姉ちゃん！」

「千陽！　どうして、殿下と二人乗りなんてしているんだ!?」

声はアンリとサガモアで、馬に乗った二人は、すごい勢いでこちらに駆けてくる。

頭上で、テオが「チッ！」と、舌打ちした。

「――千陽、慌てなくていい。ゆっくり、よく考えて答えを出してくれ」

耳元に素早く口を近づけ、囁《ささや》かれる。

「テオ！　お姉ちゃんから離れなさい！」

「アンリ！　攻撃魔法はやめろ！」

賑《にぎ》やかな声があっという間に近づいてきた。千陽とテオの乗った馬が、アンリとサガモアの乗った二頭に挟まれる。そこからは、いつも通りのドタバタ騒ぎだった。

「なんで、お姉ちゃんと二人で乗っているんですか⁉」

「用意したサイドサドルを下げさせたというから、心配になって来てみれば」

アンリとサガモアが、テオに詰め寄る。

「え？　サイドサドル、あるの？」

聞いてみると、今日の乗馬のレッスンは千陽の予想通り横乗りの練習だったという。

それをテオが勝手に二人乗りに変えたらしい。

「テオさま！」

「俺は、千陽を一人で馬に乗せたりしないからな。こっちの方が実用的で、しかも役得だ」

テオは、ぬけぬけと主張する。

千陽は呆れ果てた。アンリは真っ赤になって怒り、攻撃魔法を放とうとする。サガモアは慌ててアンリを止めた。

大騒ぎの中で、千陽がテオの言葉を忘れたのは、仕方のないことだろう。

テオの甘い言葉は忘れても、千陽は彼らがひどい言葉を向けられているという事実は忘れなかった。そのため、最近の彼女は考えごとが多い。先日もテオに気づかれたし、最近はアンリにも心配されている。二人には理由を話し、双方から『気にする必要はない』と言われたのだが、千陽は納得できなかった。

（だって、他人に悪口を言われて、嫌でないはずがないもの）

千陽は自分だったら嫌だ。悲しくて、切なくて辛い。

その後も数日間、なんとかできないかとずっと悩み続けていた。

「千陽、どうしたんだ？」

今日は王城の舞踏会。心ここにあらずでダンスをする千陽に、サガモアが心配そうにたずねる。

「ご、ごめんなさい！」

千陽は、慌てて謝った。今日の舞踏会は、アンリとテオが他用で出席できない。そのためサガモアがエスコートしてくれる。

アンリは最後まで、自分がエスコートしたいと駄々《だだ》をこねていたが、『俺だって我慢するんだから』とテオに無理やり引っ張られていった。

サガモアだって日々の仕事でたいへんだろうに、せっかくの休みを潰してエスコート役を務《つと》めてくれている。そんな彼に対し、千陽は本当に申し訳なくなった。

「いや、謝る必要はないが……何か心配事か？　私でよければ、相談に乗るぞ」

その申し出はとても嬉しかったが、アンリやテオへの悪口を勝手に相談するわけにはいかない。

「大丈夫です。……少し、疲れたかも」

千陽がそう言うと、サガモアはムッと顔をしかめた。

「アンリとテオフィル殿下が、踊る曲数を競《きそ》うせいだろう。……まったく、あの二人は、いったい何をしているのか」

心底呆れたという風に、ため息をつく。

ちょうど曲が終わったため、サガモアはダンスの輪から抜けてくれた。今の曲は二曲目で、心配をかけたことを悪いと思いながらも、千陽はホッとする。

――あの乗馬のレッスンの後、テオは舞踏会で千陽と五曲踊ろうとした。

ドレスが重くてそんなに踊れないと言ったら、彼は馬車に使われている物質を軽量化する魔法機械を小型化させてドレスを軽くしたのだ。その結果、千陽は見事にテオと五曲を踊りきった。

そうなれば、今度はアンリが黙っていない。

チートなアンリは魔法機械など使わず、千陽と踊る際、ドレスを含めて彼女の体重を軽くする魔法をかけた。——微妙な力加減の必要なたいへん高度な魔法で、アンリ以外には絶対できないものだそうだ。そんなものを、ただ単に千陽と長く踊りたいという願望のために、彼は使った。

なんともしょうもない争いを思い出した千陽は、サガモアと歩きながら大きなため息をつく。

「二人には、私からも注意したのだが——」

あまり人の来ない場所で休もうと、サガモアは王城の舞踏会会場から続くロビーの一つに案内してくれる。なんでもこちらのロビーは王族の住まいに続いているため、立ち入り禁止でもないのに、遠慮して人があまり来ないらしい。

「そんなところに、私が入って大丈夫ですか？」

「ああ。立ち入り禁止ではないと言っただろう。……それに、この時間帯になっても王族方はどなたもお出《い》でにならない。おそらく、本日の舞踏会には来られないのだろう」

王城で開催される夜会の数は多く、そのすべてに王族が出席するとは限らない。今日の夜会は、文官の誰かの昇進祝いだという。宰相閣下が挨拶《あいさつ》していたが、王族の列席を賜《たまわ》るほどのものではないのだろう。

王族と鉢合わせをする心配がないと言われ、千陽はようやく、体の力を抜いた。

そんな彼女を、サガモアは大きな柱の陰に置かれたソファーに座らせる。

「テオフィル殿下もアンリも、女性に無理を強《し》いるなど、恥ずべき行為だ。……すまない、千陽」

律儀に頭を下げたサガモアに、千陽は慌てて頭を上げさせる。

「サガモアさまは、何も悪くありません。謝らないでください」

「だが、元はといえば、我々三人が千陽の寵《ちょう》を競《きそ》っているから、こんなことになっているのだろう？　私はダンスの曲数を競《きそ》うことにこそ参戦していないが、他では負けまいと思っているからな」

確かにサガモアは、よくドレスや装飾品を贈ってくれる。今日千陽が着ているのも、サガモアからのプレゼントで、清楚で品のいい白いドレスだ。

（嬉しいんだけれど……ドレスがありすぎて、クローゼットがもうパンパンなのよね）

もちろん、靴や帽子、アクセサリーの類《たぐい》も、同じ状態である。

「今回の、殿下とアンリの争いを見て、私も少し反省したんだ。いくら、千陽の気を惹《ひ》きたいからといって、当の千陽に迷惑をかけるようでは、本末転倒《ほんまつてんとう》だからな。私たちは、お互い負けまいと思うあまり、何より考えなければいけない千陽の気持ちを考えなかった。……これは、私たちの失敗だ。テオフィル殿下とアンリにも話し、何はともかく、曲数を競《きそ》うのは早急にやめさせよう。このまま競《きそ》っていても、私たちにとって望む結果は得られないだろうからな」

神妙な表情でサガモアはそう言った。さすが、年上だ。大人な判断に、千陽は心底安堵《あんど》する。

「ありがとうございます。サガモアさま」

「いや。こちらこそ、本当に悪かった。……お詫《わ》びといってはなんだが、千陽の元気が出るように、飲み物と食べ物を少しもらってこよう。ここで待っていてくれるか」

ここならほとんど人が来ないから安心だと、サガモアは話す。たとえ誰か来たとしても、この柱の陰にいれば、気づかれずに済むだろう。

千陽は笑みを浮かべ、「はい」と頷《うなず》いた。

サガモアも笑顔を返してくれる。そして千陽の方に、体を傾けてきた。

「……え？」

驚きに固まる千陽の頬に、柔らかい何かが当たる。チュッと、小さな音が鳴った。

「贈り物やダンスは控えられるが、スキンシップは控えられそうにないな。……千陽が可愛すぎるのがいけない。すまない」

そう謝りながら、もう一度反対の頬に、同じ感触が触れてくる。

驚きすぎて動けない千陽と目を合わせると、サガモアはフッと笑った。いつもキツい目元が緩んで、とてつもない色気がこぼれる。

「行ってくる。いい子で待っていてくれ」

そう言うと、名残《なごり》惜しげに離れていった。その後ろ姿を、千陽は呆然と見送る。

しばらくして……ボンッ！　と、顔が熱くなった。

(もう、もう！　ホントに、サガモアさまったら!!)

天然タラシ騎士って怖いと、心底思う千陽だった。


そのまま自分の手で、パタパタと顔を扇《あお》いでいた千陽だが、聞こえてきた話し声に、ピタリと動きを止める。

「――貴公たち、あの話を聞いたか!?」

サガモアの声とはまったく違う、耳障《みみざわ》りなしゃがれ声がロビーに響く。聞き覚えのある声だ。

（この声は？）

千陽は、慌てて柱の陰に身を潜《ひそ》めた。声が聞こえる方から見えない位置に移動して、そっと顔をのぞかせる。

「聞いたとも！　怒りのあまり、卒倒しそうになったぞ！」

「……いったいなんの話だ？」

しゃがれ声に答える声は、二つ。

千陽の視線の先には、あまり目立たない容姿の二十代から三十代くらいの男性が三人立っていた。先日、デュコアン公爵家の夜会で、アンリの悪口を言っていた三人組だ。

（こんなところで再会するなんて。また、チカの悪口を言っているのかしら？）

気になった千陽は、彼らの話に聞き耳を立てる。

しゃがれ声――陰気な表情の男が、「なんの話だ？」とたずねたしもぶくれ顔の男を睨《にら》みつけた。

「相変わらず貴公は昼行燈《ひるあんどん》だな。バレーヌ侯爵は、息子のお前に何も言っていないのか？」

イライラとしながら問いかける陰気な表情の男。しもぶくれの男――おそらくバレーヌ侯爵子息は、首を横に振る。すると陰気な表情の男は、舌打ちして言葉を続けた。

「話というのは、先日テオフィル殿下が、宰相さまに立言されたことだ。陛下もご臨席されている場で、我ら貴族の領地について、今後定期的に報告を受けたいとおっしゃられた」

「定期的な報告？」

バレーヌ侯爵子息は、首を傾《かし》げる。

その様子を見ながら、以前クリスティーナ公爵令嬢が、三人の名を呼んでいたことを思い出した。

（バレーヌ侯爵子息と……あとは誰だったかしら？　確か、アイヤゴン侯爵とポンセ準侯爵？）

そんな名だったような気がする。

「そう、報告だ。人口や土地、経済、社会情勢など、公開できる情報を正確に教えてほしいとおっしゃったんだ。なんでも統計をとって、ご自分の仕事に活《い》かしたいという話だった」

「……そうか。それはご立派なお考えだな。エヴラール殿下の政敵とはいえ、さすが王子殿下というべきか」

素直に感心するバレーヌ侯爵子息。陰気な表情の男は、目を三角にして怒り出した。

「貴公は！　正真正銘《しょうしんしょうめい》、昼行燈《ひるあんどん》だな。そんなものテオフィル殿下の詭弁《きべん》に決まっておろう！　我ら敵対する貴族の情報を手に入れて、権謀術数《けんぼうじゅっすう》を巡らそうとしておられるに違いないのだ！　きっと、あのエルヴェシウス伯爵子息の入れ知恵に決まっている」

彼に同意し、瓜実顔《うりざねがお》の男もうんうんと首を縦に振る。

「お、おい！　アイヤゴン侯爵、声が大きいぞ。ここは、誰が来るともわからぬロビーだ」

バレーヌ侯爵子息は、「しーっ」と言うと、焦って人さし指を口に当てた。

「このロビーに来る者などいるものか！　それより貴公は、もっと危機感を持て」

陰気な表情の男は、アイヤゴン侯爵のようだ。

彼に怒鳴られたバレーヌ侯爵子息は、情けなく眉尻を下げる。

「……いや、しかし、報告といっても、公開できるものをと仰《おお》せなのだろう？　元々知られても困らない情報を報告することに、なんの問題がある？」

心底わからないと、バレーヌ侯爵子息は首を傾《かし》げた。

「貴公はわかるのか？　ポンセ準侯爵」

聞かれた瓜実顔《うりざねがお》の男――ポンセ準侯爵は、焦った表情でアイヤゴン侯爵を見る。

「そ、それは、もちろん……な、なあ？」

うろたえる彼が、本当は何もわかっていないのは間違いない。

アイヤゴン侯爵は、再びチッと舌打ちした。

「そんなもの、我らのような常識人にわかるはずもない！　しかし、あのエルヴェシウス伯爵子息なら、必ずや我らの不利になる情報を集めて、悪だくみをするに違いない。なにせ奴は、『氷の貴公子』だからな」

偉そうに、言い切るアイヤゴン侯爵。どうだとばかりに、彼はいささか貧弱な胸を張る。

——どうにも、無茶苦茶な言い分だった。

（この人たち、何を言っているの？）

さすがに、千陽も呆れてしまう。つまり彼らは、テオやアンリのやることは、どんなことでも気に入らないのだ。とにかく反対したくて、内容なんてどうでもいいのだろう。

考えているうちに、ムカムカと腹が立ってきた。

（いくら派閥争い中だからって、相手の言葉を理解しようともしないなんて、間違っているでしょう！）

千陽は心の中で怒鳴りつつ、必死に怒りをこらえる。すると、嘲笑《あざわら》うかのような声が聞こえてきた。

「エルヴェシウス伯爵子息は、頭もよければ魔力も桁《けた》違い、おまけに容姿まで優れているというとんでもない人物だ。あんな人間離れした奴、我らと同じ人間ではないに違いない。……案外、取り替え子だったりしてな」

　ククと、アイヤゴン侯爵は唇を歪《ゆが》めて笑う。

　この世界でいう取り替え子とは、赤ん坊のうちに魔物に取り替えられた子のことで、普通の人間とは違ったモノを持つ者に対する蔑称《べっしょう》だった。化《ば》け物《もの》や怪物という意味もあるらしい。

　その言葉を聞いた瞬間、千陽の頭に血が上《のぼ》った。頭の中で、プッツンと何かが切れる音がする。

「いい加減にしてください！」

　気づけば、千陽は柱の陰から飛び出し、そう怒鳴っていた。

「うおっ！」

「うわっ、何者だ⁉」

「うわぁ〜っ！」

　突然現れた千陽に、三者三様に驚く、アイヤゴン侯爵たち。

「さっきから黙って聞いていれば、あなたたちは、何を言っているんですか！」

　千陽の剣幕に、男三人は一瞬怯《ひる》む。しかし、相手は女性一人。他に誰もいないようだと気づいたのか、彼らはホッとした表情を浮かべる。

「なんだ、貴様は？」

「ずいぶん威勢のいいご令嬢ですね？　どなたですか？」

「待てよ。……この黒髪、黒い目。……ひょっとして、エルヴェシウス伯爵令嬢ではないか？」

あらためて千陽を見て、彼らはその正体に思い至った。

「他国から来たという、エルヴェシウス伯爵家の養女か？」

「あの氷の貴公子が、見たこともない甘い顔で接しているという？」

「確か、テオフィル殿下とも親しいと聞いたぞ」

三人は、互いに顔を見合わせた。そして、次の瞬間、一斉に青ざめる。つい今ほどまで、彼らはエルヴェシウス伯爵子息の悪口をこれでもかと言っていたのだ。

「まさか、聞かれ――」

彼らの言葉を遮《さえぎ》り、千陽は怒りを爆発させた。

「あなた方は、それでも貴族の一員ですか？　テオさまの言葉の正しい意味も考えずに、ただただ批判し陰口を叩く。貴族はこの国の支配階級なのでしょう。そんな立場の方がその態度で、恥ずかしくないのですか？」

千陽に怒鳴られた三人の男は、たちまち顔を赤くし口々に怒鳴り出す。

「何を！　この女！」

「異国人が、生意気な口を」

「何もわからぬくせに、余計なことを言うな！」

「わからないのは、あなた方でしょう。私は少なくともあなた方より、わかります！」

千陽の言葉に、三人は目をむいた。

「ほうっ。わかるというのか？」

「では、教えてもらおうではないか」

「テオフィル殿下は、いったいなんのためにあんな立言をされたのだ？」

答えられるものなら答えてみろと、男たちは千陽を睨《にら》みつける。

千陽は、大きく息を吸った。まっすぐに彼らを見返し、口を開く。

「テオフィル殿下が求めているのは、統計をとるための正しいデータです。——統計は、使いこなせれば様々な方面で役立つもの。物事の実態を明らかにし、一部から全体を推測することも可能です。分析の仕方によっては、未来の予測をすることだってできます。その第一段階として、テオさまはデータを集めようとしておられるのです。王族としての役目をきちんと果たすために。……それを邪推するなんて、決してしてはいけないことでしょう！」

現代日本の企業で働いていた千陽。彼女は日々の仕事の中で、統計データを作成、集計してきた。まだまだ下《した》っ端《ぱ》で、自《みずか》らプレゼンしたことはなかったが、統計の重要さはよくわかっている。

アイヤゴン侯爵たちの話を聞いた時、千陽はすぐにピンときた。この国の正しいデータをとるために、領地を持つ貴族たちから報告を求めているのだと。

（アンリやテオさまは、日本の私の仕事を見て統計の重要さを知ったんだわ。……おそらく、この国のデータは領地を治める貴族がそれぞれ握っていて、国としての統計が正しくとれていないのよ。それをなんとかしようとしていらっしゃるんだわ）

日本のような国勢調査のないこの国で、テオのやろうとしていることは難しく、苦労の多いこと。それに手をつけようとしているのは、この国の未来を思っているからだ。

それなのに、そんな彼らの行為を疑う貴族たちを、千陽は許せない。

キッと睨《にら》みつけると、三人の男は怯《ひる》んだように目を伏せた。しかし、自分たちが女性一人に押されていることに気づいたのか、先ほどより一層居丈高《いたけだか》な態度で声をあげる。

「何をわかったように！」

「女風情《ふぜい》が！」

「適当なことを言うな！」

「適当じゃありません！」

千陽が言い返すと、アイヤゴン侯爵が手を伸ばしてきた。

「生意気な口をきけなくしてやる！」

しかし次の瞬間、千陽の手を掴もうとしたアイヤゴン侯爵の手は、別の手に捻《ひね》り上げられる。

「痛っ!!」

「何をしている！」

鋭《するど》く、不機嫌な声が響いた。アイヤゴン侯爵たちと千陽が慌てて振り向く。そして男たちはポカンと口を開け、千陽は驚いて目を丸くした。

「……エヴラール殿下！」

「へ、陛下!!」

そこには、相変わらず無表情な第一王子と、面白そうに笑みを浮かべる国王がいた。

アイヤゴン侯爵の手を捻《ひね》り上げ、声をあげたのはエヴラールだ。彼はアイヤゴン侯爵を乱暴に突き放し、不快そうに自分の手を振る。

「夜会に顔を出そうとしたのだが……フム。会場に着く前から、賑《にぎ》やかなことだな？」

国王は、落ち着いた声でそう聞いてきた。

その途端、アイヤゴン侯爵たちは、ハッと我に返って深々と頭を下げる。

千陽も慌ててドレスをつまみ、淑女《しゅくじょ》の礼をした。

「面《おもて》を上げよ」

命じられて顔を上げると、千陽と国王の視線がまっすぐにぶつかる。国王は興味津々《しんしん》といった目をしていた。

「先日の謁見《えっけん》以来だな。エルヴェシウス伯爵令嬢」

「は、はい。国王陛下には、ご機嫌麗《うるわ》しく――」

まさか、こんな場面で国王陛下と再会するとは思わなかった。内心焦りながらも、なんとか返事をしようとするが――

「父上、そんな挨拶《あいさつ》は、どうでもいいでしょう。……私は、『何をしている』と、聞いたのだ」

国王と千陽の挨拶《あいさつ》を遮《さえぎ》り、エヴラールが厳しい声を発した。セリフの後半は、アイヤゴン侯爵たちを問いつめる言葉だ。

彼らは顔を青くして立ちすくんでいた。眉間にしわを寄せたエヴラールの視線を受けただけで、気の弱そうなバレーヌ侯爵子息が「ひっ！」と悲鳴をあげる。

「何をしていた？」

再び問われたアイヤゴン侯爵は、ゴクリと唾を呑んだ。

「……あ、その。私共は別に。……その、殿下。……殿下と陛下は、いつからこちらに？」

額《ひたい》に脂汗《あぶらあせ》をにじませながら、そう聞き返すアイヤゴン侯爵。彼らにとって一番気になるところは、そこなのだろう。

問いに答えぬ彼に、エヴラールはムッと眉間にしわを寄せる。

しかし、そんな息子を制し、国王が口を開いた。

「そうだな。――そなたたちが、エルヴェシウス伯爵令嬢に対し、テオフィルの立言の意味を問うたあたりだったかな？」

口角を上げながら、獰猛《どうもう》な目つきでアイヤゴン侯爵たちをねめつける国王。それでは、千陽と彼らが言い争っていた内容を、国王たちはすでに知っているのだ。

三人の男たちは、ブルリと震えた。

「令嬢に質問するには、少しキツい言葉遣いと乱暴な態度だったように思うが……どうかな？　アイヤゴン侯爵、バレーヌ侯爵子息、ポンセ準侯爵」

彼らは震え上がり、次の瞬間、床にぶつかりそうな勢いで頭を下げた。

「はっ！　ま、誠に、申し訳なく！」

「す、すみません！」

「申し訳ありません‼」

三人揃って、一斉に謝り出す。国王はわずかに眉をひそめた。

「謝る相手が違っておろう。私に謝ってどうする？　そなたたちが頭を下げるべきは、エルヴェシウス伯爵令嬢ではないか？」

三人は一瞬、顔を歪《ゆが》める。しかし、次の瞬間には千陽に向かって、深く頭を下げてきた。

「……すまなかった」

不承不承《ふしょうぶしょう》という響きを含ませながらも、謝る三人の高位貴族。

千陽は――不本意ではあったが、謝罪を受け入れた。

「いえ。私も感情的になりました」

国王や第一王子の前で、これ以上言い争うわけにはいかない。そう思っての判断だ。

「フム。そなたは優しいな。か弱い令嬢が、大の男三人に取り囲まれて、乱暴を働かれそうになったのだ。本来なら厳罰を求めても許されるだろうに」

国王の言葉に、アイヤゴン侯爵たちは、今にも卒倒しそうになる。実際、バレーヌ侯爵子息などはフラフラ体が揺れて、今にもバタリと倒れそうだった。その姿に、千陽は少し溜飲《りゅういん》が下がる。

国王は、フッと笑った。

「おまけにとても賢明だ。――テオフィルのやりたいことを正しく理解し、臆《おく》せず弁護する。アンリ・ヴュー・エルヴェシウスといい、そなたといい、テオフィルはよき者に囲まれているな。……エヴラール、そなたも側仕えは、慎重に選ぶがいいぞ」

思わぬ国王からの褒め言葉に、千陽は笑顔になる。反対に、アイヤゴン侯爵たちは絶望の表情を浮かべた。国王に賢明ではないと言われたも同然だからだ。

エヴラール第一王子は、何も答えず、ただ強い瞳で千陽を睨《にら》みつけていた。

（え？　ひょっとして私、嫌われた？　もしかして、エヴラールさまも叱られたことになるの？　……まあ、元々無表情だから、怒っているのかどうかすらよくわからないけれど）

エヴラールの感情を読み取れず、千陽は考え込んでしまう。

その時、夜会会場の方からサガモアが走ってきた。

「陛下！　エヴラール殿下？　……千陽、これは？」

おそらく、ここに戻ってこようとする途中で、千陽以外の人間がロビーにいることに気づいたのだろう。焦って駆けてくるサガモアの手には、飲み物と食べ物が載ったトレーがある。

彼はロビーの小さなテーブルにトレーを置くと、慌てて国王と第一王子の前に跪《ひざまず》いた。

そのまま深く頭を下げる。

「陛下――」

「遅い登場だな、サガモア。守るべき令嬢を一人にして、何をしていた？」

スッと真面目な表情になった国王が、サガモアを責める。

「あ！　サガモアさまは、私のために料理を取りに行ってくださったのです」

慌てて、千陽はサガモアを庇《かば》った。このロビーは、滅多《めった》に人の来ない場所。しかも千陽は、柱の陰の人目につかない場所で休んでいた。折悪くアイヤゴン侯爵たちが来たが、彼らは、最初千陽の存在にはまったく気づいていなかったのだ。千陽が黙って隠れていれば、きっと、ずっと気づかずにいたはずである。

つまり、今回の騒動の原因は、アイヤゴン侯爵たちの前に飛び出た千陽。サガモアは全然悪くない。

「サガモアさまは、柱の陰に隠れているようにと私に言いました。言いつけを破ったのは私です」

その主張を聞いても、国王の表情は緩まなかった。

「エルヴェシウス伯爵令嬢が襲われかけたのは事実だ。それを、サガモアが防げなかったのもな。……守るべき令嬢を危険な目に遭《あ》わせては、エスコート役は失格だろう」

「襲われかけた!?　千陽がですか！」

サガモアは驚いて顔を上げた。吊り目をさらにキツくして、アイヤゴン侯爵たちを睨《にら》む。

「私たちが通りかかるのがもう少し遅かったら、彼女はそやつらに乱暴をされていたかもしれない」

国王の言葉を聞いたサガモアは、息を呑んだ。ブワッ！　と、殺気が膨《ふく》れ上がり、短い茶髪が逆立《さかだ》つ。アイスブルーの目が冷たい光を放ち、アイヤゴン侯爵たちを射貫《いぬ》いた。

悪鬼のようなその姿に、たまらず侯爵たちはタジタジと後ろに下がる。

「落ち着け。エルヴェシウス伯爵令嬢は、無事だ。彼女自身、先ほどアイヤゴン侯爵たちを許している。……これ以上のことは、私が禁じる。よいな？」

国王に命じられれば、否《いな》とは言えない。サガモアは悔しそうにしながらも、再び頭を下げた。

「今後は、二度とこのようなことがないように。彼女に何かあれば、テオフィルもアンリも悲しむだろう。……いや、悲しむくらいならいいが――」

千陽に何かあれば、姉思いのアンリは怒りを爆発させるはず。何事においてもハイスペックな彼が、怒りに任せて暴れたら、どんな被害が出るかわからない。

想像した千陽は、顔をしかめた。同じ想像をしたのか、国王も顔を引きつらせる。

「ともかくこの件については、私からテオフィルとアンリに伝えておく。……エルヴェシウス伯爵令嬢も疲れたであろう。今夜は、もう下がってよいぞ。アンリも急いで戻るだろうから、早く顔を見せて安心させてやるがいい」

国王の労《いたわ》りの言葉に、千陽は感謝して頭を下げた。

確かに、いろいろあってクタクタだ。帰っていいのならこれ以上のことはない。

「では、御前《ごぜん》、失礼いたします。……行きましょう。サガモアさま」

国王と無表情で睨《にら》み続ける第一王子に辞去の挨拶《あいさつ》をし、千陽は帰途についたのだった。

第六章　危険と安らげる場所

千陽とサガモアが、エルヴェシウス伯爵邸に着いた時、アンリはまだ帰宅していなかった。

（テオさまとお仕事なのだものね。今夜は遅くなるのかも？）

国王は、アンリが急いで帰ってくるというようなことを言っていたが、仕事中ならばそんなわけにはいかないだろう。そう思った千陽は、サガモアにお礼を言い、帰ってもらおうとする。

「いや、私はアンリの帰りを待たせてもらう。きっとすぐに来るだろう。……おそらく、テオフィル殿下も一緒に」

首を横に振るサガモアに、千陽はそんなバカなと笑った。

「襲われかけたといっても、ケガをしたわけでもなんでもないのですもの。チ——アンリが急いで帰ってくる理由なんてありません。ましてやテオフィル殿下までいらっしゃるなんて」

そう笑う千陽に、サガモアはなんとも言えない視線を向ける。そして額《ひたい》を押さえて俯《うつむ》いた。

「本当に君は無自覚なんだな。……だからこそ、私はもっと気をつけるべきだったのに」

「サガモアさま？」

「いや、いい。ともかく、部屋に移ろう。たぶん、それほど待たずに済むはずだ」

手を引かれて促《うなが》されたら、嫌というわけにもいかない。メイド頭《がしら》のアデールにサガモアをもてなす用意をお願いして、一緒に自室に向かった。

そして部屋に入り、ソファーに座ろうとした時――

「お姉ちゃん！」

ものすごく大きな声が、邸《やしき》中に響いた。

「へ？」

思わず間抜けな声が出てしまう。千陽は、ついキョロキョロとあたりを見回した。

――いや、この邸《やしき》で『お姉ちゃん』などと叫ぶのはアンリだけで、その『お姉ちゃん』が自分なのもよくわかっている。しかし、今の声には、やけに切羽《せっぱ》詰まった響きがあった。

千陽には、そんな声で呼ばれる覚えがない。

首を傾《かし》げていると、今閉めたばかりのドアが、バタン！　と開かれた。

「お姉ちゃん！　無事!?」

風のように入ってきたアンリは、力いっぱい千陽を抱きしめる。「ぐぇっ」という声が、彼女の口からもれた。

「お姉ちゃん……無事でよかった！」

声も出せないほど締めつけられ、あわや窒息という頃に、ようやく腕の力が少し緩んだ。

「……チッ——アンリ!?」

なんとか顔を上げると、そこには泣き出しそうなアンリの顔がある。

「もう、もうっ！　お姉ちゃん、心配したよ！　やっぱり、今日はなんとしても僕がお姉ちゃんのエスコートをするべきだった。陛下に話を聞いて、心臓が止まるかと思ったんだ！」

顔をくしゃくしゃにして、アンリはそう叫んだ。ずいぶん大袈裟《おおげさ》な言葉だ。

「だ、大丈夫よ。……そんな、ケガをしたわけでもないし」

むしろ、今アンリに抱き潰されてケガしそうだ。そう思っていたら——

「お姉ちゃんが、ケガなんかしたら、この国を全部滅ぼしてやる！」

非常に不穏な言葉を、アンリが怒鳴った。

（……じょ、冗談よね？）

千陽の顔から、サッと血の気が引く。アンリならそれも不可能とは言い切れなくて恐ろしい。

「だ、大丈夫だって、言ったでしょう。……そうですよね。サガモアさま」

ここは年長者のサガモアに説得してもらおう。千陽がそう思って首を捻《ひね》り、サガモアのいる方に顔を向けると、そこにはテオが立っていた。いつの間に入ってきたのだろう。王城から急いできたのか、テオは王子の正装を着ている。表情も引きしまっていて、なんだか怖い。

(ホントに、テオさままで来たの?)

驚きはしたが、ちょうどよかった。テオにもアンリを説得してもらおう。

そう思った千陽が口を開いた瞬間、テオはつかつかとサガモアに歩み寄った。彼は拳《こぶし》を握り、思いっきりサガモアの頬を殴り飛ばす。

「きゃあっ!!」

思わず千陽は、悲鳴をあげた。ドスッ! という音が、重々しく響く。

抵抗せずに殴られたサガモアは、グラリとよろけて床に膝をついた。

「サガモアさま!」

千陽は慌ててサガモアのもとへ駆け寄ろうとする。けれど、アンリは彼女が動けぬように強く抱きしめてきた。

「チ――アンリ！　離《あ》して！」

「千陽を危険な目に遭わせるなど、貴様は何をしている！」

千陽の懇願《こんがん》の声とテオのサガモアを詰《なじ》る声が、同時に響く。

「……うっ…………はっ！　申し訳ございません」

呻《うめ》きながらもなんとか体を起こし、サガモアは謝った。顔を上げると口元から血が流れ落ち、顎《あご》へと伝《つた》う。口の中が切れたのだろう。

「サガモアさまは、悪くありません！　今回の件は、私が軽率だったんです！　何も聞かないで殴るなんて、ひどいわ！」

千陽は大声でテオに抗議した。本気で殴るなんて本当にひどい。

「話なら、父上に聞いた」

彼女とは正反対の静かな声で、テオは答える。

「だったら、なんで!?」

「千陽は、もう少しで傷つくところだった。それをサガモアが守れなかったのは事実だ」

淡々と語るテオ。なんの感情も表さない声は、落ち着いているのに恐ろしい。

千陽は、思わず体を震わせた。そんな彼女の耳元に、アンリが囁《ささや》いてくる。

「……お姉ちゃんは、優しいね。でも、どんなにお姉ちゃんが頼んでも、サガモアを許すことはできないよ。だって、彼はお姉ちゃんを守る騎士なんだから。理由はなんであれ、お姉ちゃんが危険な目に遭《あ》ったのなら、それは彼の責任だ。……誰より、サガモア自身がそう思っている」

確かにサガモアは一切抵抗しなかった。言い訳も口答えもしない。その態度は、アンリの言葉が正しいのだと証明している。それでも、そんなことは認められない。

「だったら、私もサガモアさまと同じように責めなさいよ！　いけなかったのは私よ。それなのに、サガモアさまばかり責めるのは、間違っているわ！」

キッと、千陽はアンリを睨《にら》む。

「千陽、君は――」

サガモアが、感じ入ったように声をあげた。アンリは、フワリと笑う。

「本当に、お姉ちゃんは優しいね。……もちろん、お姉ちゃんにも反省してもらうよ」

優しい笑みと、優しい声。――それなのに、何故か千陽の体は震える。

「お姉ちゃんがなんでアイヤゴン侯爵たちに噛《か》みついたのかは、わかってる。奴らが僕やテオの悪口を言ったんだろう？　たぶん、聞くに堪《た》えないようなものを。……でも、僕はお姉ちゃんに庇《かば》ってほしいなんて思っていない。そんなことは少しも望んでいないんだ。僕にとって、お姉ちゃん以上に大切なものなんてないからね。お姉ちゃんが平穏無事でいてくれるなら、僕はどんなに悪《あ》しざまに罵《のの》られても平気なんだよ。もちろん、テオがボロクソに言われたって、気にもならない」

堂々と言い切られたテオは、少し眉をひそめる。しかし、文句は言わない。

アンリは、天使のように笑った。――千陽の背中に、ゾクゾクと寒気が走る。

「なのに、優しいお姉ちゃんは、そんなことでいちいち危険に飛び込んでいくんだ。……それは、なんとしてもやめてもらわなくっちゃ。だから……ね？　優しい優しいお姉ちゃん。……お姉ちゃんには、お姉ちゃん自身よりサガモアを責める方が、何よりの警告になるはずだよね？」

千陽は、目を見開いた。

「……ぐっ！」

呻《うめ》き声が聞こえる。慌てて振り向くと、サガモアが喉《のど》を押さえて苦しんでいる。

「何をしたの⁉」

「彼の周りの空気を薄くしただけだよ。大丈夫。今のサガモアは自分自身を責めているから、どんなに苦しめても誰も呪ったりしないよ」

アンリは淡々と状況を説明する。

サガモアはハアハアと荒い息を繰り返している。必死に呼吸しようとしているが、顔色がみるみる白くなっていく。

「やめて！　やめて、アンリ！」

千陽は、必死に頼む。

「大丈夫だって言っただろう。息が苦しいくらいで、そんなにすぐに死んだりしないよ。……ああ、でも、あんまり酸素濃度が低くなると、脳に障害が残るかもしれないね？」

にこやかなアンリの恐ろしいセリフを聞いて……千陽は爆発した。

「やめて！　やめなさい！　もう、絶対危険な真似はしないわ！　誓う！　誓うから、やめなさい！」

「本当？」

「本当よ！　いい加減にしないと、お姉ちゃん、もう口をきいてあげないわよ‼」

それは、かつての姉弟喧嘩《きょうだいげんか》で、千陽の決め台詞《ぜりふ》だった。どんなに派手な喧嘩をしても、千陽にそう言われたら、チカは負けを認めるのだ。今も――

「それは、嫌だな。サガモアのために、お姉ちゃんから口をきいてもらえなくなるなんて、我慢できない」

「……おい！」

テオが顔をしかめて声をあげた。

「だって、嫌なものは嫌だ。……お姉ちゃん、ホントにもう二度と危ない真似はしないね？　……誰のためであっても」

千陽は、コクコクと頷《うなず》いた。

「しないわ！　誓う！　だから早く、サガモアさまを助けてあげて！」

アンリは「しょうがないな」と呟《つぶや》いた。次の瞬間、サガモアが大きく咳き込みはじめる。

アンリが魔法を解いたのだろう。

「ガッ！　……はっ、はっ、はぁっ!!　……グッ、ゲホッ！　ゲホッ、ゲホッ、ゲホッ！」

「サガモアさま！」

千陽は慌てて彼に駆け寄った。今度はアンリも素直に彼女を解放する。

「大丈夫ですか!?」

咳き込むサガモアの背中を、千陽は一生懸命撫でた。大きな背が震えていて、彼の苦しみが手のひらに伝わる。彼は口から血も吐いていた。

「もうっ！　チ――アンリ、やりすぎよ！」

「え～？　ほんの数分だと思うけどな。サガモアの肺活量がなさすぎなんじゃない？」

なんとものんびりと、アンリは答える。「まったくだ」と、テオもアンリに同意した。

「気が緩みすぎだ。だから、今回のようなことが起こる」

「はっ！　……ぐっ、ゴホッ……申し訳、ありま……せん」

咳き込みながらも、几帳面に謝るサガモア。千陽は呆れ果て、ついに涙が出てくる。

「もうっ、もうっ、もうっ――」

言葉が続かず、泣きじゃくってしまった。そんな彼女を、テオが優しく抱きしめる。

「……心配した。アンリだけじゃない。俺だって、息が止まるかと思ったんだ」

彼は気持ちをストレートに伝えてきた。

本当に心配をかけてしまったのだと、千陽はようやく反省する。

「もう二度と、こんな真似はしないでくれ」

懇願《こんがん》されて、大きく頷《うなず》いた。

「……しないわ。ごめんなさい」

今でも、千陽は悪いことをしたとは思っていない。でも、二度とこんなことはしないと決意する。

「約束だからね、お姉ちゃん」

テオの腕の中の千陽の顔をのぞきこみ、アンリが念を押してきた。

「わかったわ」

千陽の返事に、アンリは嬉しそうに笑った。先ほどとは違う、いつも通りの可愛い弟の笑顔だ。

「よかった――あ、でも、お姉ちゃんは、当分外出禁止だからね。今回のことで、陛下の前で恥をかかされたアイヤゴン侯爵たちが、逆恨《さかうら》みしないとも限らないし。……そうだな、二、三ヵ月は自宅謹慎《きんしん》してもらうよ」

晴れやかな笑みで宣告されて、千陽はガックリと肩を落とす。しかし、この状況で嫌とは言えず、渋々《しぶしぶ》頷《うなず》く。

(社交の場は社会勉強になると思ってたのに……また、自立の道から遠ざかってしまったわ)

「大丈夫だ。俺もできるだけこちらに顔を出すから」

千陽を抱きしめながら、テオが慰《なぐさ》めてくれた。欲しいものがあれば、なんでも持ってくるとも言ってくれる。

「別に、そんなことしなくても全然かまわないですよ。お姉ちゃんには僕がいますから。……あ、そうだ。当然サガモアは、我《わ》が家には出入り禁止だからね」

その言葉に、サガモアが愕然《がくぜん》とする。

「そ、……そんなっ！　頼むっ！　それだけは、やめてくれ！」

必死でアンリに縋《すが》るサガモア。彼はテオに殴られた時よりも、ずっと辛そうだった。

その後、千陽は本当にどこにも出かけられず日々を過ごすことになった。

開け放たれた大きな窓から、そよそよと吹きこむ風がカーテンを揺らす昼下がり。

エルヴェシウス伯爵邸の客間で、優雅にアフタヌーンティーが供されている。白いテーブルに向かい合って座るのは、千陽とクリスティーナ公爵令嬢である。

最近、社交の場に出てこない千陽を心配し、クリスティーナが訪ねてきてくれたのだ。

「それは、たいへんでしたわね」

鈴を転がすような優しい声で労《いたわ》りの言葉をかけてもらい、千陽の胸はジ〜ンとした。

「ありがとうございます。来ていただけて、本当に嬉しいです」

相変わらずクリスティーナは美しい。複雑に結《ゆ》い上げられた金髪も、白くなめらかな肌も、午後の光の中でキラキラと輝く。春の新緑のような目は、慈愛に満ちて千陽を見つめていた。

「それにしても、アイヤゴン侯爵たちは、本当に許しがたいですわね。我《わ》が家の夜会でのみならず王城でも陰口を叩くなど、貴族の風上《かざかみ》にも置けませんわ。……彼らもここしばらく、どこの夜会でも姿を見せませんのよ。きっと、エヴラール殿下に叱られて謹慎《きんしん》しているのですわ。いい気味」

扇《おうぎ》で口元を隠し、彼女はホホホと笑う。

少々キツい印象を与える美貌《びぼう》を持つ彼女が、そんな仕草をすると、悪役令嬢みたいだ。先ほどの慈愛に満ちた姿から、急転直下の変貌《へんぼう》ぶりである。

千陽はちょっと引きながら、おずおずと笑い返した。

「でも、ずっと家に引きこもりっきりでは、さすがに退屈されるのではないですか？」

心配そうに聞いてくるクリスティーナに、千陽は「そうなんです」と肩を落とす。

「元々私が悪かったので、わがままは言えないのですが――」

それでも、たまには外出したい。これでは自立から遠ざかるばかりである。諦めの混じったため息をつくと、クリスティーナは身を乗り出してきた。

「では、出かけましょう！　私、明後日《あさって》、カフェに行く予定ですの。どうかご一緒してくださいな。千陽さまの安全は、我《わ》がデュコアン公爵家が、全責任を持って保証しますわ」

「カフェ!?　カフェなんて、あるんですね！」

この世界のカフェに行けるという魅力的《みりょくてき》なお誘いに、千陽は目を輝かせる。

デュコアン公爵は、国王の従弟《いとこ》であり現職の内務大臣。王家に次《つ》ぐ権力を持つ公爵家は、私設の警備兵として、優秀な騎士や魔法使いをかかえているらしい。

デュコアン公爵家の警備がつくのなら、千陽も安心して出かけられそうだ。しかし——

「もちろん、行きたいですけれど…………アンリが許してくれるかどうか」

輝かせていた目を伏せ、千陽は俯《うつむ》いてしまう。過保護な弟は、絶対ダメだと言いそうだ。

(テオさまやサガモアさまが一緒でも、外出はダメだと言っていたもの。聞くまでもないわよね)

半ば諦めた千陽だったが、クリスティーナはニコニコ笑って「大丈夫ですわ」と言う。

「エルヴェシウス伯爵子息がもしもダメだとおっしゃったら、私が『氷の貴公子の真実』を千陽さまに教えると言っていた、とお伝えください」

千陽は、キョトンとした。

「……『氷の貴公子の真実』ですか？」

氷の貴公子とは、アンリの二つ名みたいなものだ。

(チカの整った外見とあまり笑わなかったことからついたあだ名だと聞いたはずだけど……。他に理由があるのかしら？)

首を傾《かし》げる千陽に、クリスティーナはまた悪役令嬢みたいな笑みを浮かべた。

「エルヴェシウス伯爵子息は、千陽さまには、とても優しくていらっしゃるのでしょう？」

「はい」

真実なので、千陽は迷いなく頷《うなず》く。アンリほど優しくて姉思いの弟はいないと、胸を張って宣言できた。……まあ、その思いのあまり、今回は外出を禁止されているのだが。

「そうでしょうね。好きな相手からは、誰だって優しい人格者に見られたいと思うに決まっていますもの。……ですから、千陽さまのお願いはきっと聞いてもらえますわ。私の言葉を伝えていただければ、効果てきめんですから」

自信満々にクリスティーナは言い切った。

千陽は――なんとなく話が読めて、頭をかかえたくなる。おそらく『氷の貴公子の真実』というのは、アンリの優しくない行《おこな》いの数々なのだろう。

（氷って、見かけだけじゃなく、性格も含めた意味だったの？）

ひょっとしたら、アンリは氷と呼ばれるほど冷酷なことをしていたのかもしれない。

千陽に対してはとてつもなく優しく甘いアンリなのだが、他人にはそれほど優しくない。両親や家の者以外の人に対しては、はっきり言って適当である。

さすがに千陽だってそれくらい気づいていた。我《わ》が弟ながら、呆れることもあるくらいだ。

（……だって、サガモアさまに、あの仕打ちだったもの）

見え見えなのに、アンリはやっぱり千陽には隠しておきたいらしい。千陽の前では、他人に対しても、それなりに優しく接することもある。――そのたびに、相手が信じられないものでも見たように驚くので、逆効果ではあるが。

確かに、クリスティーナの提案は効果的かもしれない。

「わかりました。言ってみます。……そして、アンリが許してくれなかったら、その真実というものを、洗いざらい教えてくださいますか？」

「ええ。もちろん。微《び》に入り細《さい》を穿《うが》つように教えてさしあげますわ」

（……微《び》に入り細《さい》を穿《うが》つって）

千陽は、ちょっぴり遠い目になる。何はともあれアンリに話してみようと、決意するのだった。

そして、喜ぶべきか悲しむべきか、クリスティーナとの外出の許可はすんなり出た。

もちろん千陽の願いを聞いた当初、アンリは即座にその願いを却下した。しかし、クリスティーナの話を伝えると顔を青くし、ついにこう言ったのだ。

「デュコアン公爵家の警備がつくのならいいんじゃないかな。……もちろん、万が一にでもお姉ちゃんに何かあれば、僕はためらいなくデュコアン公爵家を滅ぼすけれど。……きっと、それくらいは覚悟して警備するんだろうし――だからお姉ちゃんは、絶対クリスティーナ公爵令嬢から、余計な話を聞かないでね！」

鬼気迫る勢いで頼んでくるアンリに、千陽は複雑な気分になる。

（……そんなに必死にならなくても）

今さらどんな話を聞いても、千陽がアンリを厭《いと》ったり嫌いになったりするなんてありえない。

そうは思うが、余計なことを言って、せっかく出た外出許可を取り消されてはたまらない。

「ありがとう、チカ。気をつけて行ってくるわね」

誰より、デュコアン公爵家の人々のために気をつけようと、千陽は決意した。

「うん。お姉ちゃん。……ホントにホントに、絶対、聞いちゃダメだからね！」

あんまり隠されると、むしろ興味が出てしまう。

（チカったら、いったい何をしていたの？）

おいおいテオに聞いてみようと、千陽はこちらも決意した。

そして、二日後のお出かけ当日、アンリの様子を話すとクリスティーナは機嫌よく笑った。

「約束ですから私は申し上げられませんが、ぜひお聞きになった方がいいと思いますわ。まあ、知らぬが仏《ほとけ》という言葉もございますが……。それよりも、今日は目いっぱい楽しみましょうね」

千陽は苦笑を浮かべつつ、「もちろん」と大きく頷《うなず》いた。

久しぶりの外出なのだ。できればカフェだけでなく、他の店にも行ってみたい。

まずカフェに行くと、千陽はクリスティーナにその旨《むね》を告げた。

「そうおっしゃると思って、実はおすすめのお店を調べてきたんです」

クリスティーナは猫脚の白いテーブルに一枚の紙を広げる。それには、王都で最近流行《はや》りの各種有名店の名前が、ズラリと並んでいた。

「――この店のアクセサリーは、いい細工師が入ったと最近評判ですのよ。あと、こちらのお店のケーキ！　美味《おい》しいのはもちろんですが、見た目が芸術品のようで、陳列棚に並んでいる様子は一見の価値ありと言われておりますの」

得意そうに、店の特徴を説明するクリスティーナ。店の情報源は、彼女の〝親衛隊〟を名乗るご令嬢たちだそうだ。

「皆さま、私に詳しく教えてくださいますの。……でも、どうしてか、どなたも一緒に行ってはくださらないのです」

少し肩を落として、クリスティーナは言った。親衛隊のご令嬢は、クリスティーナが距離を縮めようとすると、何故か離れていくそうだ。

寂しそうな彼女を見ながら、千陽はなんとなくご令嬢たちの事情を察した。

（たぶん、親衛隊員同士で、抜け駆け禁止みたいな決まりごとがあるのよね？）

ご令嬢たちは、完璧な美貌《びぼう》と非の打ちどころのない礼儀作法、高い身分を持つクリスティーナを神格化し、崇拝に似た気持ちを向けているのだろう。そして、互いに牽制《けんせい》し合い、紳士協定みたいなものを結んでいるに違いない。

結果としてクリスティーナは、いわゆるボッチになっていたのである。

「私、今日の千陽さまとのお出かけが楽しみで、昨晩眠れなかったくらいですの。ご一緒したい場所が、たくさんありますのよ！」

クリスティーナにとって千陽は、はじめてできた友人。嬉しくて仕方ないのだろう。

千陽にとっても、クリスティーナはこの世界ではじめてできた同性の友人である。

「私、このお店に行ってみたいわ」

「私も、私も！　そこは、絶対外せないと思っていたのです！」

女性二人で楽しく盛り上がる。はしゃぎながら、行く店の候補を絞《しぼ》り、次の店に向かったのだった。

そんなことを繰り返して三軒目。

千陽とクリスティーナの希望が一致して訪れたこの店は、王都郊外にあるペットショップだ。広い店内には、仔犬や仔猫といった可愛い動物たちがかごに入って並んでいる。

とはいえ、ここは異世界。日本でいうペットショップとこの店は、少し趣《おもむき》が違う。

ここで売られているのは、ペットはペットでも、〝使い魔〟なのである。

「普通の動物に見えるのに」

どこからどう見てもただのペットに見える動物たちに、千陽は首を傾《かし》げる。

クリスティーナはクスリと笑った。

「だって普通の動物ですもの。ただ、この子たちは、ほんの少し魔法が使えるんです」

この世界では、人間の中に魔法が使える魔法使いがいるように、動物の中にも魔法を使える個体が生まれるのだそうだ。そうした個体を〝使い魔〟と呼ぶのだという。

「使い魔と呼ばれていますが、ここの動物たちの魔法はとても弱いのです。ほんのり体を温めたり、そよ風を吹かせたりと、あってもなくてもあまり変わらないようなものばかり。強い魔法を使える使い魔は騎士団が買い上げますから、市場《しじょう》には出回らないのですわ。……だから、ここにいるのは実用性の低い愛玩用のものなのです。でも、ほら、とても可愛らしいでしょう？」

千陽は、目を輝かせて頷《うなず》いた。クリスティーナの言う通り、目の前にいるのは、可愛らしい小動物ばかりだ。

（仔猫に、仔犬、ウサギと……それから、あれはフクロウよね！）

千陽のイメージでは、使い魔と言えばフクロウだ。某有名なファンタジー小説を思い出し、彼女は心を躍《おど》らせる。誘われるように、一羽の白いフクロウの入ったかごの前に立った。

「か、可愛い！」

まだ幼鳥なのだろう。手のひらに乗るサイズのフクロウは、真っ白でフカフカの羽毛を纏《まと》っている。そのまん丸の目が、千陽をジッと見つめていた。

愛くるしい姿に、千陽はズキュ～ン！　と、胸を打ち抜かれる。

「その子が気に入られたのですか？　この国では、白いフクロウは幸運を呼び込む魔力を持つと言われているのです。実際には、少し気持ちを軽くするくらいの力なのでしょうけれど。でも、とても可愛いですわよね。見ているだけでも幸せになれますわ」

ニコニコと笑いながら、クリスティーナも近づいてきた。

「本日は、ご来店ありがとうございます。フクロウがお気に入りいただけたのなら、お手に取ってみられますか？」

高位貴族の令嬢二人の来店に気をよくした店主が、そうたずねる。千陽は一も二もなく頷《うなず》いた。

店主はかごからフクロウを取り出すと、赤い厚手の布に乗せて差し出してくる。

「仔フクロウでも、爪もくちばしも鋭《するど》いです。気をつけて、布ごとそっとお持ちください」

千陽は両手を揃えておずおずと前に出す。くぼませた手のひらの上に、布ごとフクロウが乗せられた。ほとんど重みの感じられないふわっとした感触に、千陽は感激する。

（可愛すぎる！）

彼女の隣では、クリスティーナが手のひらの上に別のフクロウを乗せられていた。

二人でそっと互いのフクロウを見せ合う。千陽のフクロウは真っ白で、クリスティーナのものは、羽の先が少し黒くなっている。どちらも可愛らしさは抜群だ。

確かに白いフクロウには、人を幸せにする魔力があるのだろう。手のひらに乗せただけで、千陽は幸せいっぱいになったのだから。彼女がにへらと笑った、その瞬間――

ドォ～ン！　という派手な爆発音がした。同時に、床がグラグラと揺れる。

「キャァッ！」

思わず叫んだ二人の手から、パタタとフクロウが飛び立った。

「あ！」

慌ててフクロウに手を伸ばす千陽とクリスティーナ。

そこにもう一度、ドドォ～ン！　という爆発音が響いた。またもや、店がグラグラと揺れる。

たまらず、千陽たちは床に倒れた。

しかも、今度の揺れで、使い魔が入っているかごが倒れてしまう。その拍子にかごの扉が開き、驚きパニックを起こした使い魔たちが飛び出してきた。

「うわぁっ！　たいへんだ！　誰か、捕まえてくれ！」

慌てた店主が悲鳴をあげる。千陽は、急いで立ち上がった。

クリスティーナも立ち上がり、彼女たちを警護していたデュコアン公爵家の警備兵の一人に外の様子を見に行くようにと命じる。他の者には店主を手伝えと命じた。

警備兵の数は五人。一人が外に飛び出し、あとは、逃げ出した使い魔たちを追いかけはじめる。

千陽とクリスティーナも使い魔の捕獲を手伝った。

そんな中、千陽は自分の手から飛び立った白いフクロウを捕まえようとする。

（だって、あの子、危なっかしいんだもの！）

まだ幼鳥だからなのか、仔フクロウはパタパタと頼りなく飛んでいる。

「おいで、おいで！　こっちよ。――ああ！　そっちは、危ないわ！」

フラフラと飛んでいた仔フクロウは、なんと開いているドアから外へ飛び出してしまった！

「待って！」

慌てて千陽は後を追いかけ、店の外に走り出た。

「あ！　千陽さま！　お一人で店を出ては危険ですわ！」

クリスティーナが焦って、千陽を呼び止める。しかし、白いフクロウに夢中な千陽の耳には届かない。彼女は手を伸ばし、なんとか仔フクロウを捕まえた。

「ああ、よかった。もうっ、危ないじゃない。悪い子ね」

千陽がそっと抱きしめれば、仔フクロウは大人しくなる。首ごとぐるんと回して見上げてくる金と黒の目は、少し怯《おび》えているように見えて、千陽の庇護欲《ひごよく》を煽《あお》った。小さな爪が彼女の手を傷つけていたが、そんなことは気にならない。

「そのセリフ、千陽さまに言いたいですわ。非常事態なのに、一人で飛び出すなんて危険です！」

千陽を追いかけてきたクリスティーナが、目をキツく吊り上げて、千陽を睨《にら》んだ。

警護の兵たちも慌てて店を飛び出してくる。彼らの顔は真っ青で、血相を変えていた。

クリスティーナもそうだが、彼らもそんなに慌てなくともと、千陽は思うのだが――

「お嬢さま！　早く、こちらへ！」

そんな、切羽《せっぱ》詰まった声が聞こえた次の瞬間。

見知らぬ男たちが、千陽とクリスティーナの周囲を取り囲んだ。

「え？」

「何者!?」

驚く二人に、男たちは手を伸ばしてくる。

「きゃあっ！」

「何をするのです!?」

捕まえられそうになって、二人は必死に抗《あらが》った。男たちは無言で彼女たちの腕を掴んでくる。

「離して！」

「離しなさい！」

必死で手を振りほどこうとするが、男の力に女性が敵《かな》うはずがない。二人はズルズルと街路を引きずられてしまう。人通りのある道のはずだが、先ほどの爆発騒ぎを見に行ったのか、周囲に人影はない。男たちの向かう先には黒塗りの馬車が停まっていた。あの馬車に乗せられてしまっては、お終《しま》いだ。千陽は瞬時にそう悟《さと》る。必死に踏ん張って抵抗すると、デュコアン公爵家の警護兵が駆けつけて男たちと乱闘になる。

「クリスティーナさま！」

戦闘の中、デュコアン公爵家の警護兵たちは、クリスティーナを優先的に助けようとした。彼らはデュコアン公爵家に雇われているのだ。当然だろう。

男たちは実にあっさりクリスティーナから、手を離した。むしろ、彼女を警備兵たちの方へ突き飛ばし、千陽だけをかかえて逃げる。

「いやぁ！　離して！」

「千陽さま！」

抵抗する千陽の耳に、低く聞き取れないような呟《つぶや》きが聞こえた。まるで、呪文みたいな声だ。

そして、その呟《つぶや》きを耳にした途端、千陽の意識はかすれ出した。

「何をしているの！　……私はいいから千陽さまを助けなさい！　……千陽さまをさら

われたら、我《わ》がデュコアン公爵家は〝氷の魔王〟に滅ぼされてしまうわよ‼」

クリスティーナの悲鳴みたいな叫び声が、遠くに聞こえる。

（……氷の魔王？　氷の貴公子じゃなくて⁉）

そう思ったのを最後に、千陽は意識を失った。


その後、どれだけ気を失っていたのだろう。

気がつけば、そこはフカフカとしたベッドの上だった。小さな窓から光が入り、室内を照らしている。木の床に木の壁。窓の反対側の壁一面にタペストリーがかかっている。

（ここは？　……私、確か、ペットショップで――）

気を失う前のことを思い出し、千陽は慌てて飛び起きる。理由はわからないが、自分があの男たちにさらわれたのは間違いない。

（こうしちゃいられないわ！）

ベッドから下りようとした瞬間、何かがコツンと頭に当たった。

「きゃっ！」

痛くはなかったが、驚いて頭を押さえてしまう。

千陽の頭にぶつかった何かは、ポトリと目の前の布団の上に落ちた。千陽は目を大きく見開く。

「――まあ、お前、私についてきちゃったの？」

それは、白い仔フクロウだった。

あの乱闘騒ぎの中でいなくなったと思ったのだが、何故だか千陽についてきてしまったらしい。

「いったい、どうして？」

たずねても、フクロウが返事をするわけもない。仔フクロウは布団の上でモゾモゾと動いた後、羽繕《はづくろ》いをはじめた。右と左の羽を交互に伸ばして、両方の羽を開き、頭を下げる。

なんとも癒《いや》される愛くるしいポーズに、千陽は思わず笑みを浮かべた。

ジッと見つめていると、段々と心が落ち着いてくる。

「なんだか、度胸のある子ね。……私が焦っているのがバカみたい」

ポツリとそう呟《つぶや》く。焦っても仕方がないと、千陽はあらためて部屋を見回した。

窓から入る陽光は、ほんの少しオレンジがかっている。たぶん、今は夕刻前なのだろう。

ペットショップに行ったのは昼過ぎだったから、気を失っていたのは三、四時間ほどか。

丸一日以上気を失っていたとは思えないし――考えたくない。

「私が一日以上行方《ゆくえ》不明なんて……チカがどんな暴走をするか、わからないもの」

千陽がケガしただけで、国を滅ぼすと宣言したアンリ。それなのに、さらわれて一日経ったなんて、怖すぎる。三、四時間行方《ゆくえ》がわからないだけでも、きっと大騒ぎしているに違いない。

「テオさまや、サガモアさま、クリスティーナさまに、ご迷惑をかけていないといいけれど。とりあえず、私は大丈夫そうだし。……って？　ホントに、大丈夫よね？」

ハッ！　とした千陽は、慌てて自分の体を見回した。服はさらわれる前に着ていたもののままで、体のどこも痛くない。ベッドから出て立ち上がってみたが、体の不調は感じられなかった。

千陽が動いたせいでコロンと転がったフクロウが、不満そうにパタパタと飛び上がる。

「ああ。ごめんなさい。私、この国が滅亡するかどうか確認していたのよ。そんなに怒らないで」

自分で言っておかしくなりながら、千陽は仔フクロウに手を伸ばした。

「私ったら、大げさよね？　いくらチカだって、私がちょっとケガしたくらいで、国を滅ぼしたりするはずないわ。あれは冗談よね」

笑いながら「おいで」と仔フクロウを呼ぶ。伸ばした手のひらに何気なく目をやって……ギクリと固まった。右の手のひらの中央あたりに、小さな引っ掻き傷がある。

（え？　私、いつの間に、こんなケガをしたの？）

千陽の手に仔フクロウが降りてきた。ほんのわずかな痛みが走り、フクロウの爪がそっくり同じ傷を左の手のひらにつける。

「あ～っ！」

そういえば、逃げ出した仔フクロウを捕まえた時、手に痛みが走ったのだった。

これは、ひょっとしてまずいのではないか。アンリがケガのことを知ったら――

「いやいや、大丈夫よ。見せなきゃバレないわ。それにこんなに小さな傷だもの、セーフよね？」

千陽の問いかけに、仔フクロウはグルンと首を傾《かし》げる。たいへん可愛らしい仕草なのだが、残念ながら、今は愛《め》でている余裕はない。

「と、ともかく！　そうよ！　まず、ここがどこか調べなくっちゃ！」

千陽はとりあえず部屋の外に出ようとした。幸い拘束されているわけではないし、どうにもならないことに悩むより、体を動かす方が性《しょう》に合っている。

「誰もいなかったら、逃げ出しましょう」

決意を固め、仔フクロウを肩の上に乗せると、ドアに向かった。

閉まっているだろうと思いながらドアノブを握ったら、予想に反し、それはガチャリと回る。

「うわっ！　不用心……。出てもいいってこと……？」

ドアはあっさり開いた。千陽は驚きながらも、ドアからそっと顔を出す。

そこは五メートルほどの幅の廊下が伸びていた。その先は両方ともドアがあるだけで、誰もいない。ホッとするが、監視がないのも不自然だ。もしや罠《わな》か何かだろうか。

「でも、行くしかないわよね」

千陽はそっと廊下へ出る。キョロキョロとあたりを見回しながら、抜き足差し足で、片方のドアに近づいた。近づくにつれ、くぐもった人の声が聞こえてくる。

こちらのドアの向こうには、間違いなく誰かがいるのだろう。

千陽はドアの前で立ち止まると、ゆっくり耳をドアに近づける。

ドアの向こうから――声が聞こえてきた。

「お前たちは、なんということをしてくれたのだ！　急用だというから、急いで駆けつけてみれば……オードランを滅ぼすつもりか!?」

怒鳴り声が聞こえ、千陽はギクリと体を強張《こわば》らせる。どうやら誰かが、かなり怒っているらしい。大声で怒鳴るひどく不機嫌そうな声には――なんだか、聞き覚えがあった。

「し、しかし！　殿下」

焦ったように、しゃがれた声が言い訳する。この声の主は、はっきりわかった。――忘れたくても忘れられない、あの陰口魔のアイヤゴン侯爵の声だ。

「しかしもかかしもあるか！　お前たちも、エルヴェシウス伯爵令嬢に手を出すということは、そういうことなのだぞ！　アンリ・ヴュー・エルヴェシウスの力は、十分知っているはずだろう。彼が本気になれば、国の一つや二つ簡単に滅ぶ！」

声からして、叱りつけているのは、エヴラール第一王子のようだった。

もっとよく聞き取ろうと、千陽はジッと耳をすませた。

ドアの向こうでは、怒るエヴラールと言い訳するアイヤゴン侯爵を含めた三人の、言い争いが続いている。それにより、千陽をさらったのはアイヤゴン侯爵たち三人組だとわかった。

彼らは謹慎《きんしん》していると聞いていたが、反省しなかったようだ。どうやら謹慎《きんしん》を食らったことを逆恨《さかうら》みして、千陽をさらったらしい。それを、エヴラールが怒っているのだ。

「――自《みずか》らの行《おこな》いを棚に上げて、か弱い令嬢をさらうなど……お前たちは恥を知れ！」

アイヤゴン侯爵たちが言い訳すればするほど、激昂《げきこう》していくエヴラール。

（エヴラール殿下って、こんなに感情を爆発させる方なのね？）

彼の不機嫌な仏頂面《ぶっちょうづら》しか見たことのない千陽は、驚いてしまう。いつも不機嫌だったから、怒るのは当然としてもこんな激情的な人だとは思わなかった。

「しかし、殿下！　私たちは、殿下に最強の力を献上したいと思っただけなのです！　あの女は、今まで誰にも屈しなかったエルヴェシウス伯爵子息の、ようやくできた弱点です。彼女を手にしていれば、我らはあの〝氷の魔王〟を意のままに操ることも可能――」

アイヤゴン侯爵が、そこまで言った時だった。

「黙れ‼」

大音声で、エヴラールが一喝《いっかつ》する。

「その名を言うな！　エルヴェシウス伯爵令嬢がこの国に入った後、〝その名〟を口にした者を必ず殺すと、アンリ・ヴュー・エルヴェシウスが宣言したことを忘れたのか⁉」

「ひぇえ～！」と、情けない悲鳴が聞こえてきた。千陽はポカンとしてしまう。

（……何？　その宣言？）

〝その名〟というのは、ひょっとして、氷の魔王という呼び名のことだろうか？

千陽がこの国に来て以降、アンリのことを氷の魔王と言った人間を殺すと彼が宣言したと、エヴラールは言っているのか？　――信じられないが、そうとしか聞こえなかった。

千陽は、頭をかかえる。

（チカ……あんたって子は……）

アンリはきっと、氷の魔王と呼ばれるような所業を今まで重ねてきたのだ。しかし、そのことをどうしても千陽に知られたくなかった。

それで、『その名を呼んだら必ず殺す』と、宣言したのだろう。

氷の貴公子という呼び名は、魔王と呼べなくなった人々が呼び変えたものなのかもしれない。

（クリスティーナさまが、脅しに使った『氷の貴公子の真実』って、氷の貴公子がどんなことをしていたかって暴露話じゃなくて、『氷の貴公子は、本当は氷の魔王でした』って話？）

自分の勘違いを悟《さと》り、千陽は気が遠くなる。その間にも、ドアの向こうで話は続いていた。

いまだに言い訳するアイヤゴン侯爵たちに、エヴラールがついに本気でキレる。

「いったい誰が、こんなことをしろと命じた！　そのような卑劣《ひれつ》な手段で手に入れた力、欲しいものか！　私をバカにするのも大概にしろ！　第一、そのような手があのアンリ・ヴュー・エルヴェシウスに通じると思っているのか⁉　このことがバレてみろ。何度も言うが、この国ごと滅ぼされてしまうぞ!!」

冗談ではなく本気で言っている言葉に、千陽は申し訳なくなる。

これ以上聞いていられなくて、ドアノブに手をかけ回そうとした瞬間、肩から仔フクロウが飛び立った。そして、後ろから肩をグッと掴まれる。

「ヒエッ! ギャァァァ〜ッ!!」

千陽は思わず、大声で叫んでしまった。

「……色気のない悲鳴だな」

背後から、呆れたような声が聞こえる。

強引に後ろを振り向かされて最初に目に飛び込んだのは、真っ赤な髪だ。

「お初にお目にかかる、エルヴェシウス伯爵令嬢」

蠱惑的《こわくてき》な赤い唇が弧を描き、琥珀色《こはくいろ》の目が獲物を捕らえた猫のように千陽を見つめている。

……そこにいたのは、デュコアン公爵の夜会で見かけたヴェルド王国の人間と思われる男だった。

それから——赤髪の男は千陽を拘束し、そのままドアを開けた。

そして、何事かと驚くエヴラールに対して、千陽を人質にして『大人しくしろ』と脅したのだ。部屋の中にいた第一王子付きの近衛《このえ》騎士三名も武装を解除して縛り上げ、どこかに連れていった。

それと同時に、千陽とエヴラールも縄で椅子に拘束される。

アイヤゴン侯爵たちはそれに抵抗しないばかりか、赤髪の男の手伝いをしたのだ。

うすら笑いを浮かべながら、赤髪の男は言った。

「抵抗は無駄です。この邸《やしき》には、魔法を使えないようにする結界を張らせてもらいましたから。あなた方は、文字通り手も足も出せません。……それもこれも、エヴラール殿下、あなたがアイヤゴン侯爵たちの策に、素直に同意してくださらないからですよ」

千陽が思った通り、彼はヴェルド王国の人間だったらしい。しかも、アイヤゴン侯爵たちとはデュコアン公爵家の夜会の日に出会い、繋がっていたのだという。

「夜会から帰るところをバルタサール殿に呼び止められ、エルヴェシウス伯爵令嬢を使って、氷の魔王を操る作戦を教えていただいたのです。もちろん最初はためらいましたが、王城の夜会で殿下が陛下からお叱りを受けた場面を見て、決意いたしました」

赤髪の男の名は、バルタサールというらしい。

あくまでエヴラールのために、自分たちは動いたのだと、アイヤゴン侯爵は言い張る。

なんてバカなことをと、千陽は呆れ果てた。何より、国王がエヴラールに注意したのは、アイヤゴン侯爵たちの行《おこな》いが原因だ。それを棚に上げた暴挙に、開いた口が塞がらない。

「どうせもう、エルヴェシウス伯爵令嬢は誘拐《ゆうかい》してしまったのです。観念して我々の策に乗ってくださいませんか？」

ニヤニヤ笑いながら、バルタサールはエヴラールにたずねる。

生真面目な第一王子は、「断る！」ときっぱり即答した。

「そんな愚《おろ》かな真似ができるか！　百パーセント失敗するし、たとえアンリ・ヴュー・エルヴェシウスを操れたとしても、ヴェルド王国につけ入る隙を与えるなど最低最悪な愚策《ぐさく》だ！」

もっともな言い分だ。エヴラールの正論に、バルタサールは、あっさりと肩をすくめた。

「残念ですな。見解の相違というものは、いかんともし難《がた》いようだ。殿下ももっと柔軟な考え方がおできになれば、生きやすいでしょうに」

「まっぴらごめんだ！」

エヴラールに怒鳴られたバルタサールは、言葉に反して少しも残念そうではない。うすら笑いを浮かべたまま部屋を出ていった。

「殿下、どうかお考え直しを」

「とりあえず我々が策を決行し、きっといい報告を持ってまいります」

「今少し、ご辛抱ください」

アイヤゴン侯爵たちは申し訳なさそうにしながらも、バルタサールについて部屋を出ていく。

そして、部屋の中には、椅子に縛られたままの千陽とエヴラールが残された。

すると、千陽がバルタサールに捕まった際、バタバタと飛んで逃げた仔フクロウが戻ってきた。

そしてエヴラールの頭の上に乗ってしまう。先ほどの布団の上でもそうだったのだが、どうやら仔フクロウは、自分と同じ白い色が落ち着くらしい。エヴラールの白銀の髪が気に入り、そこを自分の居場所と決めたようだ。

千陽は慌てて「ダメよ」と仔フクロウを叱りつけた。しかし意外にも、エヴラール本人が「このままでいい」と言う。人間に厳しい第一王子は、どうやら動物には優しい人物のようだ。

「こんなことに巻き込んでしまってすまない」

いつもの仏頂面《ぶっちょうづら》をますます歪《ゆが》めて、エヴラールが謝ってくる。

「エヴラール殿下が謝られる必要はありません。まさか、アイヤゴン侯爵たちがヴェルド王国と繋がっているなんて、わかるはずがありませんもの！」

千陽は慌ててそう言った。エヴラールは、辛そうに顔を伏せ、もう一度頭を下げる。

「本当に、すまない」

その動きに合わせ、彼の頭上の白いフクロウが、モゾモゾ動きながらバランスをとった。

絶体絶命の事態なのだが、仔フクロウのおかげで、千陽はそれほど悲嘆にくれずに済んでいる。

仔フクロウからエヴラールに視線を移し、微笑みかける。

「もう、謝らないでください。……それより、ここはどこでしょう？　気絶している間に運ばれたので、私は何もわからないのです」

「ここは、アイヤゴン侯爵家の古い別荘だ。王都から離れた山の中にある。先代の侯爵が建てた隠れ家的なものだと聞いた」

千陽をさらって自分の別荘に閉じ込めたアイヤゴン侯爵。彼は、王家の未来に関わる火急の用件だと言って、エヴラールをこの別荘に呼び出したのだという。ともかくすぐに来てほしいという伝言を受けたエヴラールは、近衛《このえ》騎士三名と馬で駆けつけたそうだ。

「場所はわかるのですね。……なんとかならないでしょうか？」

千陽の質問に、エヴラールは厳しい表情のまま首を横に振る。

「残念だが、今我々にできることは何もない。……私もまさか、アイヤゴン侯爵たちが、こんな愚《おろ》かなことをしでかすとは思わなかった。私が至らぬばかりに、申し訳ない」

　神妙な表情で謝るエヴラール。彼の頭上で、仔フクロウがバランスをとろうと羽をパタパタさせた。

　思わず噴き出しそうになって、千陽は唇を噛《か》んだ。

（こんな時なのに、不謹慎《きんしん》よね）

　すると、エヴラールは慌てたように懸命に声をかけてくる。

「心配するな！　君は彼らにとって、エルヴェシウス伯爵子息に言うことを聞かせるための大切な人質だ！　少なくとも命の心配はない。大丈夫だ。だから――」

　いつもムッとした表情しか見せなかった第一王子の意外な姿に、千陽は驚き、目を見開く。

（本当に、この人は、真面目な人なんだわ）

　あらためて千陽はそう思った。

　真面目で自分にも厳しいエヴラールが、他人を貶《けな》してばかりいるアイヤゴン侯爵たちを気に入るとは思えない。アイヤゴン侯爵たちは第一王子派なのだろうが、エヴラールにとって仲間だと思える相手ではないのかもしれない。

（テオさまは実力主義で、身分や家柄を重要視しないタイプよね。だからアイヤゴン侯爵たちは、昔からの伝統やしきたりを守るエヴラールさまの方についたのかしら）

自分に対して忠誠を誓う貴族を無下《むげ》にすることは、よほどの理由がなければできないように思う。真面目なエヴラールならば、なおさらだ。

（腹黒なテオさまなら、受け入れると見せかけて飼い殺しにするとか、やりそうだけれど）

自分の力不足を真面目に悔やむエヴラールに、千陽は深く同情する。

「夜会でのことは、私の軽率さも原因だったのです。チ――アンリやテオさまにも、たくさん叱られました。私のほうこそ、殿下にご迷惑をかけてしまい、すみません。私は大丈夫ですから、そんなにお気になさらないでください」

謝る千陽に、エヴラールはホッと息を吐いた。

「そう言ってもらえると、助かる」

安心したように、フワッと微笑む。

はじめて見た第一王子の笑みに、千陽の胸はドキン！　と高鳴った。

（うわぁっ！　この人、笑うとスゴイ美形！　銀髪サラサラの王子さまなんて、どこのヒーロー!?）

おまけに、頭の上には白い仔フクロウ付きなのだ。

萌《も》え要素しかないエヴラールの微笑みに、こんな時にもかかわらず千陽は内心悶《もだ》えてしまう。

「ありがとう。――君は、優しいのだな。エルヴェシウス伯爵令嬢。あのアンリ・ヴュー・エルヴェシウスが、ムリにでも手元に置きたいと願うだけある。……おまけに、とても博識だ。以前、君が王城でテオフィルの考えについて、理路整然《りろせいぜん》と説明した姿には感銘《かんめい》した。こんな女性もいるのだと、見惚《みと》れてしまったくらいだ」

エヴラールは恥ずかしそうにそう言った。

千陽は「は？」と首を傾《かし》げる。――エヴラールには、不機嫌に睨《にら》みつけられた覚えしかない。

嫌われていると思ったのだが……ひょっとして、あの表情は見惚《みと》れられていたのだろうか？

わかりづらいこと、この上なかった。

ポカンとする千陽をよそに、エヴラールはなおも言葉を続ける。

「父上のおっしゃる通りだ。テオフィルは本当によき者に囲まれている。対して、私は……これも人望の差なのだろうな」

エヴラールは寂しそうに肩を落とした。彼の頭の上で、何故か仔フクロウもしょんぼりとする。

（えぇぇぇ～⁉　何、このギャップ？）

王城での不機嫌顔と、今の捨てられた仔犬みたいな表情との差はなんなのだろうか！

（これが、噂のギャップ萌《も》え？）

エヴラールの思いがけない魅力《みりょく》に、千陽はメロメロになる。なんとかしてあげたくなってしまう。

「エヴラール殿下に人望がないなんて、そんなことはありません！」

気づけば千陽はそう叫んでいた。

「……エルヴェシウス伯爵令嬢。ムリに、慰《なぐさ》めてくれなくても――」

「ムリなんかじゃありません！　殿下は、とても真面目で一生懸命な方です。そんな殿下が慕われていないなんて、ありえません！」

きっぱりはっきり千陽は、宣言する。

エヴラールは、テオと同じ紫の目を大きく見開いた。そしてもう一度「ありがとう」と言って微笑むと、自嘲《じちょう》気味に言う。

「でも、現にエルヴェシウス伯爵子息は、私ではなくテオフィルについている。彼ほどの力を持った者が仕《つか》えたくなるのは、私ではなく、テオフィルだということだろう？」

千陽は、ブンブンと首を横に振る。

「チ――アンリは、別にテオさまを尊敬して仕《つか》えているというわけではないと思います。仲はいいですし、お互いの力は認めていますけど、主従というより仲間という感じです。……それに、アンリはそんなにスゴイ人物じゃないですよ。甘えん坊だし、わがままだし、独占欲も強くって――」

アンリは、テオの近衛《このえ》騎士だが、特にテオを尊敬しているとか、心酔しているとかいう風ではない。気軽に呼び捨てにしているし、テオの意見を厳しく批判することもある。互いに好き勝手に言い合う彼らは、主従というより親友という言葉がピッタリくる間柄だ。

たぶんアンリにとって、テオとは仕《つか》えるべき主君ではなく、一緒に未来を切り開く同志といった関係なのではないだろうか？

なにせアンリは、テオよりも千陽の方が大事だと公言しているのだ。そんな臣下はダメだろう。

「――君にとって、アンリ・ヴュー・エルヴェシウスは、本当にただの弟なのだな」

驚きながら千陽の言葉を聞いていたエヴラールは、しみじみとそう呟《つぶや》いた。

千陽は、「はい」と頷《うなず》く。

「エヴラール殿下にとっても、テオさまは、弟でいらっしゃいますでしょう？　私、以前聞いたことがあります。弟が優秀だと、兄はついつい弟と張り合ってしまうのだとか。要領のいい弟に負けまいとするのだそうです。……エヴラール殿下がテオさまとご自分を比較しようとするのは、そういうことですよね？」

エヴラールは、紫の目を限界まで見開いた。

「私が、テオに負けまいと？」

「ええ。お兄ちゃんですもの。私、わかります」

お姉ちゃんの千陽は、うんうんと頷《うなず》く。

「お兄ちゃんやお姉ちゃんって、ちょっと貧乏くじですよね。弟や妹の面倒を見なくっちゃいけないし、あんまり甘えられないし、弟や妹にはわがまま言われて……まあ、でも、可愛いから許しちゃうんですけど」

この世界ではじめての長子仲間であるエヴラールに、千陽はなんだか親近感を抱く。

（チカやテオさま、サガモアさまも弟なんだもの）

ちなみにクリスティーナは、兄が二人、弟が一人いる中の一人娘だった。

千陽の気持ちが通じたのか、エヴラールは大きく頷《うなず》く。

「確かに、兄としての責任感は、いつも強く持っている。テオフィルにとって尊敬できる兄でありたいとも思う。……今は甘えてくることはなくなったが、子供の頃のテオは、それはそれは可愛い弟だったのだ」

エヴラールは、少々デレッとした笑みを浮かべた。

「わかります。テオさま、幼い頃はとても可愛かったでしょうね！　でもでも、チ——

アンリだって天使みたいに可愛い弟だったんですよ！」

負けまいとして千陽も大きな声で主張する。

「そうなのか？　だが……今のエルヴェシウス伯爵子息とは、かなり違うのだろう？」

「違っても、可愛かったんです！」

千陽が言い張ると、エヴラールは少し考え込んだ。彼女をジッと見つめ……やがてニッコリ笑う。

「ああ、そうだな。君に似て、さぞかし可愛かったのだろう」

納得してうんうんと頷《うなず》いた。思わぬ言葉に、千陽はカーッと顔を熱くする。

「そ、そんな……私とアンリは、そんなに似ては——」

「いや、天使みたいに可愛かったのなら、君とそっくりだったはずだ。……君は、とても可愛らしいからな」

エヴラールは、大真面目にそう言った。その様子からは、冗談やお世辞を言っている風は、少しも感じられない。千陽は、ますます顔を熱くする。

（……どうして！　無自覚天然タラシは、サガモアさまの専売特許じゃなかったの⁉）

まさか、エヴラールまでそんな属性を持っているとは思わなかった。

「それを言うなら、エヴラール殿下だって、可愛かったはずです！　……ううん！　今だって、とても可愛らしい笑顔でした！　殿下は、いつも笑顔でいらっしゃればいいと思います！」

うろたえた千陽は、そんなことを言ってしまう。

エヴラールは、びっくりして千陽を見返してきた。

「笑顔……私の？」

千陽はコクコクと頷《うなず》く。

「本当に、とてもステキな笑顔でした。笑顔って実はとっても大事なものなんです。特に上に立つ人は、たくさん笑った方がいいんですよ。だから、殿下ももっとたくさん笑ってください」

彼女の言葉を聞いたエヴラールは、おかしなくらい動揺する。

「いや、そうは言われても、私は、苦笑する以外、もうここ数年笑っていないのだが」

千陽は、目をぱちくりしてしまった。

「え？　……だって、先ほどから、エヴラール殿下、たくさん笑っていらっしゃいますよ？」

「え？」

二人は、互いに顔を見合わせる。

「ひょっとして、ご自分でわかっていらっしゃらなかったんですか？」

エヴラールは顔を確かめたいのか、手を動かそうとする。しかし拘束されているせいでできず、頬や口をぎこちなく動かした。かなりの変顔に、千陽は思わず噴き出す。

「私が？　……笑って？」

今までのエヴラールの笑顔は、無意識のようだった。

「ちゃんと笑っておられましたよ。エヴラール殿下の笑顔は、最高です！　間違いありません！　どうか、もっと笑ってください。先ほども言いましたでしょう。殿下は王子さまなんですから、笑顔は大切なんです！」

千陽の勢いに、エヴラールはタジタジとなる。

「いや。そうは言われても――」

笑えと言われても、急には笑えないのだろう。彼は困った表情で考え込んでしまう。

「――それに、何故、上に立つ者が笑わなければならないんだ？　楽しくもないのに

「笑っていては、軽く見られてしまうのではないか？」

不思議そうに首を傾《かし》げるエヴラール。千陽は、大きく首を横に振る。

「笑うっていうか、相手に笑いかけるのが大切なんです。笑顔を向けることは、相手に気持ちを向けることです。相手を尊重し、親しみを表す表現の一つが、笑顔です。――つまり、他人に笑いかけられる人は、相手を尊重できる人なんです。自分の上に立つ人が、自分以外の人間を尊重しない人だったら、信頼できませんよね？」

少なくとも千陽は、ずっとそうしてきた。他人に対して笑いかける時は、相手に心を向け、一人の人間として尊重していますという思いを込めるのだ。

千陽の言葉に、エヴラールは虚《きょ》をつかれたように黙り込んだ。

「……そうか。私が笑わないことで、周囲の者は、私から軽く見られていると思っていたのだな」

「全員が全員そうだというわけではないと思います。きちんと殿下の性格がわかっておられる方も多いでしょう。でも、王族というのは、不特定多数に対して自分を見せなければならない立場ですよね？　だとしたら、やっぱり笑顔は大切です。――そうでなくとも、殿下みたいにステキな笑顔をみんなに見せないのは、もったいないですよ！」

千陽は大真面目にそう言った。エヴラールは、面映《おもは》ゆそうに笑う。

「女性に面と向かって笑顔を褒められたのは、はじめてだ。……エルヴェシウス伯爵令嬢。君がそう言ってくれるのなら、私は、笑えると思う」

やはり、ステキな笑顔だった。この笑顔を見られる機会が、今後増えると思うと嬉しくなってしまう。千陽の頬が緩むと、エヴラールもつられて笑みを深くした。

「ああ。本当だな。……君に笑顔を向けられると、私のことを見てくれているのだなと嬉しくなる。……君が言いたかったのは、こういうことなのだろう？」

笑って頷《うなず》く千陽を、エヴラールはどこかうっとりと見つめてくる。

「お願いがあるんだが。……私も、君を千陽と呼んでいいだろうか？」

もちろん、千陽に断る理由はない。

「はい。……あ、では、私もエヴラールさまとお呼びしてもいいですか？」

少し図々しいかなと思いながら、千陽はエヴラールにそうたずねる。『エヴラール殿下』と今まで通り呼んでもいいのだが、せっかく親しくなれたのだし、形にしたいと思ったのだ。

エヴラールは破顔する。しかし、小さく首を横に振った。

「嬉しいが……。千陽。……私は、君には『エヴィ』と呼ばれたい」

『エヴィ』とはエヴラールの愛称だという。第一王子をそんな風に呼んでいいのかと迷ったが……

（せっかく友好的になれたのに、ここで雰囲気を壊すのはもったいないわよね？）

「はい。エヴィさま」

「ありがとう。千陽」

その時、白い仔フクロウがエヴラールの頭から飛び立ち、パタパタと部屋の中を回った。そして今度は千陽の肩の上にとまる。

チクリと痛みが走ったが、ドレスの上からだから、たいした傷ではないだろう。

何より可愛らしいその姿に癒《いや》され、千陽とエヴラールは微笑み合った。

狭い部屋の中、椅子に縛られ、囚《とら》われの身であるにもかかわらず、希望を感じる。

――その時、ドォ～ン！　という爆発音が、周囲に響き渡った。

仔フクロウが飛び立ち、同時にグラグラと別荘全体が揺れる。

「きゃあっ！」

千陽は、椅子に縛られたまま倒れそうになった。

エヴラールが椅子ごと自分の体を寄せて、千陽が倒れるのを防いでくれる。しかし、その反動で彼が倒れてしまった。

「きゃあっ！　エヴィさま！」

椅子ごと床に打ちつけられたエヴラールは、「ぐっ！」と呻《うめ》いたきり動かなくなる。

「エヴィさま！　エヴィさま！」

千陽が叫ぶと、ドアがバタンッと開いてポンセ準侯爵が駆けこんできた。

「ああっ！　……殿下！　殿下！　大丈夫ですか？」

瓜実顔《うりざねがお》を青くして、ポンセ準侯爵はエヴラールに近づく。きっと彼は、扉の外側で二人を見張っていたのだろう。

「早く助けてさしあげて！　ひょっとして殿下は、頭をお打ちになったのかもしれないわ！　打ちどころが悪ければ――」

千陽の言葉を聞いたポンセ準侯爵は「ひっ！」と息を呑む。慌ててエヴラールの縄を解きはじめた。

「殿下、殿下、申し訳ございません！　我々は、決して殿下を害そうと思ったわけではなく」

言い訳しながら、震える手で縄の結び目を解いていく。

パラリと縄が落ちた次の瞬間、エヴラールがバッと飛び起きた。見事に身を翻《ひるがえ》してポンセ準侯爵の襟《えり》を掴んだエヴラールは、そのまま彼を床へと叩き伏せる。

「……ギグゥエ」

ポンセ準侯爵は変な呻《うめ》き声をあげ、そのままクタリと動かなくなった。

そういえばエヴラールは、真面目すぎるのだけが玉に瑕《きず》の、文武両道の完璧王子だったのだ。

流れるような動作で振り向いたエヴラールは、素早く千陽のもとへ駆け寄り、彼女の縄を解《ほど》いた。そっと手を取り、立ち上がらせてくれる。どうやら、動かなくなったのは芝居だったらしい。

「千陽、大丈夫か？」

「あ、はい。大丈夫です」

そう答えた瞬間、二度目の爆発音が響く。再びグラグラと別荘が揺れた。

「きゃっ！」

「……っと」

思わずエヴラールにしがみつくと、彼はビクともしないたくましさで抱きとめてくれる。

「家の中は危険だ。外に出よう。……この爆発騒ぎに紛れれば、きっと逃げられるはずだ」

今のところ、誰かがこの部屋に近づいてくる気配はない。ひょっとしたら、ポンセ準侯爵を見張りに残し、他の者は出かけているのかもしれない。

千陽とエヴラールは周囲に気を配りながらも、部屋の外へ飛び出した。

仔フクロウも、飛びながら二人の後ろをついてくる。

他の部屋を確認しつつ進んでいくと、三つ先のドアを開けたところで、エヴラールの近衛《このえ》騎士三名が縄で縛られているのを発見した。彼らの縄を解きながら、アイヤゴン侯爵たちがアンリと交渉するために、別荘を出ていったと聞く。

「エルヴェシウス伯爵令嬢を人質にして氷の魔王を操るのだと、バレーヌ侯爵子息が鼻高々で自慢していました」

近衛《このえ》騎士の一人が、悔しそうにそう話す。しもぶくれ顔で運動が苦手そうなバレーヌ侯爵子息は、意外にも騎士団に所属しているのだそうだ。もっとも彼に実力はなく、騎士団のお荷物的な存在。彼は勝手に劣等感を抱き、ひがんでいじけていたらしい。それで、縛り上げた顔見知りの近衛《このえ》騎士相手に、得意げに今後の計画を話したのだという。

「氷の魔王を支配下に置けば、世界征服も夢ではないと豪語していました。制圧した近隣諸国の半分を手土産《てみやげ》にしたら、今はお怒りのエヴラール殿下も、快《こころよ》くお許しくださるはずだとも」

「そんなわけがあるか！」

忌々《いまいま》しそうにエヴラールは怒鳴った。千陽の顔から、一気に血の気が引いていく。

「私のせいで――」

自分がアイヤゴン侯爵たちに捕まったばかりに、アンリは彼らに脅される。それが悔しくてたまらない。じんわり涙がにじんできた。

「大丈夫だ」

震える千陽の肩を、エヴラールがグッと引き寄せてくれる。紫の目が力強く彼女を見つめてきた。

「アンリ・ヴュー・エルヴェシウスを操ることなど、誰にもできるわけがない！　彼は、私はもちろん、父陛下や主《あるじ》であるテオフィルの言うことだって、自分が納得しなければ従わないのだ。矜持《きょうじ》は高く、迂闊《うかつ》に命令などすれば、文句が十倍になって返ってくる。……『無能』だの『これくらいもできないのか』だの、いったい何度煮え湯を呑まされたことか！　それに、もしもそんなことが可能なら、とっくの昔に父がやっている！」

――それは、なかなかに説得力のある言葉だった。近衛《このえ》騎士もうんうんと大きく頷《うなず》いている。

（……チカ、あんたって子は）

こんな時ではあったが、千陽は頭をかかえた。我《わ》が弟ながら、何をやっているのだろうか。

（少なくとも、王子さまに向かって『無能』は、ダメでしょう）

震えは止まったが、今度は頭が痛くなる。

「だから、千陽はそんな心配はしなくていい。むしろ君が心配すべきは――」

エヴラールが、そこまで話した時、ドォォォ～ン！　と、三度目の爆発音が響いた。

もちろんグラグラと揺れる震動つきだ。

「まずいな」

エヴラールと騎士は顔を見合わせる。

「ともかく、脱出しよう」

確かに、それが先決だった。近衛《このえ》騎士二人が前に立ち、次に千陽とエヴラール、その後ろにもう一人の近衛《このえ》騎士と並び、別荘からの脱出を図る。

エヴラールにしっかり手を引かれ、先を急ぎながらも、千陽の胸には不安が湧き上がっていた。

（今さらだけど、この爆発はいったい何？　どこで起こっているの？　チカは……テオさまやサガモアさまは、無事なの？）

アイヤゴン侯爵たちは、アンリと交渉するために出かけていった。この爆発には、アンリたちが関係しているかもしれない。千陽の頭に、最悪の予想が浮かぶ。

「まさか、チカたち、爆発に巻き込まれていたりして──」

千陽の言葉を聞いたエヴラールは……………なんともいえない表情をした。

「まあ、巻き込まれたかどうかは別として、爆発現場にいる可能性は高いだろうな」

千陽は気を失いそうになる。

「ど、どうしましょう⁉　エヴィさま。……チカやテオさまたちが！」

「落ち着け。エルヴェシウス伯爵子息は無事だ！　……たぶん。……テオフィルや他の者たちが無事かどうかはわからぬが、まあ、彼らは付き合いが長いし、大丈夫だろう」

何がどう大丈夫なのかいまいちわからぬものの、エヴラールは大丈夫と言ってくれる。

真面目な彼は、気休めで嘘などつかないだろう。千陽は少し落ち着いてきた。

「急ごう。一刻も早く君の無事な姿を、エルヴェシウス伯爵子息に見せなければならない」

エヴラールは、焦ったようにそう言った。

彼の言い方はなんだか変な気がするも、移動することに異存はない。飛ぶのに疲れたのか、千陽のもとに戻ってきた仔フクロウをしっかりと胸に抱き、千陽はエヴラールたちと走り出した。

途中でさらに二回の爆発音を聞いた後、玄関から外へ飛び出す。

邸《やしき》の前は、小さな公園ほどの空《あ》き地になっていた。周囲は高い樹木が生い茂る森で、森の中へ続く道が前方に伸びている。樹木の上、青い空にもくもくと立ち昇《のぼ》る黒い煙が見えた。

「派手にやってくれたな」

エヴラールが、苦い顔でポツリと呟《つぶや》く。

その言葉は、まるで爆発の原因がわかっているかのようだ。千陽は不思議に思って彼を見る。

「エヴィさま？」

「いや。急ごう」

エヴラールは千陽から視線を逸《そ》らし、周囲を見渡した。

「誰もいないな。見張りくらいはいると思ったのだが。……この爆発騒ぎで、出ていったのか？」

考え込みながらも、エヴラールは騎士に馬を探せと命令する。一刻も早く脱出するためにも、移動手段の確保は必要だ。

「最悪、歩いて山を下りるしかないが」

「大丈夫です。私、歩くのは得意ですから」

今日の千陽は、外出着姿である。重いドレスで何曲も踊ることに比べれば、この格好で山を下りることなど、なんでもない。胸を張る千陽の姿に、エヴラールはフッと微笑んだ。

「やはり、君はステキな女性だ」

彼の笑顔は眼福《がんぷく》もので、銀髪が夕日に映《は》えてキラキラと輝く。パッと飛び立った仔フクロウが、パタパタとエヴラールの頭の上に移動して、ますます千陽の萌《も》えを煽《あお》った。

思わず見惚《みと》れていると——

「——千陽！　兄上！」

突如、頭上から声が聞こえた。

慌てて見上げると、鳥の頭と翼を持つ獣《けもの》が空を飛んでいる。

「え？　グリフォン？」

グリフォンとは、翼と上半身が鷲《わし》で、下半身がライオンという生き物だ。千陽の常識では想像上のものなのだが、そのグリフォンにそっくりな生き物が目の前にいた。

そんなバカなと目を擦《こす》り、あらためてよく見る。するとその獣《けもの》の背に、なんとテオが乗っていた。

「千陽！　よかった。無事だったか！」

安心したように叫んだテオは、グリフォンを操り、地上に降りてきた。着地と同時に飛び降り、駆けてくる。

「千陽！　千陽！　心配した」

叫ぶテオに、千陽はギュッと抱きしめられた。

「……テオさま。ご無事だったのですね」

安心して、千陽の体からドッと力が抜ける。テオが無事だということは、一緒にいただろうアンリやサガモアも無事なはず。千陽はたくましいテオの胸に、寄りかかるように身を寄せた。

「心配かけて、すみません」

「無事でいてくれれば、それでいい。ひどいことはされなかったか？」

テオは千陽を抱きしめながら、優しく顔をのぞきこんできた。

こんな時なのに、あまりに近いテオとの距離に、千陽の胸はドキドキと高鳴る。

「……千陽」

「テオさま」

顔がどんどん近づいていると思った瞬間、テオの頭がグイッと引っ張られて離れた。

「――近すぎだ」

不機嫌な顔でテオを引き離したのは、エヴラールだ。彼の頭の上には、まだ仔フクロウが鎮座している。白い羽を広げたフクロウは、何故かテオを威嚇《いかく》した。

「あ、……兄上⁉」

「そんなことをしている場合か！　……状況を報告しろ」

エヴラールは、ぶっきらぼうに命じた。彼の後ろには、馬を探しに行った近衛《このえ》騎士が戻っている。

彼ら全員に今のテオとのやりとりを見られたのだと気づき、千陽は顔を熱くした。

テオは一瞬訝《いぶか》しげな顔をしたが、兄王子の命令に従い報告をはじめる。

「すでに察せられているかと思いますが……先ほどよりの爆発の原因は、アンリです。アイヤゴン侯爵に呼び出され、この山の麓《ふもと》で交渉していたのですが、奴らがあまりに愚《おろ》かすぎて……。忍耐の限界を超えたアンリが、暴走しました」

「――やはりな」

沈痛な顔で、エヴラールは額《ひたい》を押さえた。一方、千陽はびっくり仰天《ぎょうてん》する。

「え？　チカが？」

忍耐の限界を超えたとは、どういうことだろう？

呆然とする千陽に、テオは気の毒そうな視線を向けてきた。

「千陽。お前、ケガをしなかったか？」

「ケガ？」

身に覚えがない。アイヤゴン侯爵たちには縄で縛られたが、暴力を振るわれたりはしていないのだ。

ブンブンと首を横に振ると、テオは「おかしいな？」と首を捻《ひね》った。

「どういうことだ？」

エヴラールに聞かれて、テオは考えながら返事をする。

「アンリが言うには、今回の事件で千陽は三回傷つけられたそうです。その三回目で我慢ができなくなって、爆発したんです」

「……三回も？　そんなことありませんでしたよね？」

千陽はエヴラールを見上げて、確認する。首を傾《かし》げる彼の頭の上では、仔フクロウがパタパタと羽ばたいた。コテリと首を九十度に傾ける仔フクロウの可愛さは、相変わらず最強だ。

思わず微笑んだ千陽だが――ハッとして、「あ～っ！」と声をあげた。両手を開いて前に出す。

彼女の手のひらには、小さな引っ掻き傷が二つついていた。

「こ、……これ！」

千陽の手をのぞきこんだテオとエヴラールは、そっくり同じ紫の目を見開き「あ〜……」と言って、額《ひたい》を押さえる。

「あと、さっき肩にフクロウがとまった時に、痛みが走りました！」

その言葉を聞き、テオとエヴラールは一緒に大きなため息をつく。

「……それだな」

「間違いない」

「で、でも、これは！　アイヤゴン侯爵たちのせいではなくて、フクロウがとまる時に偶然ついた引っ掻き傷なんですよ！」

千陽の手のひらの傷は、本当に小さなものだ。肩だって、たいした傷とは思えない。

「エルヴェシウス伯爵子息は、千陽の体に傷がついたことを、魔法で察知したのだろう。だが、その傷の大きさまではわからないのではないか」

エヴラールが言うと、テオも大きく頷《うなず》いた。

「ええ。しかも、アイヤゴン侯爵は、『素直に従えば令嬢の無事は保証する。なんなら私が愛人にしてやってもいい』――などと言ったものですから」

苦々しそうなテオの言葉に、千陽は顔をしかめる。

（それじゃ、チカがブチ切れても仕方ないわ）

彼は千陽をものすごく大切にしてくれている。過保護すぎて困るくらいだ。そんな彼が『愛人』なんて言葉を聞いて、平静でいられるはずがない。

「……確かに。それではエルヴェシウス伯爵子息が切れても仕方ないな。アイヤゴン侯爵は八つ裂きにされたのか？」

「そんなことをすれば、千陽が悲しみますから。……きっとまだ命はあるでしょう。俺は、八つ裂きにしてもまだ足りないと思っていますが」

テオの言葉に「そうだな、私もそう思う」と、真面目な顔でエヴラールも頷《うなず》いた。

千陽は目を丸くする。エヴラールも、案外過激な性格だったらしい。

テオも少し驚いたように兄を見つめた。そして口を開きかけたが、エヴラールが先に発言する。

「被害状況は？」

「――王都や人には、被害は出ていません。山裾《やますそ》の荒れ地にいくつかクレーターができましたが、耕作地は無事です」

テオが状況を説明したと同時に、ドドォ～ン！　と、爆発音と震動が起こる。

「……また一つ、クレーターが増えたようですね。このままでは他も危ないかもしれません」

「えええっ!」

聞いた千陽は、泣き出しそうになった。

テオの言葉が本当なら、今この爆発を起こしているのはアンリで、しかもそれは千陽のせいだ。

(そういえばチカったら、ストレスを溜めて癇癪《かんしゃく》を起こすことがあったわ)

幼い頃のチカにとって、自分が病弱で千陽と同じことができないことが、とてもストレスだった。それで頻繁に癇癪《かんしゃく》を起こしていたのだ。泣き喚《わめ》きながら、手当たり次第に周囲の物を投げ散らかすチカに、両親もかなり手こずっていた。

同時にチカの癇癪《かんしゃく》を止める効果的な方法を思い出す。それは、千陽にしかできないことだ。

千陽は、ギュッと拳《こぶし》を握る。

「テオさま。……私、チカを止めたいです」

そう言った千陽に、テオはフッと笑い返した。

「ああ。頼む。……アンリにお前の無事な姿を見せたい。そのために、お前を迎えに来たんだ」

山裾《やますそ》では、暴走したアンリをサガモアと他の騎士たちがくい止めているらしい。その間に、テオが千陽を迎えに来たという。彼は千陽に向かって片手を差し出してくる。

「行こう、千陽。アンリを止めるんだ」

「はい！」

大きく力強いテオの手を握った。決意もあらたに、二人は見つめ合う。

すると、エヴラールも手を伸ばしてきた。――しかし、千陽に触れる寸前で彼は拳《こぶし》を握り、その手を下ろす。そして苦しげな表情で口を開く。

「……危険だが、エルヴェシウス伯爵子息を止めるためには、君が行くのが最善なのだろう。千陽、気をつけて」

「はい。エヴィさま」

コクリと千陽は頷《うなず》く。

テオは驚いたように二人を見たが、何も言わずに彼女の手を引いて走り出した。グリフォンに駆け寄り、千陽と一緒にその背に騎乗する。

「飛べ！」

「テオフィル！　アイヤゴン侯爵たちの黒幕は、ヴェルド王国の人間だ。名はバルタサール。油断できない男だ。注意しろ！」

エヴラールの声にテオは表情を引きしめた。グリフォンはあっという間に、上空へ飛翔《ひしょう》する。

こちらを心配そうに見上げるエヴラールの姿が小さくなり、山の中にある邸《やしき》もすぐに見えなくなってしまった。夕暮れの茜《あかね》に染まった空が、視界いっぱいに広がる。

「うわぁ！」

千陽はついつい感嘆の声をあげてしまう。

遠くに王城と城下に広がる王都の街が見えた。その外側には、蛇行《だこう》する大河と緑豊かな耕作地が続いている。はるか彼方《かなた》になだらかな山が連なっていた。今まさに陽が落ちようとしている山々を越えれば、海があると聞いた気がする。

うっとりするほど美しい景色が広がる中、眼下で染みのような黒い煙が立ち昇《のぼ》っていた。

「……チカ」

あの煙は、本当にアンリが起こした爆発によるものなのだろうか？

（あんなに、大きくて黒い煙――）

千陽はギュッと唇を噛《か》んだ。思い悩む彼女の耳に、テオが顔を近づけてくる。

びゅうびゅうと風を切る音が聞こえる中、彼はぽつりと言った。

「千陽。兄上の名前を――愛称を呼ぶようになったのか？」

千陽は「え？」とテオの方に向く。超至近距離に、整ったテオの顔があった。

（それって、今聞かなくちゃならないこと？）

不思議に思いながらも、返事をしようとテオの耳元に口を近づける。

「エヴィさまには、助けていただいたんです。エヴィさま、とてもステキな方ですよね！」

風音に負けないように、大声を張り上げた。

エヴラールの笑顔を思い出し、千陽は思わず頬を熱くする。とても眼福《がんぷく》な笑顔だった。

テオの顔が、何故かピキリと強張《こわば》る。

次の瞬間、ガクン！　とグリフォンの高度が下がった。そのまま、急降下をはじめてしまう。

「きゃあっ！」

焦った千陽は、テオの首にしがみついた。その拍子に、彼の唇が耳に触れる。

「前に言ったことを覚えているか？」

唇が耳に触れたまま、テオはそう聞いてきた。

「え!?　……前って、いつのこと!?」

焦りながら、千陽は聞き返す。正直、そんな話をしている場合ではない。

「馬に乗った時だ。俺に対する〝好き〟が、お前にとってどんな〝好き〟か聞いただろう。……答えを出しておけとも」

そんなことを聞かれただろうか？　あまりよく思い出せず、千陽は混乱する。

「──今、答えが欲しい。俺はお前にとって……どんな存在だ？」

テオの声は、真剣だった。

急降下するグリフォンの背の上で、千陽はわけのわからない質問に追いつめられる。

絶叫系は得意だけれど、安全な遊園地のジェットコースターと命綱も何もない魔獣の上では、勝手が違う。

（落ちる！　このままじゃ、死んじゃう!!）

もはや、テオの質問など千陽の頭から消え去っている。

パニックになった千陽は、唯一頼れるテオに力いっぱいしがみついた。

「テオさま！　テオさま！　──テオッ!!」

「──ハッ。情熱的な答えだな」

テオは何故かそんな言葉を呟《つぶや》く。そして突然上機嫌になり、グリフォンの体勢を立て直した。

急降下をやめたグリフォンは、バサリと翼を広げ、宙に浮く。

落下は止まったが、恐怖が消えたわけではない。千陽はプルプルと震える体で必死にテオにしがみついた。そんな千陽を宥《なだ》めるように、テオは彼女の頭にキスを落としてくる。

「千陽、下を見ろ。――〝氷の魔王〟だ」

言われた通り下を向くと、いくつもの大きなクレーターと、一人の人影が見えた。

舞い上がり渦《うず》を巻く砂塵《さじん》の中心に立っているのは青年だ。

金髪が風に舞い、羽織《はお》っているマントがバタバタとはためいていた。整いすぎた神のごとき美貌《びぼう》が無表情で周囲を睥睨《へいげい》している。

「……チカ？　あれが？」

千陽は、思わず息を呑んだ。

そこにいるのは、いつも千陽に対し、甘くとろけるような表情を見せる弟ではなかった。まさしく、氷の魔王と呼ばれるにふさわしい、人外とも思える存在がそこにいる。

「――今は平和だが、この国では数年前までたびたび魔獣のスタンピードが起こった」

テオが静かに話しかけてきた。スタンピードとは、原因不明の魔獣の暴走のことだ。それが起きると、魔獣の群れは突如暴れ出し、見境なしに人や動物に襲いかかるのだという。

「そのたびに、アンリは圧倒的な力で魔獣たちを鎮《しず》めてきた。それはあまりにも人間離れした力で、氷の魔王という二つ名がついたんだ」

千陽は驚き、テオを振り返る。彼は苦い表情で頷《うなず》いた。

「本来なら英雄と褒め称《たた》えられる業績なんだがな。……あの様子で無表情に魔獣を屠《ほふ》るあいつを見て、味方の兵士も怖気《おじけ》づいた」

魔獣のスタンピードの原因は数年前、アンリの研究の末に解明された。それは自然界の魔力の淀《よど》みにより起こるのだという。その後すぐに魔力の淀《よど》みを感知する機械が発明され、スタンピードは起こらなくなったそうだ。

「とはいえ、二つ名は消えなかった。アンリ自身は自分がどう呼ばれようが気にしていなかったんだが……千陽を召喚するにあたり、その名を払拭《ふっしょく》することを望んだ。――『弟が〝そんな名〟で呼ばれたら、お姉ちゃんが可哀相だ』と言ってな」

千陽は大きく目を見開く。

「そんなこと――」

「ああ。千陽がそんな風に思うはずないと俺も言った。しかしアンリは聞かなくて。……無理やり箝口令《かんこうれい》を敷いたんだ。――しかし、今の奴は、そんなことも忘れ去るほど怒っているらしい。自分の大切なお姉ちゃんが傷つけられたと思って」

千陽は、もう一度眼下に目をやった。

アンリの周囲には相変わらず砂塵《さじん》が吹き荒れている。少し離れたところに、顔色を悪くしたアイヤゴン侯爵とバレーヌ侯爵子息がいた。さらには、この事態の中、平然としているバルタサールと、彼の配下だろう十人ほどの兵もそばにいる。兵は全員馬に乗っていて、そのうち五人が、丸い玉を掲げていた。

「あの玉は、防御の結界魔法を張る機械だ。普通は一つで、半径百メートルの結界を張る。かなり強力な結界だから、同じ場所で五つも同時に使用するなんて考えないものだが……。それを用意しているあたり、奴らはこの事態を予想していたのだろうな」

忌々《いまいま》しそうにテオが言う。つまりバルタサールは、アンリと敵対し攻撃を受ける可能性に備えて、準備してきたというわけだ。

「どうして？　アイヤゴン侯爵たちは、私を人質にすれば、チカを無抵抗で従わせることができると思っていたんじゃないんですか？」

「アイヤゴン侯爵たちはな。……しかし、あの赤毛の男は、そうならない可能性も予想していたんだろう。アンリは氷の魔王と呼ばれるほどの魔力の持ち主だ。いくら千陽を人質にしても、圧倒的な力ですべてをねじ伏せることができる。――現に、アンリはそうした。奴らの中に千陽の姿がないとわかった途端、彼らを孤立させ、問答無用で攻撃したんだ」

それに対して、バルタサールはすぐ結界魔法を張り巡らし、防御したのだという。

「交渉が失敗するって予想していたのに、どうして誘拐《ゆうかい》なんてしたんです？」

千陽の疑問に、テオはますます顔をしかめた。

「あいつがヴェルド王国の人間なら、この結果はまだ失敗じゃない。ヴェルド王国は謀略《ぼうりゃく》に優れた国だ。今回の事件も、目的は一つじゃないだろう。——たぶん、奴らの本当の目的は、兄上の失脚とそこから起こる騒乱だ」

第一王子派と第二王子派に分かれ、対立しているオードラン王国。様々な思惑が入り乱れているが、今現在、第一王子エヴラールに決定的な瑕疵《かし》はない。おそらくこのままいけば、彼が王位継承者に指名される。密かにオードラン王国を狙うヴェルド王国としては、それは不都合なようだ。とにかくオードラン王国を引っ掻き回したいらしい。

「今回の事件は、兄上派のアイヤゴン侯爵たちの暴挙。失敗すれば、兄上の責任が問われる。もちろん、だからといって兄上が失脚するとは限らないが、アンリは俺の近衛《このえ》騎士だ。アンリの姉を誘拐《ゆうかい》することにより俺と兄上の仲が一層険悪になったり、これを機にアンリが王家から離れたりすれば、ヴェルド王国にとっての成果になる」

テオの推測に、千陽の顔は青ざめる。

「……私が、さらわれたばかりに」

「大丈夫だ！」

彼は慌てて千陽をギュッと抱きしめた。

「ヴェルド王国に不穏な動きがあることは、俺たちも以前から知っていた。もちろんこの情報は、父上も兄上もご存じだ。アイヤゴン侯爵たちにヴェルド王国が接触していたことも承知の上で、兄上はわざと彼らを泳がしていたんだ。……まさか、千陽を誘拐《ゆうかい》するとは思わなかったが、何かするだろうとはわかっていた。だから軍を迅速に動かせたんだよ」

確かに、この場には大勢のオードランの騎士がいて、中にはサガモアの姿も見える。彼らは、この場を囲うように展開していて、アンリのすさまじい魔法から必死に周囲を守っていた。

「捕まったり拘束されたりしても、兄上は焦っていなかっただろう？　たぶん『大丈夫』とか『心配ない』とか言っていたんじゃないか？　それは、本当に大丈夫だからだ。通信こそできなかったが、兄上の居場所は魔法で常に追跡していた。あと、兄上やその近《この》衛《え》騎士も、いざという時に抵抗できるよう、どんな状況下でも魔法が使える魔法機器を携帯していたはずだ」

そう言われれば、エヴラールは何度も大丈夫だと言っていた。あれは、慰《なぐさ》めだけの言葉ではなく、明確な根拠のあるものだったのだ。

「想定外だったのは、アイヤゴン侯爵たちがよりによって千陽を誘拐《ゆうかい》したこと。それによって、アンリが暴走したことだ」

テオたちの予想では、アイヤゴン侯爵たちは、テオに対して直接攻撃を仕掛けるか、そうでなければ第二王子派の筆頭であるデュコアン公爵を襲うのではないかと思っていたのだそうだ。曲がりなりにも貴族である彼らが、女性や子供に手を出すとは考えられなかったのだという。

「我《わ》が国は、女性や子供をとても大切にする国だ。アイヤゴン侯爵たちも、ヴェルド王国の奴らにそそのかされなければ、そんな非道な真似はしなかっただろう」

しかし、事は起こってしまった。千陽はやりきれない思いで地上を見下ろす。

アンリの怒りがひしひしと伝わってくる。大地がデコボコになった地獄《じごく》絵図のようなその風景は、アンリが作ったものなのだ。それでも――千陽は怖いとは思えなかった。

「……チカったら、本当にむちゃくちゃだわ」

呆れたようにそう呟《つぶや》く。テオはホッと息を吐いた。

「ああ。まったくむちゃくちゃな奴だ。……早いところ止めよう。――徐々に高度を下げるから、もう少し近づいたら、大きな声でアンリを呼んでくれ」

テオの言葉に、千陽は大きく頷《うなず》く。アンリが千陽の無事な姿に気がつけば、暴走は鎮《しず》まるはずだ。

ゆっくりゆっくり、間違っても攻撃を受けないように、高度を下げていく。

そんな千陽とテオに、アンリより先にバルタサールが、気がついた。

突如、二人が乗るグリフォンの前に、赤い髪の男の姿が浮かび上がる。

「きゃっ！」

「落ち着け、千陽。幻影だ！」

空中に浮かぶバルタサールの姿は幻影。その証拠に、地上を見下ろせば、そこには変わらず赤い髪の男が立っている。

グリフォンを見上げた男は、ヒラヒラと片手を振った。空中に浮かぶ幻影も同じように、手を振る。

「どうやら奴は、幻影魔法を得意にしているようだな」

映像を睨《にら》みつけながら、テオは低く唸《うな》る。

するとバルタサールは、この状況下で気軽に話しかけてきた。

「おや、残念。可愛い虜囚《りょしゅう》が、王子さまに助けられてしまったようですね」

オーバーに両手を広げ、肩をすくめてみせる幻影のバルタサール。

芝居がかったその様子に、千陽は唖然《あぜん》として声が出ない。

テオが厳しい表情でバルタサールを睨《にら》みつけた。

「その通りだ。お前たちにもう勝ち目はない！　速やかに降伏しろ！」

バルタサールは、ニヤリと笑う。

「確かに、これ以上の抵抗は無駄のようです。捕まるのも嫌ですし、逃げるとしますか」

「逃がすものか！」

「逃げますよ」

あっさり言い返したバルタサールは、その場で幻影の自分の姿をワイバーンに変える。

ワイバーンとは、ドラゴンの頭とコウモリの翼、鷲《わし》の脚に蛇の尾を持つ生き物で、グリフォンの天敵だ。

突如現れたワイバーンに、千陽たちが乗るグリフォンは驚く。そして荒々しくワイバーンを威嚇《いかく》した。

「キャアッ！」

グリフォンが激しく揺れ、千陽は大きくバランスを崩して投げ出される。

「千陽！」

テオは慌てて、左手で千陽の右手を握った。テオの反対の手はグリフォンの手綱《たづな》を掴んでいる。

「千陽！　大丈夫か⁉」

宙吊りになった千陽に向けて、必死でテオが叫ぶ。もちろん大丈夫のはずがない。

この場には、アンリが起こす爆風が吹き荒れている。宙吊りになった千陽の体はブラブラと揺れ、長いドレスのスカートがバタバタとはためく。

テオは必死でグリフォンを落ち着かせようとしているが、片手だけで制御するのはさすがに難しそうだ。

（落ちちゃう！　……このままじゃ、私だけでなく、テオさままで落ちてしまうわ）

それだけは、絶対に避けなければならない。千陽は叫んだ。

「テオさま！　私の手を離してください！」

「なっ！　千陽、何を言っているんだ⁉」

「早く！　グズグズしていたら、二人とも落ちてしまいます！」

「バカを言うな！　そんなことができるはずないだろう！」

テオは、本気で怒って叫んだ。それが千陽はとても嬉しい。……でも、だからこそ――

「離してください、テオさま！　……大丈夫です。チカは子供時代、どんなにひどい癇《かん》癪《しゃく》を起こした時も、私が呼べば気づいたんです！　今だって、落ちてそばに行けば、絶対私に気づいて、助けてくれるに決まっています。間違いありません！」

千陽は、自信たっぷりにそう言った。

――でも本当は、それほど自信はない。五歳の子供の癇癪《かんしゃく》と氷の魔王の暴走は、天と地ほども違うだろう。それでも、今はそれにかけるしかない。

「しかし――」

「絶対、大丈夫ですから！　だから、お願いです。テオさま、手を離してください！」

ためらうテオを、千陽は急《せ》かした。彼は数秒迷った後、キッと顔を引きしめる。

「わかった」

「ありがとうございます。テオさま」

礼を言う千陽に、テオは……ニヤリと笑う。

「……へ？」

次の瞬間、テオは千陽の手を掴んだまま、右手を離した。――そう、グリフォンの手綱《たづな》を握っていた方の手だ。その結果、当然ながら二人は共に落下した。

「なっ！　何を一緒に落ちているんですか!?　離すのは、右手じゃなくて左手でしょう！」

千陽は大声で叫ぶ。

「俺が千陽一人を危険な目に遭《あ》わせるはずがないだろう？」

落下しながら、テオはそんなことを言ってくる。紫の瞳がどうだと言わんばかりに輝いた。

千陽は、呆気にとられてしまう。

――むちゃくちゃだ。アンリもテオも、常識外れすぎる。そういえば、この主従ははじめからむちゃくちゃだったのだと、思い出す。なにせ、異世界から千陽を召喚したぐらいだ。

（私もたいがいむちゃくちゃだけど――）

結局みんな、似た者同士なのかもしれなかった。こんな時なのになんだか嬉しくて、口元が緩んだ。

「千陽、早くアンリに気づいてもらえないと、このまま地面に激突する！」

テオの声で、千陽は慌てて下を見た。アンリと地面が、すぐそこに迫っている。

ザッと顔から血の気が引き、声の限り叫んだ。

「チカッ!!」

（お願い！　気がついて!!）

「チカッ！　こっちを見なさい！　――チカ！　チカ！　チカ！」

名前をこれでもかと連呼すると、アンリの体がビクリと震えた。こちらを見上げてくる。

「――っ！　お姉ちゃん⁉」

アンリの青い目が驚愕《きょうがく》に見開かれた。なにせ、空から千陽とテオが降ってくるのだ、当然だろう。

「アンリ！　助けて！」

その瞬間、千陽を抱きしめていたテオが、その力を強める。

「アンリ！　いい加減正気に戻らないと、俺が千陽のすべてをもらうぞ」

そしてテオは千陽の頬にチュッとキスをした。こんな時に何をやっているのかと、千陽は呆れて声も出ない。

「……………殺す！」

その途端、アンリから、ブワッと殺気が湧き上がった。

アンリは風の魔法で千陽とテオを受け止め、そのまま二人を地上に降ろす。それは衝撃も何もない着地だった。

「お姉ちゃんから、離れろ！」

アンリはすぐさま駆け寄ると、千陽とテオの間に手を入れて、力いっぱい引き離そうとしてくる。

「断る！　俺が千陽から離れたら、お前は絶対、俺だけをブッ飛ばすだろう」

「当然です！　お姉ちゃんにこんなにくっつくなんて、万死《ばんし》に値《あたい》します！」

その姿はいつものアンリとテオで、千陽は安心する。

「もうっ！　チカったら、なんで暴走なんてしたの！　ホントにどうしようかと思ったんだから！」

千陽はテオに抱きしめられたまま手を伸ばし、アンリを抱きしめた。するとアンリは静かになる。

「……お姉ちゃん」

「チカ、心配かけてごめんね。でも私は大丈夫だから、もうこんな無茶なことはしないで。お願いよ！」

千陽が頼むと、アンリは小さく「ゴメン」と謝ってきた。

頭を引き寄せ、目と目を合わせる。千陽はアンリの頭や顔に触れた。

「チカ、大丈夫？　あんなに強い魔法を使って、ケガとかしてない？　頭が痛くなったりとかしないものなの？」

魔法なんて欠片《かけら》も使えない千陽は、魔法を使った後の状態などはわからない。ただ、よく読んでいたライトノベルでは、強い魔法を使った後で、魔力切れで苦しむシーンがあった。そんな症状がアンリに出ないか、千陽は本気で心配する。

アンリは、虚《きょ》をつかれたようにポカンとした。彼女の後ろで、テオが呆れた声を出す。

「いや、心配すべきなのは、アンリじゃなくって周囲だろう?」

「そんな! それは、確かに暴走したのは悪いことですけれど、でもそれは元々私のせいですし。被害だって、クレーターができたくらいで……。あ! チカ、大丈夫よ。この土地の持ち主には私も一緒に謝ってあげるから。誠心誠意謝れば、きっとわかってくださるわ」

ね、と千陽はアンリの顔をのぞきこむ。アンリはまだ呆然としていた。そして、ポツリと呟《つぶや》く。

「……お姉ちゃんは、僕が怖くないの?」

「チカが? なんで?」

「だって……僕は、氷の魔王――」

アンリの言葉の最中で、千陽はゴツンと自分の額《ひたい》をアンリの額《ひたい》にぶつけた。

「痛っ!」

「バカなことを言うからよ! 私がチカを怖がるはずがないでしょう。そりゃあ、最初に見た時はびっくりしたけど……。でも、チカなんだもの。子供の頃も、癇癪《かんしゃく》を起こして物を投げた時、絶対人にはぶつけなかったでしょう? 私、ちゃんと知っているのよ。

それに、私が抱きつけばすぐにやめてくれたし」

だから千陽は、アンリがちっとも怖くないのだ。アンリは、ポロリと涙をこぼした。

「……ありがとう、お姉ちゃん」

「それは、私のセリフでしょう。助けに来てくれてありがとう、チカ。心配かけてごめんね」

千陽とアンリは笑い合う。

「俺もいるんだぞ」

千陽の背中で、テオが不機嫌そうな声を出した。

「いなくていいですよ」

「もう、チカったら！　――テオさまも、ありがとうございます」

振り返ってお礼を言うと、テオはトロリと甘い笑みをこぼす。

「千陽のためなら、どんなことでもしてやるさ」

気障《きざ》なセリフでも決まるところが王子さまである。

その時、遠くからサガモアがこちらに駆けてきた。

「おお～い！　千陽、無事か!?」

「サガモアさま！　大丈夫です！」

サガモアに向かって、千陽は大きく手を振る。

別の騎士たちは、アイヤゴン侯爵たちを捕まえ縛り上げていた。しかし、その中にバルタサールの赤い髪は見えない。

「テオさま！　バルタサールが……！」

「ああ。——今の騒動の隙に、逃げたのだろうな」

悔しそうにテオは言った。おそらくアンリの気が逸《そ》れた瞬間、バルタサールは自分だけ逃げ去ったのだろう。本当に見事な逃げ足で、呆れるほどだ。

——でも何はともあれ、千陽が無事だった。アンリとテオは顔を見合わせ、笑い合う。

「……よかったな」

「ええ。よかったです。…………でも、近すぎですから！」

再び、アンリは千陽からテオを引き離そうとする。

「きゃっ！　きゃあっ！　何？」

「離れなさい！　殺しますよ！」

「絶対、嫌だ！」

千陽を挟んで、子供みたいな喧嘩をはじめる二人。

「もうっ！　いい加減にしなさい！」

一番星の出た空に、千陽の大声が響き渡った。

終章　大団円は、賑《にぎ》やかに

そんなこんなのエルヴェシウス伯爵令嬢誘拐《ゆうかい》事件から、三日後。

千陽はアンリと共に、事件でお世話になったお礼を言うため、王城へやってきた。今回の事件では、エヴラールやテオフィル、サガモアをはじめとした騎士たちに、ずいぶんお世話になったからだ。

城に着いた千陽たちは、すぐに謁見《えっけん》の間《ま》に通された。以前と同じ、落ち着いた雰囲気の部屋の中には、国王夫妻とエヴラール、テオフィルが座っている。

他には、宰相とサガモアも来ていて、背の高い騎士は、国王一家の後ろに控えていた。

さらに驚いたことに、あの時の仔フクロウがエヴラールの肩にとまっている。事件の後から姿が見えず、どうなったか心配していたのだが、どうやら第一王子に保護されたらしい。

目が合ったエヴラールは、優しく笑いかけてくれた。その笑みに力づけられ、千陽は国王に対して作法通りの挨拶《あいさつ》をする。そして事件の対処に関してお礼を述べた。

「いや。無事で何よりだ。そなたも災難だったな。アイヤゴン侯爵たちは爵位を剥奪《はくだつ》し、一兵卒として辺境の軍で再教育することになった。もう決してそなたに手出しはさせない。安心するがいい」

国王は、優しい口調でそう言った。

事件の主犯のアイヤゴン侯爵たちが極刑を免《まぬか》れて、千陽はホッと安堵《あんど》する。

彼らがしごかれて更正してくれることを切に願う。

その後、国王がもう一度千陽に対し労《いたわ》りの言葉をかけて、謁見《えっけん》の本題は終わった。

「――千陽」

話が終わった途端、エヴラールが立ち上がり、満面の笑みを浮かべて歩み寄ってくる。

「無事だったか？　テオフィルから話は聞いたのだが、君が心配で眠れなかった。……ケガはないか？」

いつも不機嫌顔の第一王子が、別人かと思われるほど感情豊かな声で、千陽を気遣ってくる。

国王夫妻と宰相、サガモア、アンリまでもが、ポカンと口を開けた。テオは眉をひそめる。

「その節はお世話になりました。エヴィさま」

「堅苦しい挨拶《あいさつ》はよしてくれ。……本当に大丈夫かい？　千陽」

「はい。エヴィさま」

千陽がニコリと笑うと、仔フクロウはエヴラールの肩の上で嬉しそうにパタパタと翼を動かす。

二人は揃って笑みを深くした。

（やっぱり可愛い！　それに、エヴラールさまの笑顔もステキだわ）

千陽はしみじみとそう思う。

「……エ、エヴラール？　そなた、本当に、エヴラールか？　……いったい、いつの間にエルヴェシウス伯爵令嬢と、そんなに親しくなったのだ？」

呆然と我《わ》が子を見ていた国王がたどたどしくたずねる。エヴラールは、父王に静かに微笑みかけた。

「事件の折に、千陽と親しく話し合うことができたのです。先日、父上がおっしゃった通りですね。千陽はとても素晴らしい女性です」

エヴラールは手放しで千陽を褒める。

「そんな、エヴィさま」

「本当だ。私は、君ほどステキな女性に会ったことがない」

国王はじめ、周囲の人間は、信じられないものを見るような目で、二人を見つめた。

王妃が国王の頬をギュッと抓《つね》り、「痛い！」と声をあげた国王を見て「夢じゃないわ」と呟《つぶや》く。

ますます眉をひそめたテオが、千陽たちの方へと歩き出した。

しかし、テオが二人のもとに到着する前に、エヴラールは千陽の前に跪《ひざまず》く。

「え？」

古式ゆかしく片膝をつき、右手を左胸に当て、頭を下げる第一王子。

白銀の長髪が、サラリと肩からこぼれ落ちた。

「千陽。……短い時間だったが、私は君という女性を知り、君に惹《ひ》かれた。君とこれからもずっと一緒にいたいと願う。――どうか、私の妃《きさき》になってくれないか？」

それは、王族が意中の女性に結婚を申し込む、古《いにしえ》からのプロポーズの形だった。

千陽は驚き、目を見開く。周囲も驚愕《きょうがく》に、息を呑んだ。

「あ……でも、エヴィさま」

「ダメだろうか？」

不安そうに首を傾《かし》げるエヴラール。形のよい眉が寄り、紫の目が頼りなくユラユラと揺れている。

彼の肩の上の仔フクロウも、一緒にコテリと九十度頭を傾けた。

（……か、可愛い!!）

心の中で、思わず悶《もだ》える千陽。ギャップ萌《も》えも、ここまでくれば凶悪だとさえ言える。

これが、あざと可愛いというものだろうか。

千陽は、言葉に詰まった。悶絶《もんぜつ》するほど可愛いが、だからと言って迂闊《うかつ》に頷《うなず》くわけにはいかない。

（だってエヴィさまの妃《きさき》って、将来的に限りなく王妃に近い存在のはずだもの！）

動けずプルプル震える千陽の前に、突如テオが飛び出してきた！

目の前を遮《さえぎ》った大きな背中に、千陽の胸はドクン！　と高鳴る。

彼女を背に庇《かば》ったテオは、エヴラールと正面から対峙《たいじ》した。

「ダメに決まっています！　千陽は、私の花嫁ですから！」

「花嫁!?」

テオの宣言に、全員が驚きの声をあげる。

「へっ？　ええ～っ!?」

もちろん、千陽もである。頬が一気に熱くなった。

「そんな話は聞いていないぞ。いったい、いつ決まったのだ？」

エヴラールの眉間には、不機嫌そうなしわが寄る。

「先日の事件の折です。千陽は全身で私への愛を示してくれました。千陽は私の妃《きさき》にします！」

テオは、断固として宣言した。まったく、全然覚えのない千陽である。唖然《あぜん》としたのだが――

（……あ、ひょっとして、思いっきりテオさまにしがみついたこと？）

グリフォンに乗って急降下した時のことを、千陽は思い出す。

そういえば、あの直前、テオは何やらわけのわからないことを言っていた。

（確か、私にとってテオさまはどんな存在か？　……とか）

まさか、その返事として力いっぱいしがみついたと思われているのだろうか？

答えとしてのボディランゲージだったと？

（え？　え？　でも、あれは、だって、仕方のないことよね？）

千陽は、軽くパニックを起こす。そこに――

「待ってください！」

勢いよく飛び込んできたのは、サガモアだった。

「エヴラール殿下、テオフィル殿下。千陽の意思なら諦めますが、そうでないなら、強引に話を進められては困ります。千陽は妃《きさき》の地位など望まぬ女性のはずですから。……

そうだろう？　千陽」

国王の後ろから、たまらず前に出たサガモアは、千陽の意思を確認してくる。

彼の言う通りなので、千陽はコクコクと頷《うなず》いた。妃《きさき》になるなんて、とんでもない。このところいろいろあってまったく進捗《しんちょく》はないが、千陽は自立したいのだ。

サガモアは、ホッと息を吐く。

「そうだと思った。――千陽、私は侯爵家の三男で、なんの身分もないが、それだけ身軽な立場だとも言える。千陽一人を養うくらいは造作もないし、妃《きさき》が嫌ならば、私の妻にならないか？」

それも、ひょっとして、ひょっとしなくても、プロポーズだろうか？

思わぬ申し出に、千陽はびっくりして息を呑む。

「サガモア！　きさま、その言い方は卑怯《ひきょう》だぞ」

「卑怯《ひきょう》なのは、テオフィル殿下とエヴラール殿下でしょう？　……呪いますよ」

「どんな呪いを受けようとも、私と千陽の愛は、引き裂けない」

「兄上、そもそも兄上と千陽の間に、愛はありません！」

三人の男が、喧々諤々《けんけんがくがく》と言い争う。

そこに、宰相がおずおずと口を挟んできた。

「あ、え～と。……こんな時に、非常に言いにくいのですが――エルヴェシウス伯爵令嬢、あなたにヴェルド王国から謝罪と婚姻の申し込みが届いています」

「へ？」

その場の全員が驚いて、宰相を見つめた。彼はきまり悪そうに、分厚《ぶあつ》い封筒を千陽の方へ差し出してくる。

「ヴェルド王国第七王子バルタサール殿が、お相手です。――我《わ》が国と対立するより和《わ》睦《ぼく》を結んだ方が得策だと判断したようですよ。グリフォンから落ちかけた時の、エルヴェシウス伯爵令嬢の度胸と、艶《なま》めかしい白い足に惚《ほ》れたのだとか」

千陽は思わずドレスのスカートを押さえた。あの騒ぎの中、バルタサールは何を見ていたのだろう。

（っていうかあの人、王子さまだったの⁉）

心の中で、悲鳴をあげる。

「王子⁉　第七王子なんて、聞いたこともないぞ！」

「ヴェルド国王は、子だくさんだからな。いちいち覚えていられるか！」

「図々しいにもほどがある！」

一斉に怒鳴る、テオとエヴラールとサガモア。

あまりにびっくりしすぎてヨロヨロと後退《あとずさ》った千陽の体が、背後にいたアンリにトンとぶつかった。

「あ、……チ――アンリ？」

振り向くと、いつになく静かなアンリが、体をプルプルと震わせている。

（あ！　まずいわ、これは――）

それは、アンリが癇癪《かんしゃく》を起こす時の前兆だった。

「アンリ――」

「いい加減にしてください！」

慌てて止めようとしたが、一歩間に合わず、アンリは大声で怒鳴る。

「僕が、お姉ちゃんを誰にも渡すはずがないでしょう！　お姉ちゃんに手を出すのなら、四人とも纏《まと》めて潰しますよ!!」

――いやいや、それはやめてほしい。

「どんな障害があろうとも、千陽は私の妃《きさき》とする」

いつの間にか頭の上に移動したフクロウを乗せながら、エヴラールが言い放つ。

「千陽は俺の妃《きさき》だと言ったでしょう！　ぽっと出の兄上なんかに渡すものか。もちろん、ヴェルドの王族なんて問題外だ！　……俺は、アンリと一緒にずっと千陽を見てきたん

だぞ！」

堂々のストーカー宣言は、テオである。

「……全部纏《まと》めて呪ってやる」

生真面目な騎士は、おかしな方向に怨念《おんねん》を込めはじめた。

「――お姉ちゃんは僕のものです！　転生した今の僕とお姉ちゃんは、血縁上は姉弟《きょうだい》じゃない！　絶対、誰にも渡しません！」

アンリが、絶叫した。千陽は呆然と天を仰《あお》ぐ。さすがに、それはアウトだろう。

チート転生を果たした弟に、ある日、異世界召喚された千陽。

姉を大好きすぎる弟と、二人……いや、三人の王子、騎士に執着された彼女は、どうやら前途多難なようだ。おちおち自立も望めない。

それでも、千陽の顔には、自然に笑みが浮かんでいた。

たとえ、地球に戻り無難に生きられるとしても、もう彼女がその道を選ぶことはないだろう。

（どんなに多難でも、この世界で、みんなと一緒に生きるわ！）

それこそが、彼女の心からの願いだ。

（……とりあえず、この騒ぎを止めなくっちゃね）

「チ――アンリ！　テオさま！　やめなさい！」

今にも殴り合いをはじめそうな二人の中に、千陽は慌てて飛び込んでいく。

その顔は、とても幸せに満ちていた。

書き下ろし番外編

双子あるある？

「そういえば、子供の頃チカと入れ替わって、みんなをだましたことがあったわよね」

少し強めの風がカーテンを揺らし、薄桃色の花びらを運んできたある日の午後。窓から見える花が桜に似ているなぁと思った千陽は、なんとなく日本を思い出してアンリにそう話しかけた。

千陽と千景は双子の姉弟《きょうだい》。一卵性双生児ほど似てはいなかったが、それでも普通の姉弟《きょうだい》よりはずっと似ていて、こっそり入れ替わり周囲を混乱させる〝双子あるある〟をよくやっていたのだ。

「そうだね。ママにはすぐ見破られたけど、パパは簡単にだませるから、面白かった」

大好きなお姉ちゃんと二人っきりで優雅なティータイムを過ごしていたアンリは、上機嫌に笑う。白地に青いラインの入ったカップを口元に寄せ、コクリと飲んだ。

決して父の愛情が母より劣っていたわけではないだろうが、何故か父はいつも千陽と千景を間違って、母は絶対間違えなかった。父は大雑把でおおらか、母は真面目で几帳面だったから、性格の違いが原因かもしれない。

「今ではもう絶対できないことだけど」

日本で死んで異世界に生まれ変わったアンリの容姿は、もう千陽とは似ても似つかない。入れ替わりはできても、だまされる人など誰もいないだろう。

「え？　そんなことはないよ。やろうと思えばできるけど――お姉ちゃん、僕と入れ替わってみたいの？」

アンリは不思議そうに聞いてきた。

「何を言っているのよ。無理に決まっているでしょう？」

「魔法を使えば簡単だよ」

この世界には魔法がある。しかもアンリは強力な魔法の使い手で〝氷の魔王〟と呼ばれているくらい。

言われてみれば納得の言葉に、千陽はポンと手を叩いた。

「そっか。でも、そんなことホントにできるの？」

「うん」

頷《うなず》くと同時にアンリは、パチンと指を鳴らす。途端、彼の姿は消え、代わりに落ち着いてお茶を飲む『千陽』の姿が、目の前に現れた！

「え？」

　ビックリした千陽は、テーブルに手をつき立ち上がったのだが、視界に入ったその手の指がずいぶんと長い。間違いなく男の人の手だ。

　慌てて両手を持ち上げて、目の前でヒラヒラと回転させた。

「まさか？　私、チカになっているの？」

「そうだよ。――ほら」

　カップをお皿に戻した目の前の『千陽』――いや、おそらくアンリは、魔法で出した手鏡を彼女の方に向けてくる。そこには、驚いて青い目を見開く美青年が映っていた。左目の下の色っぽい泣きぼくろは、間違いなくアンリのもの。

「これくらいの魔法は、朝飯前さ」

　少し得意そうに『千陽』、いやアンリは笑った。

「スゴイ！　スゴイわ、チカ！」

　千陽は、心から賞賛する。パチパチパチと手を叩き満面の笑みを浮かべれば、アンリは『千陽』の顔を赤くして、複雑そうに視線を逸《そ》らした。

「……うん。間違いなく僕の顔なのに『可愛い』と思えるとか、やっぱりお姉ちゃんはスゴイね」

そんなことを呟《つぶや》きながら鏡を置くと、もう一度カップを手に取り、お茶を一口飲む。

フッと息を吐いて、顔を上げた。

「それで、お姉ちゃんは僕と入れ替わって何をしたいの？」

問われて千陽は考え込んだ。特に何かしたいというわけではなかったのだが。

「――騎士団に行ってみたいわ！」

気づけば千陽は、そう答えていた。


オードラン王国の騎士団は、国王から任命された元帥《げんすい》の下、王族を守る近衛《このえ》騎士と各騎士隊長が名を連ね、上級中級下級の騎士たちを纏《まと》めている。

アンリは、その中の近衛《このえ》騎士。チートでいろいろ手を出して、文官の仕事もしているみたいだが、基本騎士団に籍がある。

彼が勤める騎士団に、千陽はかねてから興味を持っていた。

（中学の時に、保護者の職場見学があったのよね。私はパパの会社に行ったんだけど、パパの知らない一面が見られて、すごくよかったわ。騎士団に行けば、普段はわからないチカの別の一面も見られるかも？　あと、もうできないと思っていたチカとの入れ替わりができるのも、ワクワクするわ。誰にもバレずに騎士団で過ごせるかしら？）

アンリの姿になった千陽は、ドキドキしながら一人で騎士団の門をくぐる。

そう、今日の彼女は一人だった。アンリはもちろん、テオもサガモアもそばにいない。

（なんとなくテオさまやサガモアさまには、私が千陽だってわかってしまいそうな気がするんだもの。せっかく入れ替わったのに、バレちゃったらつまらないわ）

アンリは最後まで一緒に来たがったのだが、なんとか説得して諦めてもらった。彼には、今日一日千陽となって家の中で過ごしてもらう予定だ。

（チカは私に過保護すぎだもの。たまには一日家にいてみればいいのよ。そうすれば、私がどんなに退屈かわかるでしょう？　今日をきっかけに、私も少しは外に出かけられるようになるかもしれないわ）

そうして、ゆくゆくは仕事に就いて自立する。それは、千陽の変わらぬ夢だ。

家族の職場見学に、双子あるあるの入れ替わり、そして自分の待遇改善と、千陽は一石二鳥どころか一石三鳥を狙っていた。上機嫌で、騎士団内部を進んでいく。

物珍しさもあってキョロキョロしていれば、正面から二人の騎士がやってきた。サガモアと同じ制服を着ているところを見れば、彼らはきっと上級騎士。年齢は二十代後半くらいだろうか？

「こんにちは」

千陽は、笑顔で挨拶《あいさつ》をした。挨拶《あいさつ》は、人間関係を形成する上での基本中の基本。身分や年齢に関係なく、気づいた方から行《おこな》うべきだというのが、彼女の持論だからだ。

ごくごく普通の挨拶《あいさつ》をしたはずなのに、何故か騎士二人は目を見開いて固まった。

「え？　……今、空耳が聞こえたような？」

「俺は、耳だけじゃなく、目もおかしいぞ。氷のま――じゃない！　エルヴェシウス伯爵子息が……笑っている⁉」

（どうしてそんなに驚いているの？）

千陽は、彼らの態度に面食らってしまった。

「笑ったらおかしいですか？」

「敬語⁉　エルヴェシウス伯爵子息が、俺たちに敬語を使うなんて‼」

「て、天変地異の前触れだ！」

二人の騎士は飛び上がって叫び出す。

（ちょっと笑って丁寧に話しただけで、こんなに驚かれるなんて）

普通ならありえない彼らの態度の原因は……おそらくアンリだろう。

（チカったら、普段どんな態度でいるのかしら？）

そういえば、以前参加した王宮の舞踏会でも、アンリが微笑んだだけで大騒ぎになったことがあった。半ば予想できていたことではあるが、千陽がそばにいない時のアンリの態度は、最悪のようだ。

(……チカ、あんたって子は)

千陽は、頭を押さえた。

それを見た二人の騎士たちが、心配そうに声をかけてくる。

「具合が悪いのですか?」

「そうか! だから態度がおかしかったのですね?」

片方の騎士が、なにやら納得して頷《うなず》いた。

「うんうん、そうですよね。具合でもおかしくなかったら、あの氷のま――じゃない、エルヴェシウス伯爵子息が俺たちに挨拶なんてありえないですから!」

「いやいや、びっくりしました。そんなに具合が悪いのなら、今日は無理せずお帰りになったらいかがですか?」

早退まですすめてきた。きっと親切心なのだろうけど、それこそありえない。

「大丈夫です」

「あ、でも――」

「どこも具合悪くありません！」

言い切った千陽は、その場を後にした。

笑って挨拶《あいさつ》しただけで体調を心配されるとか、絶対におかしいと思う。なのに、その後も千陽は会う人すべてから、同じような反応をされてしまった。

「――エ、エルヴェシウス伯爵子息が、先に話しかけてくるなんて⁉」

「――え、笑顔？　笑顔？　エルヴェシウス伯爵子息が？」

「――え、えええぇっ？　嘘だ！　幻だ！　ぶつかったのに謝られた⁉」

何故かみんな、最初の一声は「え」である。その後に続く言葉だって、あんまりにあんまりな反応だと思う。まあ、一番の原因はアンリの普段の態度なのだろうが。

（こうなったら、騎士団の人たち全員の認識を変えなくっちゃ！　チカがどんなに可愛くてピュアな性格なのか、とことん教えてあげるわ！）

千陽は、アンリが知ったなら「やめてくれ！」と全力で頼むような決意を固め、即実行した。

ニコニコと愛嬌を振りまいて、優しい言葉をかけまくり、困っている人を見つければすかさず手助けする。

その上、人が嫌がるような雑事を率先して請《う》け負った。

休憩時間にはお茶を淹れ、「お疲れさま」と笑顔でねぎらいもする。

結果、騎士団は……大混乱となった。

なにせ、いつもは塩対応も塩対応。自分たちが何を言っても、歯牙《しが》にもかけない氷の魔王が豹変《ひょうへん》してしまったのだ。急に親切にされたって、戸惑うばかり。全員どうしていいかわからなくなってしまったらしい。

──そして、どうなったかというと。

「アンリ？　………いや、千陽か？　いったいどうしたんだ？」

騎士団長たちから泣きつかれたのだろう、無理やり引っ張ってこられたテオフィルが、千陽を見るなり訝《いぶか》しげな声をあげた。

「テオさま！　私が千陽だってわかるのですか？」

千陽はびっくりして聞き返す。たぶんテオには見破られるだろうとは思っていたが、こんなにすぐわかるとは思わなかった。

「当たり前だ。一目瞭然だろう？　わからない方がどうかしている」

「私の姿は、チ──アンリそのものなのに？」

「表情や話し方、体の動きが全然違うからな。雰囲気もまったく別人だ。何より、俺が千陽を見間違えるはずがない！」

きっぱり言い切られて、千陽はジ～ンと感動した。素直に嬉しいと思う。

「だいたい、いったいどれくらい俺が千陽を見てきたと思っているんだ？」

──相変わらず悪びれないストーカー宣言は、問題だとは思うのだが。

（これがなければ、うんとカッコよくて頼りがいがあるのに！）

少し、いや、だいぶ残念だが、それでも彼が千陽のことをよくわかっていてくれることだけは間違いない。

こうして、テオに見破られたことによって、千陽とアンリの入れ替わりは終わりを告げたのだった。


そして、いつもの日常が戻ってくる。

「──私だって、どんな姿になろうとも千陽を必ず見分けてみせるから」

「もちろん私もだ。自分の妃《きさき》がわからないような男ではないつもりだからな」

翌日、サガモアとエヴラールがやってきて、そんな主張をしはじめた。

二人とも、絶対見分けてみせるから、もう一度入れ替わりをしてほしいと頼んでくる。

「そんな面倒なことするはずないでしょう？」

「それに兄上、千陽は兄上の妃《きさき》ではありませんから！」

アンリとテオが言い返すのは当然で、いつもの四人の言い争いがはじまった。

慌てて千陽が間に入っていくのも、いつものこと。

「チカ！　テオさま——みんな！　落ち着いて！」

チートな双子の弟によって異世界に召喚された千陽。

彼女の周囲は、相変わらず賑《にぎ》やかで、明るい声が響いているのだった。

新＊感＊覚ファンタジー！

Regina レジーナブックス

コワモテ騎士様は過保護

外れスキルをもらって
異世界トリップしたら、
チートなイケメンたちに
溺愛された件

風見くのえ
イラスト：藤村ゆかこ

価格：1320円（10%税込）

神さまのミスで死んだ優愛《ゆあ》は、お詫びに身体を再生、聖霊と話せるスキルをもらって異世界にトリップした！　すぐにコワモテな騎士に拾われ、面倒を見てもらえることになったのだけれど、なんだか彼は超過保護。おまけに肝心の聖霊は、その世界の人たちには見えず、声も聞こえない上、大きな力もないという、ほぼ無視されている存在で⁉

詳しくは公式サイトにてご確認ください
https://www.regina-books.com/

携帯サイトはこちらから！

新＊感＊覚ファンタジー！

レジーナブックス
Regina

レジーナブックス
Regina

異世界でぽかぽかスローライフ！

追い出され女子は異世界温泉旅館でゆったり生きたい

風見くのえ
イラスト：漣ミサ
価格：1320円（10%税込）

ある日、異世界にトリップした温泉好きのOL真由《まゆ》。しかもなりゆきで、勇者一行と旅をすることになってしまった。さらにはこき使われたあげく、荒野でパーティから追放されたから、もう大変！　命からがら荒野を脱出した真由は、のどかな村で温泉を満喫しながら暮らすことにして――平凡OLの異世界ぽかぽかスローライフ！

詳しくは公式サイトにてご確認ください
https://www.regina-books.com/

携帯サイトはこちらから！

新感覚ファンタジー
RB レジーナ文庫

異世界お料理ファンタジー！

レジーナブックス Regina

異世界キッチンからこんにちは 1~2

風見くのえ イラスト：漣ミサ

価格：704円（10％税込）

お弁当屋で働く蓮花《れんか》は、ある日、異世界トリップしてしまう。神様曰《いわ》く、元の世界には二度と帰れないが、代わりにカレンという名と、聖獣を喚び出せる召喚魔法を授けてくれる。喚び出した聖獣たちは超イケメンで、様々な能力で彼女を助けてくれるが、まともな『ご飯』を食べたことがないらしく——!?

詳しくは公式サイトにてご確認ください

https://www.regina-books.com/

携帯サイトはこちらから！

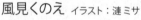

新感覚ファンタジー
RB レジーナ文庫

助言でモテ期到来!?

レジーナブックス Regina

王さまに憑かれてしまいました 1〜3

風見くのえ　イラスト：ocha
価格：704円（10%税込）

両親を早くに亡くしたコーネリア。ある日、血まみれのけが人を見て祈りを捧げたところ……その人物が守護霊になってくれるという!!　なんとこの幽霊の正体はコーネリアが暮らす国の王さまだったのだ！　断るコーネリアだが、王さまはつきまとい、妙な助言をはじめた結果——？

詳しくは公式サイトにてご確認ください
https://www.regina-books.com/
携帯サイトはこちらから！

新感覚ファンタジー
RB レジーナ文庫

ワガママ女王と入れかわる!?

レジーナブックス Regina

悪の女王の軌跡 1～2

風見くのえ　イラスト：瀧 順子

価格：704円（10%税込）

目を覚ますと、異世界にいた大学生の茉莉《まり》。その上、鏡に映った自分は絶世の美女だった！　どうやら彼女はこの世界の女王と入れかわってしまったらしい。しかもこの女王、かなりの悪政を敷いていたようで反乱まで起こされている。そこで茉莉は、崩壊寸前の国の立て直しを決意して――？

詳しくは公式サイトにてご確認ください
https://www.regina-books.com/

携帯サイトはこちらから！

ミラクルファンタジー

待望のコミカライズ!

気がつくと、異世界の戦場で倒れていた女子大生の茉莉《まり》。まわりにいる騎士の格好をした人たちは、茉莉に「女王陛下」と呼びかける。てっきり夢かと思い、気負わずに振る舞っていたが、なんと、本当に女王と入れかわってしまっていた!? さらに、ワガママな女王の悪評が耳に入ってきた上、茉莉はもう元の体に戻れないらしい。そこで茉莉は、荒《すさ》んだ国の立て直しを決意して――?

＊B6判 ＊各定価：748円(10%税込)

アルファポリス 漫画 検索

新感覚ファンタジー
RB レジーナ文庫

新感覚乙女ゲーム転生ファンタジー！

レジーナブックス Regina

乙女ゲームの悪役なんてどこかで聞いた話ですが　1〜5

柏てん　イラスト：まろ

定価：704円（10%税込）

ある日突然、前世の記憶を取り戻したリシェール。ここはかつてプレイしていたファンタジー系乙女ゲームの世界で、自分はヒロインと対立する悪役に転生。そのうえ10年後、死ぬ運命にあるらしい。それだけはご勘弁！　と思っていたのだけど……ひょんなことから悪役回避に成功してしまい――？

詳しくは公式サイトにてご確認ください

https://www.regina-books.com/

携帯サイトはこちらから！

新感覚ファンタジー
RB レジーナ文庫

気ままな異世界生活はじめます！

レジーナブックス Regina

村人召喚？ お前は呼んでないと追い出されたので気ままに生きる 1

丹辺るん　イラスト：はま

定価：704円（10%税込）

突然、異世界に召喚されてしまった美咲。どうやらこの国を危機から救うため、勇者とその仲間になり得る者が呼び出されたらしい。既に職業は決まっているとのことで、美咲はワクワクしていたのだけれど……　――え？　私の職業、『村人』？　「村人には勇者の素質なし」と追放されてしまって!?

詳しくは公式サイトにてご確認ください

https://www.regina-books.com/

携帯サイトはこちらから！

本書は、2018年4月当社より単行本として刊行されたものに書き下ろしを加えて文庫化したものです。

この作品に対する皆様のご意見・ご感想をお待ちしております。
おハガキ・お手紙は以下の宛先にお送りください。
【宛先】
〒150-6008 東京都渋谷区恵比寿4-20-3 恵比寿ｶﾞｰﾃﾞﾝﾌﾟﾚｲｽﾀﾜｰ8F
（株）アルファポリス　書籍感想係

メールフォームでのご意見・ご感想は右のＱＲコードから、
あるいは以下のワードで検索をかけてください。

アルファポリス　書籍の感想　検索

ご感想はこちらから

レジーナ文庫

チート転生者《てんせいしゃ》は、双子《ふたご》の弟《おとうと》でした！

風見《かざみ》くのえ

2021年5月20日初版発行

文庫編集－斧木悠子・篠木歩
編集長－塙綾子
発行者－梶本雄介
発行所－株式会社アルファポリス
〒150-6008 東京都渋谷区恵比寿4-20-3 恵比寿ｶﾞｰﾃﾞﾝﾌﾟﾚｲｽﾀﾜｰ8階
TEL 03-6277-1601（営業）　03-6277-1602（編集）
URL https://www.alphapolis.co.jp/
発売元－株式会社星雲社（共同出版社・流通責任出版社）
〒112-0005 東京都文京区水道1-3-30
TEL 03-3868-3275
装丁・本文イラスト－縞
装丁デザイン－ansyyqdesign
印刷－株式会社暁印刷

価格はカバーに表示されてあります。
落丁乱丁の場合はアルファポリスまでご連絡ください。
送料は小社負担でお取り替えします。
©Kunoe Kazami 2021.Printed in Japan
ISBN978-4-434-28863-0 C0193